Rachefehler

Die Münchner Autorin A.R. Klier hat ihre ersten Gehversuche schon zu Schulzeiten gemacht: Insgesamt drei Mal nahm sie am KWA-Schülerliteraturwettbewerb teil und wurde 2012 für die Kurzgeschichte *Einsame Familie* mit dem ersten Preis ausgezeichnet.

Seither hat A.R. Klier sich den Medizinkrimis der *Fehler*-Reihe rund um die Assistenzärzte Frederik Hendriksson und Niklas Thorsen gewidmet, die bereits fünf Einzelbände umfasst. Weitere *Fehler*-Krimis sind in Arbeit.

Mit der *Bühnenfieber*-Reihe bleibt A.R. Klier ihrer Liebe zur Medizin weiterhin treu, sodass das Theater-Drama eine weitere, spannende Note bekommt. Mit Hauptfigur Christian Rückert ist bisher 1 Band veröffentlicht, weitere Teile sind in Vorbereitung.

Mehr über die Autorin unter:
www.ar-klier.com
www.facebook.com/AutorinAndreaKlier/
www.instagram.com/a_r_klier

A.R. Klier

Rachefehler

*Bibliografische Information der Deutschen National-
bibliothek:
Die Deutsche Nationalbibliothek verzeichnet diese
Publikation in der Deutschen Nationalbibliografie,
detaillierte bibliografische Daten sind im Internet
über http://dnb.dnb.de abrufbar.*

© 2022 A.R. Klier

Umschlaggestaltung: Bernhard Klier

*Herstellung und Verlag:
BoD – Books on Demand, Norderstedt*

ISBN: 978-3-7562-1320-7

Es handelt sich bei Rachefehler *um einen Doppelfehler. Offene Fragen beantwortet Band 4* Systemfehler.

Alle in diesem Werk auftretende Personen, Orte und Ereignisse sind fiktiv, jegliche Ähnlichkeit mit realen Personen ist rein zufällig.

Alle im Buch enthaltenen Angaben wurden von der Autorin nach bestem Wissen und Gewissen erstellt und erheben keinen Anspruch auf Vollständigkeit. Die Abläufe im Krankenhaus und der Polizei sind der Handlung angepasst und erheben keinen Anspruch auf Richtigkeit.

Erklärungen zu medizinischen Ausdrücken finden sich ab Seite 259

Kapitel 1

Die dunklen Wolken brachten neuen Regen in die Hansestadt Hamburg, sodass die beiden Kriminalpolizisten Peter Hauser und Eike Fischer im Laufschritt zu ihrem Dienstwagen eilten, den sie vor der Asklepios Klinik Sankt Georg geparkt hatten.

»Frau Wagner haben wir alle unterschätzt«, stellte Eike Fischer fest und stieg auf der Fahrerseite ein.

»Wer hätte ahnen können, dass sie ein solches Gewaltpotential zeigt? Von einer angehenden Polizistin ist das nicht unbedingt zu erwarten.« Hauptkommissar Hauser setzte sich auf den Beifahrersitz und sah auf die großen Regentropfen, die auf die Windschutzscheibe prasselten. Das Wetter passte gut zu seiner Stimmung.

»Auch wieder wahr.« Kopfschüttelnd parkte Fischer aus und ließ den Wagen die Ausfahrt entlang rollen. »Woher kennst du diesen Doktor Thorsen eigentlich?«

»Du erinnerst dich an den Transplantationsskandal im UKE vor anderthalb Jahren? Doktor Hendriksson und Doktor Thorsen haben damals die Ungereimtheiten bei Organtransplantationen aufgedeckt und für sich dokumentiert. Die Ermittlungen sind erst ins Rollen gekommen, als Doktor Hendriksson entführt und wenige Stunden später auf Doktor Thorsen geschossen wurde.« Peter Hauser seufzte bei der Erinnerung an den nervenaufreibenden Fall. Es hatte einige Ermittlungspannen gegeben, die ihm auch heute noch Kopfzerbrechen bescherten. Zu ihrem Glück waren die Pannen ohne dramatische Folgen geblieben, eine Warnung für künftige Ermittlungen waren sie dennoch.

»Ich erinnere mich, der Fall hat viel Aufmerksamkeit auf sich gezogen.« Kriminalpolizist Fischer steuerte den Wagen zur Hauptstraße und hielt an einer roten Ampel. »War es nicht Hendrikssons eigener Vater, der hinter alldem steckte?«

Hauser nickte. »Nachdem wir ihm auf die Spur gekommen waren, hat Hendriksson Senior erst auf seinen Bruder und dann auf seinen Sohn schießen lassen. Frederik blieb damals körperlich unverletzt, Frederiks Onkel hat den Schuss in die Brust nur knapp überlebt. Die Familie hat schon einiges wegstecken müssen.«

»Das gibt sowohl für Hendrikssons als auch für Thorsens. Wie ist es denn Doktor Thorsen nach den Schüssen auf ihn ergangen?«, wollte Eike Fischer nachdenklich wissen und fuhr wieder an.

»Er wurde in das Zeugenschutzprogramm aufgenommen und war als letzte Station in Göteborg, denn dort wurde er von seinen Verfolgern doch noch eingeholt. Auch hier gab es eine blutige Schießerei, eine Kollegin ist dabei gestorben.« Hauser schüttelte den Kopf. »Es fühlt sich an, als wäre es gestern gewesen, wenn ich den Fall so Revue passieren lasse.«

»Beide Familien sind unwiderruflich mit diesem Skandal verbunden, da gibt es bestimmt einige Feinde«, vermutete Eike Fischer.

»Frau Wagner war schon während des Skandals mit Frederik Hendriksson liiert. Im Moment sieht es ganz nach einer Beziehungstat aus, dafür sprechen auch die gestrigen Anzeigen, die Doktor Hendriksson gestellt hat«, bemerkte Peter Hauser.

»Der Fall sieht tatsächlich sehr eindeutig aus«, bestätigte Fischer und hielt seufzend an der nächsten roten Ampel. »Wir sollten nur alle Möglichkeiten in Betracht ziehen, gerade wenn das Opfer eine solche Vorgeschichte hat.«

»Da hast du natürlich recht.« Hauptkommissar Hauser lehnte sich mit verschränkten Armen im Sitz zurück und dachte zurück an die Befragungen der letzten Stunden, die sie im Krankenhaus durchgeführt hatten.

»Ich sage Doktor Dobner sofort Bescheid, dass Sie da sind«, versprach die Pflegerin und ließ die beiden Ermittler im Flur vor der Intensivstation stehen.

»Was für ein Fall«, bemerkte Kriminalhauptkommissar Fischer kopfschüttelnd.

»Du meinst den Amoklauf einer angehenden Kollegin? Oder beziehst du dich mehr auf die Tatsache, dass sie es gleich zwei Mal kurz hintereinander versucht hat?«

Peter Hauser schüttelte den Kopf. »Das wäre mein erstes freies Wochenende seit fast zwei Monaten gewesen. Warum bin ich am Freitag überhaupt an das Telefon gegangen? Ich hätte es einfach ausschalten und zur Ferienwohnung von Freunden fahren sollen.«

Die breiten Flügeltüren zur Intensivstation öffneten sich elektrisch, dann kamen zwei Männer auf die Kriminalpolizisten zu. Der Arzt in blauer Funktionskleidung war Peter Hauser unbekannt, doch sein Kollege im blauen Umhang weckte Erinnerungen an einen anderen Fall.

»Doktor Thorsen. Ich hatte sehr gehofft, dass wir uns

dienstlich nicht wiedersehen.« Hauptkommissar Hauser reichte ihm zur Begrüßung die Hand. »Wo können wir uns denn ungestört unterhalten und Ihre Aussagen zu dem Übergriff vorhin aufnehmen?«

»Dort den Flur entlang ist ein kleines Besprechungszimmer.« Doktor Thorsens Kollege ging voran.

»Haben Sie den Arbeitgeber gewechselt?«, fragte Hauser neugierig weiter und passte sich an Niklas Thorsens Geschwindigkeit an. Er schien eine Verletzung am rechten Bein zu haben, denn er humpelte und verzog das Gesicht vor Schmerzen.

»Ich arbeite immer noch im UKE.« Doktor Thorsen ließ sich aufatmend auf einen der Stühle im Besprechungszimmer sinken. »Eigentlich wollte ich nur Frederik besuchen, aber Sie wissen ja selbst, wie das ausgegangen ist.«

Eike Fischer begann mit der Befragung von Doktor Thorsens Kollegen, damit er zu seinen Patienten zurückkehren konnte. Viel hatte Doktor Dobner nicht mitbekommen, denn er hatte den Raum verlassen, um Hilfe zu holen.

»Bei Fragen melden Sie sich.« Das klingelnde Diensttelefon von Doktor Dobner beendete das Gespräch schließlich abrupt. Leise schloss der Arzt die Tür zum Flur wieder hinter sich.

»So, Doktor Thorsen.« Peter Hauser übernahm die Befragung des zweiten Zeugen, der tief in Gedanken versunken gewesen war. »Sie haben sich vorhin in große Gefahr gebracht, um Ihrem Freund das Leben zu retten. Es war absolut leichtinnig, auch wenn ich Sie verstehen kann.«

Niklas Thorsen straffte die Schultern. »Was wollen Sie von mir hören?«, fragte er erschöpft und strich sich über den rechten Oberschenkel.

»Wie ist es zu Caroline Wagners Angriff gekommen? Hat sie Sie angegriffen? Hat sie versucht, auf Frederik Hendriksson einzustechen?«, half Hauptkommissar seinem Zeugen auf die Sprünge, der sichtbar unter dem Eindruck der Geschehnisse stand.

»Es ist uns schon komisch vorgekommen, dass kein Polizist vor Frederiks Zimmer stand«, berichtete Doktor Thorsen mit leiser Stimme. Es schien, als hätte er keine Kraft mehr für lautere Worte. »Na ja, wir haben dann das Überwachungszimmer betreten und Caroline neben Frederiks Bett stehen sehen. Sie … sie hat irgendetwas davon gesagt, dass sie das alleine tun will, aber nichts gegen Publikum einzuwenden hat. Als sie dann das Messer aus der Tasche gezogen hat bin ich dazwischen gegangen.«

»Sie sind dazwischen gegangen«, wiederholte Hauser und runzelte die Stirn. »Wie?«

»Ich habe Caroline vom Bett weggestoßen und habe sie dann zu Boden geworfen.« Ein winziges Lächeln huschte über Niklas Thorsens Gesicht. »Ich habe als Kind und Jugendlicher Judo trainiert, da sind noch ein paar Techniken abrufbar.«

»Ich verstehe. Was geschah dann?«, fragte der Kriminalpolizist weiter.

»Wir haben miteinander gerungen und ich habe mein Möglichstes getan, Caroline daran zu hindern, in Frederiks Nähe zu kommen. Der Sicherheitsdienst der Klinik ist irgendwann hinzugekommen und hat Caroline überwältigt.« Erschöpft schloss Niklas Thorsen die Augen und atmete tief durch. »Mir ist klar, wie leichtsinnig meine Aktion war. Aber im ersten Moment habe ich nur daran denken können, sie aufzuhalten und nicht, was sie mir antun könnte. Wenigstens ist es glimpflich ausgegangen.«

»Haben Sie sich im Kampf mit Frau Wagner verletzt?«, fragte Eike Fischer dazwischen und überflog seine Notizen.

»Sie ist eine erfahrene Kampfsportlerin, natürlich habe ich auch einstecken müssen.« Wieder glitt Niklas Thorsens Hand über seinen rechten Oberschenkel. »Aber das sind Prellungen, die werden nach ein paar Tagen immer weniger wehtun.«

»Lassen Sie Ihre Verletzungen bitte dringend von einem Arzt dokumentieren. Das ist für die weiteren Ermittlungen und eine mögliche spätere Anklage sehr wichtig«, bat Hauptkommissar Hauser und reichte Doktor Thorsen seine Visitenkarte. »Sie müssen Ihre Aussage natürlich noch unterschreiben. Können Sie es einrichten, am Montag in unser Büro im Polizeipräsidium zu kommen?«

»Klar«, versicherte der Arzt und stand ächzend auf. »Dann bis Montag.« Humpelnd verließ er das Besprechungszimmer.

»Ich glaube, ihm wird langsam erst so richtig klar, wie gefährlich sein Einschreiten war«, bemerkte Kriminalpolizist Fischer und klappte sein Notizbuch wieder zu. »Fahren wir zurück ins Büro und sehen zu, ob wir Frau Wagner schon befragen können?«

»Kollege Markl hat sich an ihr bereits gestern die Zähne ausgebissen. Aber du liebst ja Vernehmungen, bei denen du erst einmal die harte Schale des Tatver-

dächtigen knacken musst.« Hauser schmunzelte und stand auf. »Vielleicht gibt es ja auch schon erste Ergebnisse der Wohnungsdurchsuchungen. Irgendwie muss sie ja diese Wahnsinnstat geplant haben, denn nach aktuellem Kenntnisstand schließe ich eine spontane Tat eigentlich aus.«

Kapitel 2

»Wie schätzt du Frederiks Chancen ein?«, fragte Freja Thorsen nachdenklich und streichelte mit gleichmäßigen Bewegungen über Niklas' Brustkorb.

»Am kritischsten sind die ersten Stunden nach so einer Verletzung beziehungsweise der Operation«, erklärte Niklas mit belegter Stimme und räusperte sich vorsichtig, um seine ohnehin schmerzenden Rippen nicht zu sehr zu beanspruchen. Dennoch schoss ihm erneut der Schmerz durch den Oberkörper und ließ ihn das Gesicht verziehen. »Caroline hat ihm mehrfach in den Bauch gestochen, das führt nicht selten zum Tod des Patienten. Frederiks großes Glück in meinen Augen war, dass das direkt neben der Klinik passiert ist und er sofort versorgt wurde.«

»Ich verstehe. Dann können wir also nur abwarten und das Beste hoffen.« Frejas Hand blieb mittig auf Niklas' Brust liegen. »Und was ist mit dir? Dass du Schmerzen hast, ist offensichtlich, aber liegt das an deinen Kampfspuren oder an deinen verschleppten Problemen?«

Gequält schloss Niklas die Augen und schüttelte den Kopf. Er konnte seiner Frau nicht länger etwas vormachen und das war auch gut so. Doch ihn schmerzte die Erkenntnis, dass es ihm längst nicht so gut ging, wie er das gerne hätte und er sich das in den vergangenen Wochen selbst eingeredet hatte. Erst der Kampf am Vormittag mit Frederiks Ex-Freundin hatte ihm die Augen geöffnet. Er trug Verantwortung für seine Familie und er trug Verantwortung für seine Patienten. Er musste selbst richtig fit sein, um allen gerecht zu werden. Und er musste endlich seinem behandelnden Arzt, Doktor Wrede, vertrauen.

»Es wird wohl eine Mischung aus beidem sein«, murmelte Niklas schließlich. »Könntest du bitte den kalten Umschlag wieder in das Eisfach legen?«

»Brauchst du sonst noch etwas? Einen Tee vielleicht?« Freja nahm den kalten Umschlag von Niklas' rechtem Oberschenkel und musterte ihren Mann besorgt.

»Mit Honig wäre gut.« Er lächelte dankbar und ließ die Augen weiterhin geschlossen. Er war einfach nur unendlich müde und erschöpft.

Niklas hatte den Kampf gegen die Müdigkeit innerhalb von Minuten verloren und war tief und fest eingeschlafen.

»Mach keinen Mist, ja?« Freja küsste ihn auf die Stirn, deckte ihn zu und verließ dann das Wohnzimmer leise, um nach ihrer Tochter zu sehen. Im Gegensatz zu ihrem Vater war Elina hellwach und strahlte über das ganze Gesicht, als Freja sie aus dem Bettchen hob.

»Was machen denn dein Patenonkel und dein Papa für einen Unsinn?«, fragte Freja und setzte sich mit der Kleinen auf den Boden. »Wenigstens lässt sich dein Patenonkel von den Ärzten helfen, dein Papa war da bisher viel zu stur. Dabei brauchen wir ihn doch so sehr, wie kann er da nur so leichtsinnig sein?«

»Ba.« Elina streckte ihre Hand aus und streckte sich, um ihr Lieblingskuscheltier greifen zu können. »Ba!« Schmunzelnd lockerte Freja ihren Griff, sodass Elina etwas mehr Bewegungsspielraum hatte. »Für dich ist alles noch recht einfach, Mäuschen. Du bist gesund und hast die Krankheit von deinem Papa nicht geerbt. Das ist sehr wichtig, weißt du? Sonst müsste ich mir ja um euch beide permanent große Sorgen machen.«

»Ba ba ba«, wiederholte Elina und lag bäuchlings auf dem weichen Teppich. Mit angestrengter Miene versuchte sie, sich fortzubewegen.

»Wenn du die Arme mitnimmst, klappt es.« Freja lächelte und streichelte ihrer Tochter über den Rücken. Elina schob sich jedoch nur mit den Beinen vorwärts und verzog unwillig das Gesicht.

»Ich hoffe sehr, dass das neue Baby diese Krankheit auch nicht geerbt hat«, fuhr Freja fort und streichelte sich mit der linken Hand über den Unterbauch, der Außenstehenden noch nicht verriet, dass in ihm ein weiteres Leben heranwuchs.

Mit Elina auf dem Arm sah Freja am späten Nachmittag in das Wohnzimmer, doch Niklas schien noch immer tief und fest zu schlafen. Sein rasselnder Atem war überdeutlich zu hören und trieb Freja tiefe Sorgenfalten auf die Stirn.

Wie lange hatte er seinen wahren Zustand vor sich selbst und vor ihr verleugnet?

Wie viel Kraft musste ihn dieses Versteckspiel gekostet haben?

Warum war ihm seine Lungenembolie vor anderthalb Jahren nicht Warnung genug gewesen?

Warum hatte er nicht auf Doktor Wrede oder einen anderen Facharzt gehört und sich behandeln lassen?

Welche Konsequenzen warteten nun auf ihn?

16

Waren Folgeschäden zu erwarten?
Oder würde Niklas wie nach seiner ersten Embolie relativ schnell wieder ohne Einschränkungen leben können?

Niklas hatte ihr versprochen, am Montagmorgen Doktor Wrede anzurufen und sich so schnell wie möglich behandeln zu lassen. *Wäre es angesichts seiner Verfassung nicht besser, sofort zu einem Bereitschaftsarzt zu fahren und nicht noch anderthalb Tage abzuwarten?*

»Bu bu.« Elina sah Freja aus großen Augen an.

»Lass uns mal suchen, wo wir heute oder morgen einen Bereitschaftsarzt für den Papa finden«, schlug Freja vor und ging in die Küche. Sie setzte Elina in ihren Sitz am Esstisch, gab ihr den Trinkbecher mit Tee und entsperrte dann ihr Handy.

»Bereitschaftsdienst Lunge Hamburg«, tippte Freja in die Suchmaschine ein und überflog die angezeigten Ergebnisse.

Ärztlicher Bereitschaftsdienst.

Notfallpraxis im UKE, eine Art Bereitschaftspraxis.

Arztruf Hamburg.

Niedergelassene Lungenfachärzte ohne Wochenendsprechstunden.

Lungenzentren, spezialisierte Kliniken.

»Dann bleibt uns wohl nur ein Anruf beim ärztlichen Bereitschaftsdienst, falls es deinem Papa weiterhin so schlecht geht. Oder wir müssen in die Klinik fahren.« Freja streichelte ihrer Tochter über die Wange. »Was hältst du denn davon, wenn du morgen zu Oma und Opa gehst? Dann kann ich mich um den Papa kümmern und du musst dich nicht langweilen?«

Begleitet von Elinas fröhlichen Lauten rief Freja bei ihren Schwiegereltern an. Sie wusste sich angesichts von Niklas' Zustand und seinem Geständnis nicht anders zu helfen.

»Natürlich können wir morgen auf Elina aufpassen, das ist kein Problem«, versicherte Niklas' Mutter. »Wir freuen uns immer, wenn ihr uns besucht oder wir die Kleine für ein paar Stunden übernehmen dürfen.«

»Danke, das hilft mir wirklich sehr.« Erleichtert atmete Freja auf. »Dann bringe ich auch Elina nach dem Frühstück? Sagen wir, so gegen Neun?«

»Das ist früh, haben du und Niklas etwas Größeres vor? Habt ihr eine längere Fahrt geplant?«, fragte Maria Thorsen überrascht und entlockte Freja mit ihren Fragen nur ein schweres Seufzen.

»Es ist eine lange Geschichte, die wir euch bei Gelegenheit mal persönlich erzählen müssen«, wich Freja aus. »Dann bis morgen um Neun?«

Niklas reagierte mit unwilligem Brummen auf Frejas Versuche, ihn zu wecken, sodass sie ihn weiterschlafen ließ und nur in Elinas Gesellschaft zu Abend aß. Anschließend machte sie die Kleine bettfertig.

»Hoffen wir mal, dass der Schlaf dem Papa guttut«, meinte Freja mit sorgenvoller Miene und zog Elina den Schlafanzug an.

»Da!« Elina streckte ihre Hände nach Freja aus und lächelte müde.

»Ich bin immer da für dich, Mäuschen, hörst du?«, versprach Freja. »Immer. Egal, was da noch auf uns zukommt. Ich bin schließlich deine Mama. Und deinem Papa helfen wir wieder auf die Füße, versprochen.«

Mit dem Babyfon in der Hand kehrte Freja schließlich in das Wohnzimmer zurück, in der anderen Hand hielt sie den kühlen Umschlag, den sie wieder aus dem Eisfach geholt hatte.

»Niklas?«, fragte sie, stellte das Babyfon auf den Tisch und schlug die Decke so weit zur Seite, dass sie den Umschlag wieder auf Niklas' geschwollenen, rechten Oberschenkel legen konnte.

»Mhm?« Er zuckte angesichts der Kälte auf seinem Bein stark zusammen und blinzelte benommen. »Was ist denn los?«, murmelte er kaum verständlich.

»Ich habe Elina gerade ins Bett gebracht.« Freja ging neben dem Sofa in die Hocke und streichelte Niklas mit der Hand über die Brust. »Wie fühlst du dich denn inzwischen?«

»Wie überfahren«, gab Niklas mit rauer Stimme zu. »Als hätte man ein Schleusentor geöffnet, wodurch mein Körper von einer Flutwelle mitgerissen wird.«

»Du hast deine Probleme ja auch lange genug unterdrückt«, meinte Freja nachdenklich. »Irgendwann geht das nicht mehr. Und dann bricht eine Krankheit erst so richtig auf. So wie meine Mandelentzündung, die ich durch die Abschlussprüfungen hindurch geschleppt habe und die mich hinterher ganz schön niedergestreckt hat.«

»Mhm …« Hustend richtete sich Niklas etwas auf. »Da ist natürlich etwas dran. Was auch immer mit mir los ist, Doktor Wrede wird das am Montag schon herausfinden.«

»Willst du wirklich bis Montag warten?« Freja nahm seine Hände in ihre. »Ich will ehrlich sein, Niklas, dein Zustand gefällt mir ganz und gar nicht.«

»Hol bitte meine Tasche aus dem Arbeitszimmer«, bat Niklas seine Frau, ohne auf ihre Frage einzugehen.

»Was hast du vor?«, wollte Freja verwundert wissen und kam seiner Bitte nach.

»Ich bin kein Idiot, auch wenn ich mich zuletzt oft wie einer verhalten habe«, erklärte Niklas unter weiterem Husten, öffnete die Reißverschlusse der kleinen Notfalltasche und nahm das Pulsoxymeter heraus. Schon befestigte er den Clip des Geräts an seinem Zeigefinger und schaltete es ein. »Du weißt, dass ich nach Möglichkeit gern bis Montag abwarten möchte, weil ich mich dann direkt von Doktor Wrede untersuchen lassen kann. Aber das mache ich nur, wenn mein Zustand das auch zulässt.« Er sah auf die Anzeige des Pulsoxymeters. »Ich habe eine Sauerstoffsättigung von siebenundneunzig Prozent und einen Puls von fünfundsiebzig. Das sind völlig normale Werte.«

»Welche Werte bestimmt ihr normalerweise noch, um den Zustand des Patienten einschätzen zu können?«, fragte sie kritisch nach.

»Blutdruck und Temperatur.« Niklas beugte sich vor und zog eine Blutdruckmanschette aus der Tasche. »Dafür brauche ich aber deine Hilfe.«

Mit gerunzelter Stirn legte Freja ihm die Manschette um den Oberarm, positionierte das Stethoskop und pumpte die Blutdruckmanschette schließlich auf.

»Hundertdreißig zu fünfundachtzig, das ist auch in Ordnung«, erklärte Niklas, nachdem er die Messung beendet hatte.

»Okay...« Freja nahm das Thermometer aus der Aufbewahrungsschale und maß damit in Niklas' Ohr. »Deine Temperatur liegt bei achtunddreißig eins.«

»Leicht erhöhte Temperatur.« Niklas lehnte sich wieder in die Kissen zurück. »Das spricht für einen Infekt oder eine Entzündung, die Doktor Wrede bei den letzten Untersuchungen bereits vermutet hat.« Er nahm Frejas Hand. »Ich messe morgen Früh noch einmal. Wenn die Temperatur steigt, lasse ich mich sofort in einer Bereitschaftspraxis untersuchen«, versprach er.

Freja musterte ihn besorgt. Die steile Falte auf ihrer Stirn verriet Niklas ohne Worte, dass sie anderer Meinung war.

»Ich gehe dann auch gleich ins Bett, bevor ich wieder auf dem Sofa einschlafe.« Er streichelte Freja zärtlich über die Wange. »Gib mir bitte bis morgen Früh, vielleicht wird es über Nacht schon besser. Ansonsten fahren wir in eine Bereitschaftspraxis.«

Kapitel 3

Mit einem seligen Lächeln auf den Lippen kuschelte sich Victoria Andersen enger in die Umarmung des Mannes und atmete entspannt aus.

»Es tut so gut, wieder bei dir zu sein.« Sie drehte den Kopf und gab ihm einen zärtlichen Kuss.

»Wann immer es möglich ist, *ma chérie*«, versicherte der Mann. »Und ich freue mich auf die nächsten vier Wochen, in denen wir jeden Tag zusammen verbringen können.« Seine Finger streichelten über Victorias Wange und zeichneten den Schwung ihrer Lippen nach. »Wissen deine Söhne eigentlich inzwischen von uns?«

Victoria Andersens Miene verfinsterte sich minimal, das Strahlen in ihren Augen verschwand. »Erst im Dezember haben sich die Ereignisse gejährt, was ihnen ihr eigener Vater angetan hat. Wie könnte ich in diese aufgeladene Stimmung hinein einen neuen Mann an meiner Seite präsentieren? Pierre, so einfach ist das nicht, wie du dir das gerade vorstellst.«

»Schließ mich nicht aus, *ma chérie*«, bat Pierre die zierliche Konzertpianistin in seinen Armen. »Wie ist die Lage in Hamburg tatsächlich? Was versteckst du vor mir?«

Betrübt schüttelte Victoria den Kopf und nahm seine rechte Hand. »Frederik ist immer noch schwertraumatisiert und hat es bisher nicht geschafft, sich einem

Therapeuten anzuvertrauen. Er versucht immer noch, diese gewaltigen Schicksalsschläge mit sich selbst auszumachen, doch das ist einfach nicht möglich. Nicht einmal für ihn.«

»Letztlich ist es seine Entscheidung. Du kannst deine Söhne nur so viel unterstützen, wie sie es auch zulassen«, wandte Pierre ernst ein.

»Hätte ich mehr Mut gehabt wäre ihnen und mir so viel Leid erspart geblieben«, hielt Victoria betrübt dagegen. »Ich hätte mich schon vor vielen Jahren von Max scheiden lassen sollen. Ich hätte mir gute Anwälte suchen müssen, aber ich hätte nie schon im Vorfeld aufgeben dürfen. Hätte ich Max die Stirn geboten wäre es vielleicht nie so weit gekommen, dass er unserer Familie so Unglaubliches antut.«

»Du hast damals eine Entscheidung getroffen, Victoria. Das kannst du nicht mehr ändern, weil ihr diese Wegstrecke bereits gegangen seid. Aber den Weg vor euch, den könnt ihr noch selbst gestalten. Ohne Schatten der Vergangenheit, ohne Wut oder Verbitterung. Ein sauberer Schlussstrich, so wie du das mit deiner Namensänderung ja bereits begonnen hast.« Lächelnd strich Pierre ihr eine Haarsträhne aus dem Gesicht.

»Und weißt du, was mir diese Namensänderung gebracht hat? Nichts als Ärger mit meinen Söhnen.« Seufzend kuschelte sich Victoria rücklings an Pierres Brust und schloss wieder die Augen. »Ich hatte ja keine Vorstellung, wie sehr sie unter diesem Namen gelitten haben und immer noch leiden. Ich hätte sie von Anfang an mit einbeziehen müssen, aber ich wollte unbedingt eine schnelle Lösung und nicht in der Familie darüber diskutieren.«

»Du musst dich nicht vor mir rechtfertigen, Victoria«, erinnerte Pierre seine Freundin und gab ihr einen Kuss auf den Scheitel. »Ich will d...«

Weiter kam er nicht, denn Victorias Handy auf dem Nachtkästchen klingelte. Ächzend löste sie sich aus Pierres Umarmung, nahm das Mobiltelefon und runzelte die Stirn.

»Das ist Oliver«, stellte Victoria irritiert fest und nahm das Gespräch an. »Oliver? Waren wir nicht für morgen Nachmittag verabredet?«

»Das kann leider nicht bis morgen warten, Mama. Frederik wurde gestern Abend auf dem Klinikparkplatz niedergestochen. Einen zweiten Angriff auf der Intensivstation konnte Niklas heute gerade noch verhindern«, berichtete Oliver mit belegter Stimme. »Frederik ist schwer verletzt, aber nach der Notoperation gestern stabil. Mehr können uns die Ärzte bisher nicht sagen.«

Entsetzen spiegelte sich in Victoria Andersens Gesichtszügen wider. Sie wurde schlagartig blass.

»Was?«, fragte sie fassungslos und umklammerte das Handy mit schweißnassen Fingern. »Wer tut denn so etwas? Frederik ... er hat doch niemandem etwas getan. Ich begreife das nicht.«

»Es war Caroline, Mama. Sie hat Frederik das angetan, weil er die Beziehung beendet hat.« Oliver räusperte sich energisch, doch die Emotionen hatten ihn fest im Griff. »Sie wurde dank Niklas verhaftet, ohne dass sie Frederik noch mehr Leid zufügen konnte. Mehr wissen wir selbst noch nicht. Aber wir dachten, dass du unter diesen Umständen zurück nach Hamburg kommen möchtest.«

»Ich ... ja, ... ich werde zurückfliegen, sobald es möglich ist«, versprach Victoria fahrig und schlug die Bettdecke zurück. »Ich schreibe dir eine Nachricht, sobald ich mehr weiß.« Sie schloss die Augen und atmete tief durch. »Danke, dass du mich angerufen hast, Oliver.«

»Bis später«, verabschiedete er sich matt und beendete dann das Gespräch.

Pierre schwieg betreten und musterte Victoria aufmerksam. Er hatte das ganze Telefonat mitangehört und war selbst über die Nachricht mehr als geschockt. *Hatte diese Familie inzwischen nicht genug einstecken müssen?*

Wann durfte diese Familie endlich zur Ruhe kommen?

»Ich muss meinen Rückflug organisieren«, erklärte Victoria mit dünner Stimme und zog sich den Hotelbademantel über. »Und ich muss mit meinem Management telefonieren, dass ich die Tour abbrechen kann. Ich werde nächste Woche kaum wieder hier auf der Bühne stehen, während mein Sohn um sein Leben kämpft.«

»Lass mich dir helfen, Victoria. Du bist nicht allein.« Pierre rutschte an die Bettkante und nahm Victorias Hände. »Was kann ich tun? Was brauchst du?«

»Wenn du mir helfen möchtest, such mir bitte einen Flug nach Hamburg.« Victoria Andersen entzog ihm ihre Hände und wischte sich die Tränen aus den Augenwinkeln.

»Komm her, *ma chérie*.« Sofort stand Pierre auf und schloss seine zierliche Freundin in die Arme. Beruhigend streichelte er ihr über den Rücken. »Ich bin für dich da. Und ich lasse dich nicht allein. Wir werden beide nach Hamburg fliegen.«

»Das haben wir doch vorhin schon besprochen«, wehrte sich Victoria und verlor den Kampf gegen die Tränen. »Ich kann dich jetzt nicht meinen Söhnen vorstellen, Pierre. Das ist alles zu viel.«

»Ich habe dich schon verstanden, Victoria«, versicherte Pierre und hielt sie einfach nur in den Armen. »Ich möchte für dich da sein, wann immer du mich brauchst. Und das geht nicht, wenn dutzende Flugstunden zwischen uns liegen. Ich werde also mit dir nach Hamburg reisen und mir dort ein Hotelzimmer nehmen. So bin ich in deiner Nähe und du kannst jederzeit zu mir kommen, wenn du das möchtest. Und deine Söhne werde mich nicht zu Gesicht bekommen, das verspreche ich dir. Es geht mir gerade nur um dich, *ma chérie*.«

Geräuschvoll zog Victoria die Nase hoch und schüttelte dann den Kopf. »Ich weiß dein Angebot zu schätzen, aber ich werde allein zurück nach Hamburg fliegen«, stellte sie mit tränenerstickter Stimme klar. »Ich rufe dich an, wenn ich mehr weiß, aber jetzt muss ich für meine Söhne da sein.« Sie löste sich aus seiner Umarmung und schlurfte dann mit hängenden Schultern ins Badezimmer.

Kapitel 4

»Caroline Wagner, Sie sind vorläufig festgenommen wegen dringenden Tatverdachts des versuchten Mordes an Niklas Thorsen und Frederik Hendriksson«, erklärte der uniformierte Polizist, während seine Kollegin die körperliche Durchsuchung von Caroline beendete. »Sie haben das Recht, zu schweigen oder einen Anwalt hinzuziehen.«

»Ihnen macht das richtig Spaß, was?« Caroline schüttelte den Kopf.

Der Streifenpolizist schüttelte den Kopf. »Sie sind eine von uns, wie können Sie so etwas nur tun?«, fragte er fassungslos und rastete die Handfessel an Carolines linkem Handgelenk ein. Geübt fixierte er ihre Hände hinter dem Rücken und hielt sie anschließend fest am Oberarm gepackt.

»Sie verstehen überhaupt nichts«, stieß Caroline wütend hervor und stemmte sich gegen die Fixierung. »Sie sind genauso unnütz wie alle anderen!«

»Abmarsch. Wir bringen Sie zum Polizeipräsidium, dort werden Sie zu den Tatvorwürfen befragt«, erklärte der Streifenpolizist und zog Caroline mühelos mit sich, obwohl sie sich alles andere als kooperativ verhielt. Unsanft bugsierte er sie auf den Rücksitz des Streifenwagens und setzte sich links neben sie, seine Kollegin stieg auf der Fahrerseite ein.

Nach außen hin gleichgültig sah Caroline aus dem Seitenfenster. Regentropfen liefen mit zunehmender Geschwindigkeit des Fahrzeugs waagerecht darüber und schlossen sich zu immer größeren Tropfen zusammen. Typisches Hamburger Wetter für diese Jahreszeit und gleichzeitig passend zu Carolines Stimmung. Gestern Abend auf dem Parkplatz, da hatte sie noch alles unter Kontrolle gehabt. Wären diese blöden Passanten nur ein paar Minuten später gekommen, dann wäre der heutige Tag ganz anders verlaufen. Sie wäre schon über alle Berge gewesen. Aber nein, das Glück hatte mal wieder auf der Seite der Hendrikssons stehen müssen!

Im Polizeipräsidium wurde Caroline von den beiden Streifenpolizisten in die Mitte genommen und zu einem Vernehmungszimmer geführt. Zwei andere Polizisten blieben nun bei Caroline, die Streifenbeamten machten sich auf den Rückweg.
»Was glotzen Sie denn so blöd?«, fauchte Caroline den kleineren der Männer an, sprang auf und warf sich mit aller Kraft auf dessen Kollegen. Sie würde sich mit Sicherheit nicht kampflos geschlagen geben.
»So nicht!« Beide Polizisten hatten reflexartig reagiert und waren ihrem Angriff ausgewichen, sodass Caroline mit der Schulter gegen die Wand prallte und dann zu Boden fiel. Keuchend wich die Luft aus ihren Lungen.
»Hoch mit Ihnen, Frau Wagner.« Grob wurde Caroline an den Oberarmen gepackt. Die Polizisten ignorierten ihren theatralischen Schmerzensschrei und zerrten sie wieder auf die Füße.
Zwei Tritte gegen die Beine der Männer konnte Caro-

line landen, dann wurde sie zu Boden geworfen und nun auch an ihren Füßen gefesselt.

»So, Frau Wagner.« Ein Kripo-Ermittler betrat schließlich das Vernehmungszimmer und war von der Situation nicht im Ansatz überrascht. Vermutlich hatte er alles durch den Einwegspiegel hindurch beobachtet. »Können wir uns dann wie zivilisierte Erwachsene verhalten und mit der Befragung beginnen?«

»Ich weiß nicht, was diese beiden Neandertaler mit Zivilisation zu tun haben, aber streiten wir nicht über Worte.« Angriffslustig reckte Caroline das Kinn vor. »Machen Sie mich los«, forderte sie in scharfem Ton.

Der Ermittler schüttelte den Kopf und setzte sich an den Tisch. Die anderen Polizisten zerrten Caroline gewaltsam auf den zweiten Stuhl und hielten sie weiterhin fest.

»Das nennen Sie also zivilisiert?«, fragte Caroline und stemmte sich gegen die Fesseln.

»Bleiben Sie ruhig sitzen?«, fragte der Kriminalpolizist.

»Ich springe Ihnen schon nicht in das Gesicht.« Caroline gab ihre Gegenwehr vorerst auf. »Erzählen Sie mir jetzt endlich, was hier los ist und warum Sie mich hier so gewaltsam festhalten lassen?«

Abwartend ruhten die Blicke der Männer auf ihr, dann nickte der Ermittler und die Griffe der beiden Polizisten lockerten sich.

»So, Frau Wagner. Wie Ihnen bei Ihrer Festnahme bereits erklärt wurde stehen Sie unter dringendem Tatverdacht des versuchten Mordes an Niklas Thorsen und Frederik Hendriksson. Es steht Ihnen frei, sich dazu zu äußern. Sie müssen sich nicht selbst belasten und dürfen sich jederzeit einen Rechtsbeistand hinzuziehen. Haben Sie das verstanden?«

»Ich bin ja nicht blöd.« Caroline verzog das Gesicht zu einem spöttischen Lächeln. »Was habe ich denn mit Doktor Thorsen zu schaffen, dass Sie zu diesem absurden Tatverdacht kommen?«

»Sie sind heute im Krankenhaus mit einem Messer bewaffnet auf Doktor Thorsen losgegangen«, las der Kriminalpolizist aus seinen Notizen ab. »Angesichts des Vorgehens und Ihrer verbalen Äußerungen während des Kampfes kom…«

»Papperlapapp«, unterbrach Caroline ihn unwirsch. »Ich bin auf niemanden losgegangen, Doktor Thorsen hat mich aus dem Nichts angegriffen und zu Boden geworfen. Ich habe mich nur gewehrt.«

»Warum hatten Sie ein Messer dabei? Sie sind keine Angehörige von Doktor Hendriksson, was hatten Sie überhaupt auf der Intensivstation zu suchen?«, fragte der Ermittler sofort nach.

Caroline schüttelte den Kopf. »Frederik ist mein Ex, ja. Aber das heißt nicht, dass es mir gleichgültig ist, wenn er niedergestochen wird. Ich wollte nach ihm sehen.«

»Und nachdem Sie Doktor Hendrikssons Krankenzimmer nicht betreten durften, haben Sie erst einmal den Polizisten im Flur niedergeschlagen und verletzt?«

»Sie haben eine blühende Phantasie«, beschied Caroline ihrem Kollegen von der Kriminalpolizei belustigt. »Der Mann ist einfach unglücklich gestürzt, dafür können Sie mich kaum verantwortlich machen. Vermutlich hatte er einfach nur Kreislaufprobleme.« Sie legte den Kopf schief. »Haben Sie überhaupt Ansatzpunkte oder Beweise für Ihre Anschuldigungen? Bisher stochern Sie ganz schön im Nebel und verschwenden meine Zeit.«

Der Kriminalpolizist runzelte die Stirn, kurz blitzte Verärgerung in seinen Augen auf. Dann hatte er sich sofort wieder im Griff. »Wo waren Sie gestern Abend gegen siebzehn Uhr?«

»Spazieren«, antwortete Caroline, ohne zu zögern. »Allein und ich fürchte, ich kann Ihnen keine Zeugen benennen.«

»Spazieren«, wiederholte der Ermittler. »Zum Beispiel mit einem Messer in der Hand über den Ärzteparkplatz der Asklepios Klinik Sankt Georg? Und dann sind Sie zufällig mit Doktor Hendriksson zusammengestoßen?«

»Sparen Sie sich Ihren Sarkasmus.« Caroline biss sich auf die Unterlippe. »Ich verweigere die Aussage so lange, bis Sie handfeste Beweise oder Ansatzpunkte für Ihre absurden Vorwürfe haben.«

»Wie Sie möchten, Frau Wagner. Ihr Fall wird später einem Richter vorgestellt, die Staatsanwaltschaft hat bereits Untersuchungshaft beantragt.« Der Ermittler stand auf und verließ den Raum ohne ein weiteres Wort.

Kapitel 5

»Niklas, wir haben uns ja lange nicht mehr gesehen.«
Mit einem eiskalten Lächeln auf den Lippen legte Caroline den Kopf schief. »Eigentlich wollte ich das alleine tun, aber ich habe auch nichts gegen Publikum.«

»Lass Frederik in Ruhe, Caroline«, verlangte Niklas und schluckte schwer, als er das Messer in ihrer Hand entdeckte.

»Warum sollte ich? Frederik hat meine Karriere und mein Leben zerstört. Das zahle ich ihm mit gleicher Münze zurück.« Fast schon zärtlich streichelte Caroline über Frederiks Stirn. Die Geste stand in komplettem Gegensatz zu ihrem Tonfall, wie Niklas äußerst beunruhigt feststellte.

»Das wirst du nicht! Dazu hast du kein Recht!« Niklas machte einen Satz auf Caroline zu, stieß sie weg vom Bett und nutze das Überraschungsmoment, um sie mit einer Judotechnik zu Boden zu bringen.

Japsend schlug Caroline auf dem Boden auf.

»Du bist stärker als er«, stellte sie fast schon erstaunt fest »Schade nur, dass dir das nichts nutzen wird.«

Irritiert runzelte Niklas die Stirn und sah im Augenwinkel die glänzende Klinge im Licht blitzen. Einen Moment später rammte ihm Caroline das Messer seitlich in den Hals.

»Den hast du nicht gesehen, was? Du hättest dich nicht einmischen dürfen, Niklas. Und dieses Mal wird es für dich nicht so glimpflich ausgehen wie im Transplantationsskandal. Heute kannst du dich nicht hinter Polizisten verstecken.« Ruckartig zog sie die Klinge aus der Wunde und lächelte, als Niklas zu Boden sackte. Seine Hand tastete nach der stark blutenden Verletzung.

»Schade nur für Freja und eure Kleine. Wie sie wohl ohne dich klarkommen werden?«, fragte Caroline theatralisch und beugte sich über ihn, während das Leben mit jedem weiteren Herzschlag mehr aus Niklas' Körper wich.

»Niklas?«

»Will … nicht … sterben«, murmelte Niklas und versuchte, sich mit letzter Kraft aufzubäumen. »Ich will leben!«

»Niklas!« Auf einmal war da Frejas Stimme dicht neben ihm. »Hörst du mich? Mach bitte die Augen auf. Es ist alles gut, Niklas.«

Hände glitten über Niklas' Wangen und zogen ihn weg von seinem sterbenden Ich auf dem Klinikfußboden. Weg von der großen Menge arteriellen Blutes.

Weg von Caroline mit dem Messer.

»Freja?«, fragte Niklas benommen und blinzelte. »Du bist da …«

»Und du wirst leben, hörst du?« Freja befühlte seine Stirn. »Das war ein Fiebertraum, nicht die Realität. Du wirst leben.« Sie beugte sich über ihn und nahm das Fieberthermometer von Niklas' Nachtkästchen.

»Mhm …« Niklas atmete tief durch und zog die Decke ein Stückchen höher.

»Achtunddreißig neun, Niklas, das ist richtiges Fieber und keine erhöhte Temperatur mehr.« Freja musterte ihn besorgt. »Das gefällt mir ganz und gar nicht, hörst du?«

»Mir auch nicht«, gab Niklas hustend zu und verzog das Gesicht vor Schmerzen, die ihm schon wieder durch den Brustkorb schossen.

»Ich koche dir nochmal Tee, vielleicht hilft der.« Gähnend schwang Freja die Beine aus dem Bett und verließ das Schlafzimmer leise.

»Hoffentlich«, keuchte Niklas und trank ein paar Schlucke Wasser aus dem Glas, das er abends mit ins Schlafzimmer genommen hatte. Der Blutgeschmack im Mund blieb jedoch hartnäckig und trug nicht gerade zu Niklas' Beruhigung bei. Sein unruhig umherirrender Blick blieb an der Betterweiterung auf Frejas Seite hängen. Elina schlief darin tief und fest.

»Es tut mir so leid«, flüsterte Niklas angestrengt und schlug die Bettdecke zurück. Zitternd stand er auf und zog sich einen Kapuzenpullover über das Schlafshirt.

Er hatte seinen Zustand gestern wohl zu optimistisch eingeschätzt. Der Wunsch, dass alles nur halb so wild war, war übermächtig gewesen.

»Freja?«, fragte Niklas halblaut und schlurfte langsam in den Flur. »Freja?«

»Was ist los?« Besorgt tauchte Freja in der geöffneten Küchentür auf und musterte ihn von oben bis unten. »Niklas?« Angst schwang in ihrer Stimme mit.

Niklas rang einen langen Moment mit sich, bevor er die unvermeidbare Wahrheit aussprach. »Ich muss in die Klinik, alles andere ist Irrsinn.«

Erleichtert atmete Freja auf und dachte kurz nach. »Ich rufe deine Eltern an, dass sie auf Elina aufpassen. Und dann fahre ich dich in die Klinik.«

Andeutungsweise nickte er und schlurfte weiter in das Wohnzimmer. Er war am Ende seiner Kräfte.

Umständlich pulte Niklas auf dem Sofa sitzend eine Lutschpastille aus der Verpackung und lauschte mit halbem Ohr Frejas Stimme im Flur, wie sie seine Eltern aus dem Bett klingelte.

»Ich weiß, es ist Mitten in der Nacht, aber ich würde nicht anrufen, wenn es kein Notfall wäre, Alexander.« Freja klang angespannt. »Darf ich euch Elina vorbeibringen? Niklas muss sofort in die Klinik und ich will ihn nicht allein lassen.«

Niklas schloss die Augen und lehnte sich in die Sofakissen zurück. Das war gleich aus zwei Gründen keine gute Idee: der Hustenreiz kehrte sofort zurück und er hatte augenblicklich wieder die Bilder seines Kampfes mit Caroline vor Augen.

»Dein Vater ist in einer Viertelstunde hier, dann fahre ich dich in die Uniklinik«, erklärte Freja und setzte sich neben Niklas auf das Sofa. »Schaffst du das? Oder soll ich einen Rettungswagen rufen?«

Rasselnd atmete Niklas ein und aus und suchte vergeblich eine Position, in der ihm das Atmen leichter fiel und von weniger Schmerzen begleitet war.

»Wenn du dich mit dem Rettungswagen sicherer fühlst, machen wir das so«, flüsterte er angestrengt und hustete schon wieder. Seit er sich selbst eingestanden hatte, dass er große gesundheitliche Probleme hatte, kapitulierte sein Körper zusehends. Als hätte Niklas die letzte Stütze eines maroden Gebäudes weggeschlagen, das nun nach und nach in sich zusammenstürzte.

Angesichts von Niklas' angeschlagener Kreislaufsituation hatte Freja den Notruf gewählt, damit Niklas von einem Rettungswagen in die Klinik gebracht wurde.

»Mach keine Dummheiten, ich bereite derweil alles vor.« Freja gab Niklas einen Kuss auf die Stirn und stellte ihm die Teetasse auf den Couchtisch, dann lief sie in das Kinderzimmer, um ein paar Sachen für Elina zu packen. Wechselkleidung, Wickelutensilien, das Lieblingskuscheltier, Ersatzschnuller. Fläschchen und Milchpulver waren noch von ihrem letzten Besuch bei Niklas' Eltern, zumindest das musste sie nicht einpacken.

Das Klingeln an der Wohnungstür riss Freja gut fünf Minuten später aus ihrer stummen, hektischen Aktion, bevor sie Elina in den Maxi Cosi setzen konnte.

»Was ist los, Freja? Warum muss Niklas mitten in der Nacht in die Klinik?«, fragte Alexander Thorsen und umarmte seine Schwiegertochter kurz.

»Ich …« Freja atmete tief durch und strich sich eine Haarsträhne hinter das Ohr, die ihr immer wieder in die Augen gefallen war. »Niklas geht es nicht gut und wir wollen das dringend abklären lassen.« Sie sah angespannt auf die Uhr.

Wann würde der Rettungsdienst kommen?

Wie lange lag ihr Notruf zurück?

Wie lange musste sie noch warten, bis sich jemand Fachkundiges um Niklas kümmerte?

»Ist es wieder seine Lunge?«, fragte Niklas' Vater beunruhigt. »Wo ist Niklas jetzt?«

»Im Wohnzimmer und ich hoffe, dass der Rettungsdienst gleich hier ist. Kannst du bitte die Befestigung für den Autositz unten aus unserem Wagen holen? Ich will Niklas jetzt wirklich ungern allein lassen«, bat Freja ihren Schwiegervater drängend. »Alles weitere erkläre ich euch heute Nachmittag, wenn Niklas versorgt ist. Das verspreche ich.« Sie sah erneut auf die Uhr. »Ich schnalle Elina derweil schon in den Autositz, damit du sofort losfahren kannst.«

Angesichts von Frejas Tonfall schluckte Alexander Thorsen seine unzähligen Fragen hinunter, nahm den Autoschlüssel und verließ die Wohnung. Mit dem Aufzug fuhr er hinunter in die Tiefgarage.

»Wie fühlst du dich?«, fragte Freja und stellte die Babyschale auf den Sessel.

»Beschissen.« Niklas hustete bellend und atmete angestrengt, als würde er nicht genug Luft bekommen. »Wo ist Papa?«

»Er holt den zweiten Teil von Elinas Sitz aus unserem Auto.« Freja ging ins Schlafzimmer, hob Elina aus dem Bett und weckte sie damit unweigerlich auf, doch sie hatte keine Wahl. »Alles wird gut, Mäuschen, gleich kannst du wieder schlafen. Der Opa wird dich gleich im Auto fahren, das magst du doch, mhm?«

Elina weinte noch immer, doch der Schnuller beruhigte sie vorerst.

»Es tut mir leid«, murmelte Niklas und sah von Freja auf ihre gemeinsame Tochter und wieder zurück. »Es tut mir leid, dass es so …« Wieder unterbrach ihn der bellende Husten.

Gleichzeitig klingelte es an der Wohnungstür und Alexander Thorsen trat wieder ein, die Sanitäter kamen nach erneutem Klingeln ebenfalls hoch in die Wohnung.

»Ich rufe dich an und danke.« Freja reichte ihrem Schwiegervater die gepackte Tasche und die Babyschale und verabschiedete ihn, bevor die Sanitäter aus dem Aufzug traten. »Gott sei Dank sind Sie da«, entfuhr Freja ein Ausruf der Erleichterung und sie ging voran in das Wohnzimmer.

»Seit wann geht das so?«, fragte der Notfallsanitäter, während sein Kollege vor Niklas in die Hocke ging, um ihn zu untersuchen.

»Der Husten? Seit gestern Abend, aber da war es noch nicht so schlimm. Und …« Freja schluckte beim Anblick von Niklas' blutigen Handflächen und Mundwinkeln. »Und das Blut ist neu.« Ihr Herz stolperte und zog sich schmerzhaft zusammen. Offenbar hatte Niklas' Talfahrt gerade erst begonnen. *Wo würde sie enden?*

»Hat er Vorerkrankungen?«, fragte der Notfallsanitäter weiter und sah ebenfalls zu Niklas, der gerade mit den ersten Überwachungsgeräten verkabelt wurde.

»Eine schwere Lungenembolie vor anderthalb Jahren, hinterher wurde eine Erbkrankheit festgestellt. Deswegen ist er in der Uniklinik in Behandlung.« Freja schniefte. Ihre Selbstbeherrschung bekam sichtbare Risse.

»Wir kümmern uns gut um Ihren Mann, Frau Thorsen«, versicherte der Notfallsanitäter. »Haben Sie seine Versichertenkarte zur Hand? Und einen Arztbrief zu seiner Vorgeschichte?«

Stumm nickte Freja und lief in das Arbeitszimmer, wo Niklas seine Behandlungsunterlagen aufbewahrte.

Kapitel 6

»Wie hat es diese Frau nur durch den Polizeieignungstest geschafft?«, fragte Kriminalhauptkommissar Peter Hauser kopfschüttelnd, während er sich die Videoaufzeichnung aus dem Vernehmungszimmer ansah. »Sie hat sich nicht einmal ansatzweise unter Kontrolle und neigt weiterhin zu Gewaltausbrüchen.«

»Vielleicht ergibt sich daraus ein Ansatzpunkt für uns«, überlegte seine Kollegin Julia Förster gähnend. »Vielleicht war sie bei ihrer Aufnahme in das Ausbildungsprogramm tatsächlich psychisch unauffällig und hat diese Wesenszüge erst durch gewalttätige Erfahrungen entwickelt. Oder es ist in ihrer Beziehung mit Doktor Hendriksson etwas vorgefallen, vielleicht wurde sie misshandelt und hat sich nun dafür gerächt?«

»Gewalt in Beziehungen kommt häufiger vor, als man meint. Vor allem wenn die Partner unter großem emotionalem Stress stehen«, stimmte Ermittler Fischer seinen Kollegen nachdenklich zu. »Du hast damals doch die Ermittlungen geleitet, Peter. Caroline Wagner und Frederik Hendriksson waren schon ein Paar, als der Transplantationsskandal aufgekommen ist. Wie hat sie diese Tyrannei von Hendriksson Senior mitbekommen? Wurde sie ebenfalls Opfer von Gewalt?«

Julia Förster und Peter Hauser dachten über diese Fragen eine ganze Weile nach, immerhin lagen die Ermittlungen zu diesem Fall schon einige Zeit zurück.

»Wir hatten Frau Wagner als Zeugin zu Frederiks Verschwinden im August befragt«, überlegte Peter Hauser und entsperrte seinen Computerbildschirm, um nach schriftlichen Notizen zu diesem Fall zu suchen.

»Und als Frederik nach seiner Befreiung vorübergehend nach München gezogen ist, ist Frau Wagner hier in Hamburg geblieben und hat ihre erst im August begonnene Ausbildung fortgesetzt«, fügte Julia Förster hinzu und blätterte in einem alten Notizbuch, das sie in ihrer Schreibtischschublade aufbewahrt hatte.

»Dann hatte Frau Wagner also kaum etwas bis überhaupt nichts mit Hendriksson Senior zu tun?«, fragte Eike Fischer in die Stille hinein.

»Wir haben sie nicht im Detail zu möglichen Vorfällen während Frederiks Zeit in München befragt, es gab keinen Anlass dazu.« Hauser griff nach seiner halbleeren Kaffeetasse und trank sie in wenigen Zügen aus.

»Ich wusste, da war noch etwas!« Die junge Kriminalpolizistin lächelte müde. »Während Doktor Hendriksson in München war, gab es einen Amoklauf in der Hamburger Polizeischule. Und unter den Opfern war damals auch Frau Wagner. Einer der Täter damals hat ausgesagt, auf Befehl von Hendriksson Senior gehandelt zu haben. Die gleiche Botschaft stand auch im Bekennerschreiben.«

»Sie lag damals ein paar Tage im Krankenhaus, jetzt erinnere ich mich auch. Frederik ist damals Hals über Kopf aus München abgereist und hat dabei unsere Kollegen, die ihn eigentlich beschützen sollten, kurzzeitig abgeschüttelt.« Peter Hauser stand auf und goss sich Kaffee aus der Thermoskanne in seine Tasse. »Nach ihrer Entlassung haben wir sie gemeinsam mit der üb-

rigen Familie Hendriksson auf deren Gestüt untergebracht und bewacht. Na ja, das Ende kennen wir, Hendriksson Senior hat Wege an uns vorbei gefunden, seinen Bruder und seinen Sohn zu Rede zu stellen.«

»Du meinst, die versuchten Hinrichtungen.« Julia Förster schüttelte den Kopf und lehnte sich in ihrem Drehstuhl zurück. »Dieser Mann war psychisch krank.«

Eike Fischer unterbrach den Gedankenaustausch seiner Kollegen durch ein lautes Niesen. »Entschuldigt,
bitte.« Er putzte sich die Nase und stützte sich dann
schwer auf seinen Schreibtisch. »Kommen wir noch
einmal zu diesem Amoklauf zurück. Ich erinnere mich
nur vage daran, aber waren da nicht diverse Schuss-
waffen im Gebrauch?«

Hauser nickte. »Die Täter haben wahllos in die Menge
geschossen, es gab Tote und unzählige Verletzte. Frau
Wagner hatte leichtere Schussverletzungen, wenn ich
mich richtig erinnere. Sie ist körperlich also recht
glimpflich davongekommen.«

»Wurde sie hinterher psychologisch betreut, bevor sie
in die Ausbildung zurückgekehrt ist? Wurde sie wieder
für diensttauglich befunden?«, fragte Eike Fischer.

»Mir ist nichts Gegenteiliges bekannt, aber ich habe da
nie nachgefragt«, gab Peter Hauser zu und setzte sich
wieder auf seinen quietschenden Drehstuhl, der trotz
dutzender Beschwerden immer noch nicht ausge-
tauscht worden war.

»Du meinst also, dass eine mögliche Ursache für Caroline Wagners Verhalten in den letzten beiden Tagen in
einem Amoklauf vor gut einem Jahr liegt?«, fasste Julia
Förster die Gedanken ihrer Kollegen noch einmal zusammen. »Aber warum geht sie dann ausgerechnet

auf Frederik Hendriksson los? Er war doch genauso Opfer seines Vaters wie sie.«

»Frederiks Brüder haben ausgesagt, dass Frau Wagner das Ende der Beziehung nicht akzeptieren wollte und dass ihre Maßnahmen immer extremer wurden.« Hauser rief das Gesprächsprotokoll vom Freitag auf. »Deswegen hat Frederik am Freitagmorgen Anzeige gegen sie erstattet wegen Stalkings, sexueller Belästigung und Hausfriedensbruch.«

»Hausfriedensbruch?«, wiederholte Eike Fischer überrascht. »Was hat sie getan?«

»Sie hat sich unbefugt Zugang zu seinem Zimmer auf dem Gestüt verschafft, um nackt im Bett auf ihn zu warten.« Ermittler Hauser schüttelte den Kopf.

»Wir sollten unbedingt mit Frau Wagners engen Angehörigen sprechen, seit wann sie sich dermaßen verändert hat. Vielleicht gibt es dafür noch andere Ursachen als diesen Amoklauf.« Hauptkommissar Fischer unterdrückte ein Gähnen und sah auf die Uhr. »Lasst uns eine Schlafpause machen und uns gegen Neun wieder hier treffen, um das weitere Vorgehen abzustimmen.«

Kapitel 7

Begleitet von Niklas' nächstem heftigen Hustenanfall mit blutigem Auswurf brachten die Notfallsanitäter ihren Patienten in die Notaufnahme der Hamburger Uniklinik. Die kalte Luft beim Ausladen aus dem Rettungswagen reizte Niklas' Atemwege nur noch mehr.

»Was haben wir?«, fragte ein Assistenzarzt geschäftig und ging voran in das Behandlungszimmer.

»Wir bringen Niklas Thorsen, vierunddreißig. Zustand nach einer schweren Lungenembolie vor anderthalb Jahren. Er ist seither bei Doktor Wrede in Behandlung. Wegen einer Sättigung von fünfundachtzig haben wir ihm Sauerstoff gegeben, seither stabilisiert sich der Wert bei dreiundneunzig«, fasste der Notfallsanitäter zusammen.

»Ich bin Doktor Taller, der diensthabende Internist«, stellte sich der Arzt vor. »Seit wann geht es Ihnen so, Herr Thorsen? Wann haben Sie diese Symptome?«

»So beschissen ... seit gestern«, keuchte Niklas.

»Verstehe. Dann rutschen Sie bitte einmal auf die Klinikliege hinüber«, wies Doktor Taller Niklas an und rief im System bereits Niklas' digitale Krankenakte auf.

Mit etwas Unterstützung der Notfallsanitäter wechselte Niklas auf die Liege und atmete auf, als jemand die Rückenlehne etwas steiler aufrichtete.

»Alles Gute, Doktor Thorsen«, verabschiedeten sich die Notfallsanitäter und verließen den Raum, sodass

43

Freja direkt neben Niklas trat und seine Hände in ihre nahm. »Es wird alles wieder gut«, murmelte sie wie ein Mantra. »Wir brauchen dich doch. Noch mehr als ohnehin schon.«

Andeutungsweise nickte Niklas und drückte ihre Finger leicht. »Ich gebe mein Bestes«, versprach er heiser und sah zu Doktor Taller, der noch immer die Akte studierte.

»Sie waren also seit Januar wöchentlich bei Doktor Wrede in der Sprechstunde, er hat zuletzt eine CT-Untersuchung angeordnet, die jedoch noch nicht durchgeführt wurde.« Endlich drehte sich Doktor Taller wieder zu seinem Patienten um. »Sie haben bei Doktor Wrede angegeben, beschwerdefrei zu sein. Wann sind denn die ersten Symptome aufgetreten?«

Frejas Blick ruhte auf Niklas.

Er rang lange mit sich, bis ihm endlich die Wahrheit über die Lippen kam. »Ende November, Anfang Dezember …«, gab Niklas schließlich zu und atmete angestrengt durch den geöffneten Mund ein und aus.

»Ich verstehe.« Doktor Taller nickte unverbindlich und zog das mobile Telefon aus seiner Kitteltasche. Während er lange dem Freizeichen lauschte, bereitete er alles für eine Blutentnahme vor.

»Doktor Wrede? Ja, Johann Taller hier. Ich habe eben einen Ihrer Patienten vom Rettungsdienst übernommen, Niklas Thorsen. Schlechter Allgemeinzustand, Temperatur bei neununddreißig eins, Sättigung ohne Sauerstoffgabe unter Neunzig, starke Atemgeräusche und Bluthusten. Ich gehe davon aus, dass Sie sich den Fall selbst ansehen wollen?«

Wredes Antwort war für Niklas nicht zu verstehen.

»Natürlich. Großes Blutbild veranlasse ich sofort. Ja, diesen Wert frage ich auch ab«, versicherte Doktor Taller. »Bis gleich.«

Müde drehte Niklas den Kopf zur Seite und sah zu seiner Frau. Gleichzeitig legte ihm der Assistenzarzt einen Stauschlauch um den Oberarm und nahm ihm mehrere Ampullen Blut ab.

»Wie steht es um Ihre Atemnot?«, fragte Johann Taller und gab die Ampullen einer Pflegerin mit.

»Geht …« Niklas wandte den Blick nicht von Frejas Gesicht. Sie beruhigte ihn allein durch ihre Anwesenheit.

»In einer halben Stunde haben wir die Laborwerte«, erklärte Doktor Taller und wandte sich zum Gehen. »Für die CT-Untersuchung habe ich Sie angemeldet, man wird Sie abholen, sobald das CT bereit ist. Falls bis dahin etwas ist, melden Sie sich bitte.« Leise verließ er das Untersuchungszimmer.

»Es tut mir so leid«, murmelte Niklas und schloss erschöpft die Augen.

Freja setzte sich schließlich neben Niklas auf die Liege und streichelte ihn mit gleichmäßigen Bewegungen. Immer wieder wurde die Stille von Niklas' nächsten, blutigen Hustenanfällen unterbrochen

»So, Doktor Thorsen.« Oliver Wrede betrat das Untersuchungszimmer nur mit einem Kittel über seiner Freizeitkleidung und desinfizierte sich die Hände. »Was ist passiert? Seit wann geht es Ihnen so? Anfang der Woche war Ihr Zustand ja noch einigermaßen stabil.«

Andeutungsweise schüttelte Niklas den Kopf und drückte Frejas Hand. »Ich habe Ihnen nicht alles erzählt, weil …« Wieder wurde sein angeschlagener Körper von einem Hustenanfall geschüttelt, Blut blieb auf Niklas' Kinn und rechter Handfläche zurück. Er verzog das Gesicht vor Schmerzen und wischte sich die blutige Handfläche an der Hose ab. »… weil ich … nicht wahrhaben wollte, dass … dass …«

»Schon gut, Doktor Thorsen.« Oliver Wrede reichte ihm Papiertücher, um sich die Reste des blutigen Auswurfs vom Kinn wischen zu können. »Wichtig ist, dass Sie jetzt hier sind. Ich werde herausfinden, was genau in Ihrer Lunge abläuft. Dazu machen wir gleich ein CT und haben bis dahin auch das Notfalllabor vorliegen.«

»Was vermuten … Sie?« Niklas kostete es große Überwindung, Doktor Wrede diese Frage zu stellen und den Blick dabei nicht abzuwenden. Er fühlte sich wie ein Idiot, der sich gnadenlos verschätzt hatte.

»Sie wissen, dass ich kein Freund von Spekulationen bin, Doktor Thorsen.« Wrede nahm das Stethoskop aus seiner Kitteltasche. »Setzen Sie sich bitte auf und lassen mich Ihre Lunge abhören.« Mit gerunzelter Stirn lauschte Doktor Wrede und beendete seine Untersuchung rasch. »Das klingt stark nach einer Lungenentzündung. Und der Bluthusten kann eine Folge einer solchen Entzündung sein, aber auch auf eine frische Embolie hindeuten. Mehr wissen wir, wenn die Untersuchung abgeschlossen ist.«

»Und was ist mit den stummen Embolien, von denen Niklas erzählt hat? Können Sie dann überhaupt noch etwas tun?«, fragte Freja angstvoll.

»Doktor Wrede?« Johann Taller sah in das Untersuchungszimmer. »Das CT ist bereit, bringen Sie den Patienten gleich selbst dorthin?«

Der Herzspezialist nickte und löste die Bremsen der

Liege. »Ja, wir haben einige Möglichkeiten, Frau Thorsen. Aber darüber unterhalten wir uns, sobald wir wissen, was in der Lunge Ihres Mannes vor sich geht.« Ächzend zog Doktor Wrede an der Liege und bugsierte sie hinaus auf den Flur.

»Sagen Sie schon, dass Sie recht ... hatten und ... ich nicht ...« Niklas' Atem rasselte.

»Hier geht es nicht um recht oder unrecht haben, Doktor Thorsen. Hier geht es darum, dass wir Sie gemeinsam wieder fit bekommen. Und dass sich Ihr Zustand nicht weiter verschlimmert«, erklärte Doktor Wrede ernst und bugsierte die Liege mit seinem Patienten eilig zur Radiologie. Im Flur ließ er Niklas für einen Moment stehen. »Ich hole Sie gleich ab.«

»Mach keinen Scheiß«, bat Freja Niklas und gab ihm keinen Kuss auf die Stirn. »Wir schaffen das gemeinsam, hörst du? Und künftig hörst du gleich auf Doktor Wrede, dann muss er nicht mehr so weit kommen wie jetzt.«

»Versprochen.« Niklas drückte ihre Finger. »Ich ... ich liebe dich.«

»Ich dich doch auch.« Freja hatte Tränen in den Augen.

Oliver Wrede beobachtete kritisch, wie Niklas Thorsen auf die CT-Liege umgelagert wurde und die Untersuchung schließlich gestartet wurde. Angespannt trommelte er mit den Fingerspitzen auf der Tischplatte herum.

»Die Blutwerte sind da.« Doktor Taller trat ein und schloss die Tür hinter sich. »Die Entzündungswerte sind massiv erhöht, dazu ist der D-Dimer-Schnelltest positiv. Es gibt also eine frische Embolie.«

»Ich habe es befürchtet.« Wrede sah nachdenklich am Bildschirm vorbei durch das Fenster zu seinem Patienten. »Er bekommt bereits seit mehreren Wochen höherdosierte Blutverdünner und eine Lyse-Therapie ist mir bei seiner Gesamtverfassung zu riskant. Ich werde also mit einem Katheter versuchen, die verstopften Gefäße wieder zu eröffnen. Falls das nicht ausreicht, können wir immer noch die Lyse-Therapie versuchen oder offen operieren.«

»Das Katheterlabor ist frei, soll ich Sie anmelden?«, bot Doktor Taller an und beugte sich interessiert vor, als die CT-Aufnahmen endlich auf dem Bildschirm geladen wurden. »Oh Mann ...«

»Dieser Patient ist von der ganz sturen Sorte und hat seinen Zustand mehr oder weniger bewusst dermaßen verschlimmern lassen«, bemerkte Wrede und scrollte durch die Schichtaufnahmen. »Das Blutbild hat schon seit der ersten Untersuchung im Januar angezeigt, dass etwas nicht stimmt.«

»Das ist eine riesige Entzündung. Da wundern mich weder die Sauerstoffsättigung noch die Blutwerte.« Johann Taller schüttelte den Kopf.

»Der Auslöser für die massive Entzündung der Lunge ist mindestens eine stumme Embolie«, erklärte Doktor Wrede und deutete auf den Bildschirm. »Und hier im anderen Lungenflügel haben wir die frische Embolie. Sagen Sie im Katheterlabor Bescheid, damit wir direkt mit der Angiographie starten können. Ich informiere schon einmal den Patienten und kläre ihn über den Eingriff auf.«

Stumm betrachtete der Herzspezialist die CT-Aufnahmen noch für einen Moment, dann stand er auf und kehrte zu seinem Patienten und dessen Frau zurück, die inzwischen im Vorbereitungsraum warteten.

»Haben Sie herausgefunden, was mit Niklas los ist?«, fragte Freja Thorsen angstvoll.

»Ja, das haben wir.« Doktor Wrede sah dabei in erster Linie zu Niklas, dessen Schmerzen sich mit jedem Atemzug weiter aufschaukelten. »Doktor Thorsen, das heutige Blutbild und die CT-Untersuchung haben einen klaren Befund ergeben. Die stummen Embolien im rechten Lungenflügel haben zu einer massiven Lungenentzündung geführt. Zudem konnten wir eine frische Embolie im linken Lungenflügel nachweisen.«

»Und ... und was heißt das jetzt?«, fragte Freja Thorsen angespannt, Tränen traten ihr in die Augen.

»Die Embolien haben kleine Blutgefäße blockiert, das werde ich mit einem Katheter beheben«, erklärte Oliver Wrede geduldig. »Sobald die Gefäße wieder frei sind, muss die Lunge ausheilen und sich von der massiven Entzündung erholen. Aber es sieht so aus, als hätte Ihr Mann großes Glück gehabt.«

»Danke«, nuschelte Niklas. »Wann fangen Sie an?«

»Ich nehme Sie gleich mit, es wird bereits alles für den Eingriff vorbereitet. Haben Sie Fragen dazu, Doktor Thorsen?«, wollte Doktor Wrede wissen und nahm von einer Pflegerin ein Klemmbrett mit den Einverständniserklärungen entgegen.

Gut zwanzig Minuten später begann Doktor Wrede im Katheterlabor mit dem minimalinvasiven Eingriff.

»Spüren Sie noch etwas, Doktor Thorsen?«, fragte der Herzspezialist mit dem Skalpell in der Hand.

»Ich schreie schon, falls die Betäubung zu leicht ist.«

Niklas war durch die Sauerstoffmaske hindurch kaum zu verstehen und schloss schon wieder die Augen.

Zufrieden nickte Doktor Wrede, setzte einen kleinen Schnitt in Niklas' Leiste und führte einen Katheter in das Blutgefäß ein. Langsam und immer mit Blick auf den Überwachungsmonitor schob er den Katheter vorwärts, bis er die Lungengefäße erreichte.

»Wir beginnen mit der frischen Embolie«, erklärte der erfahrene Herz-Thorax-Chirurg.

»Mhm ...« Niklas versuchte, möglichst ruhig und gleichmäßig zu atmen. Dank der Schmerzmedikamente, die er inzwischen über Infusion bekam, tat ihm der Brustkorb endlich nicht mehr mit jedem Atemzug höllisch weh. Immerhin ein kleiner Fortschritt.

»Und schon ist das Gefäß wieder geöffnet.« Zufrieden nickte Doktor Wrede, als er das Ergebnis seiner Arbeit über eine andere Einstellung am Monitor kontrollierte. »Der Anfang ist gemacht, Doktor Thorsen. Jetzt kümmern wir uns um die anderen Embolien.«

»Mhm ...« Entspannt atmete Niklas aus und gab es langsam auf, sich gegen den Schlaf zu wehren.

»Ein bisschen wach bleiben sollten Sie schon noch, Doktor Thorsen. Wenn ich hier fertig bin, dürfen Sie so lange schlafen, wie Sie möchten.« Konzentriert schob Doktor Wrede den Katheter zu den Embolien im anderen Lungenflügel, um auch sie so zu zerkleinern, dass sie vom Körper einfach abgebaut werden konnten und keine Gefahr mehr für die Blutgefäße darstellten.

»Bin aber müde«, protestierte Niklas mit geschlossenen Augen.

»Seit wann kennen Sie eigentlich Ihre Frau? Wie haben Sie sich kennengelernt?«, fragte Doktor Wrede.

Ein winziges Lächeln huschte über Niklas' Gesicht, blieb jedoch verborgen von der Maske über Mund und Nase. »In der Schule … kurz vor dem Abschluss …«

»Das ist ja schön«, bemerkte Oliver Wrede, während er die nächste Embolie mit seinen Instrumenten vorne am Katheter zerkleinerte. »Da haben Sie gemeinsam schon viel erreicht, was? Schulabschluss, das Studium, den Jobeinstieg und jetzt Ihre Tochter.«

»Vergessen Sie … den Transplantations…skandal nicht. Das war wohl … die extremste … Erfahrung …« Niklas gähnte. »Aber … Elina … war dabei …«

Insgesamt eine Dreiviertelstunde war Oliver Wrede damit beschäftigt, die Embolien in den Blutgefäßen von Niklas' Lunge zu entfernen.

»Jetzt dürfen Sie schlafen, Doktor Thorsen. Ich informiere Ihre Frau über alles«, versprach der Herzspezialist und begleitete die Verlegung seines Patienten auf die Überwachungsstation. Obwohl es Niklas den Umständen entsprechend gut ging, war für die nächsten Stunden eine permanente Kontrolle der Vitalwerte zwingend erforderlich. Bei stabiler Verfassung würde man Niklas am nächsten Tag auf die Normalstation verlegen können.

»Bei Auffälligkeiten rufen Sie mich bitte direkt an«, ermahnte Doktor Wrede den zuständigen Kollegen und wandte sich sofort wieder zum Gehen. Er wollte nur noch das Gespräch mit der Angehörigen führen und sich dann noch für ein paar Stunden hinlegen, bevor sein regulärer Tag auf Station und im OP begann.

»Doktor Wrede? Wie ist es gelaufen?«, fragte Freja Thorsen zaghaft und mit Angst im Blick, als der Herzspezialist zu ihr in den Wartebereich kam und sich auf den Stuhl ihr gegenüber setzte.

»Ich konnte alle Embolien beseitigen, das war ein wichtiger erster Schritt«, berichtete Oliver Wrede mit ruhiger Stimme. »Wir werden Ihren Mann für die nächsten Stunden auf der Überwachungsstation im Auge behalten. Sobald sich sein Zustand stabilisiert und verbessert, werden wir ihn auf die Normalstation verlegen.«

»Dann kriegt Niklas also die Kurve? Gibt … wird es Folgeschäden geben? Oder … was heißt das denn jetzt für unsere Familie?«, stammelte Freja überfordert.

»Wir haben die Hauptursache für seinen Zustand beseitigt, doch die Lungenentzündung ist massiv und wird einige Zeit benötigen, um vollständig abzuheilen«, erklärte Doktor Wrede geduldig. »Ob es zu Folgeschäden durch die stummen Embolien gekommen ist, werden weitere Untersuchungen in den nächsten Tagen zeigen. Wenn Sie möchten, bringe Sie jetzt zu Ihrem Mann, Frau Thorsen. Er liegt allein im Überwachungszimmer, da kann ich um diese Uhrzeit eine Besucher-Ausnahme machen.«

Kapitel 8

An Händen und Füßen gefesselt wurde Caroline Wagner am Montagvormittag zur nächsten Befragung abgeholt. Als ob sich die Polizisten nicht merken konnten, dass sie zu diesen absurden Vorwürfen nichts sagen würde.

»Guten Morgen, Frau Wagner. Ich bin Hauptkommissar Fischer, meine Kollegin Frau Förster«, stellte sich der Kriminalpolizist vor und setzte sich ihr gegenüber. Stumm musterte Caroline den Mann. Die dunklen Schatten unter seinen Augen zeugten von mehreren schlaflosen Nächten, doch sein Blick war wachsam.

»Warum haben Sie mich erneut hierher zerren lassen?«, fragte Caroline betont ruhig, ohne seinem Blick auszuweichen. Er hatte schöne grünblaue Augen, die von zahlreichen kleinen Lachfältchen umrandet waren. Unter anderen Umständen würde sie ihn sogar attraktiv finden.

»Es haben sich noch einige Fragen ergeben, Frau Wagner«, erklärte Hauptkommissar Fischer.

Stumm wartete Caroline, dass er weitersprach. Gleichzeitig überlegte sie, welchen vermeintlichen Ansatzpunkt die Ermittler wohl gefunden hatten.

»Sie wurden im Dezember vor einem Jahr bei einem Amoklauf in der Polizeischule angeschossen. Hinterher hat sich herausgestellt, dass der Vater Ihres damaligen Lebensgefährten die Tat in Auftrag gegeben hat.

Wie hat sich das auf Ihre Gefühle für Doktor Hendriksson ausgewirkt? Haben Sie sich durch diese traumatische Erfahrung verändert?«, fragte Eike Fischer, ohne sie aus den Augen zu lassen.

Irritiert runzelte Caroline die Stirn.

Wie kamen die Kriminalpolizisten denn auf dieses alte Thema?

Was erhofften sie, herauszufinden?

Vor allem: was hatte das mit den Ereignissen von Freitag und Samstag zu tun?

»Sie suchen das Motiv, richtig?«, kombinierte Caroline nach einigem Nachdenken. »Und Sie glauben, dass ich Frederik niedergestochen habe, weil sein Vater mich hat niederschießen lassen. Ist es nicht so?«

»Der Amoklauf, kurz darauf die Schießerei auf dem Gestüt der Hendrikssons. Und dann trennt sich Doktor Hendriksson auch noch von Ihnen, wo Sie seinetwegen so viel einstecken mussten.« Hauptkommissar Fischer ging gar nicht erst auf Ihre Gegenfrage ein. »Da ist es doch nicht abwegig, sich dafür zu rächen.«

Andeutungsweise schüttelte Caroline den Kopf.

Da hatte jemand wohl zu viele Kriminalromane gelesen oder seichte Fernsehkrimis gesehen, um solche Theorien aufzustellen.

Wollte er sie mit solch absurden Aussagen provozieren und zu einem Geständnis bringen?

Dieser Hauptkommissar hatte wohl vergessen, dass sie sein Handwerkszeug kannte. Sie wusste, mit welchen Tricks er arbeitete.

»Warum ist Ihre Beziehung mit Doktor Hendriksson eigentlich auseinandergegangen?«, fragte Eike Fischer ungezwungen weiter.

»Frederik war die meiste Zeit in München, da war für mich und meine Ausbildung in Hamburg kein Platz«, erklärte Caroline in neutralem Tonfall und lehnte sich im Stuhl zurück, die Handschellen klirrten leise.

»Und Sie haben die Trennung kommen sehen? Oder wollten Sie um die Beziehung kämpfen?«

Schon wieder runzelte Caroline die Stirn.

War sie hier im Beziehungsratgeber gelandet?

Was sollten diese Fragen?

Wollte dieser Fischer sie damit bewusst provozieren?

»Frederik hat eine Entscheidung getroffen, das musste ich akzeptieren«, stellte sie mit fester Stimme klar, ohne den Blicken des Hauptkommissars auszuweichen. »Natürlich war es schade, dass er nach einem Jahr keine gemeinsame Zukunft mehr gesehen hat, aber ich habe das respektiert.«

»Ich verstehe.« Eike Fischer verschränkte die Arme. »Wenn Sie das Ende der Beziehung akzeptieren und respektieren, wie passen dann die Vorwürfe von Doktor Hendriksson dazu, dass Sie ihn gestalkt und sexuell belästigt hätten?«

»Frederik hat einiges durchgemacht, er ist psychisch sehr angeschlagen«, erklärte Caroline, ohne zu zögern. »Ich meine, seine Verlobte wurde vor einigen Jahren im Dienst erschossen. Sein eigener Vater will ihn töten lassen, er schrammt einige Male haarscharf am Tod vorbei. Und am Ende erfährt er, dass sein Vater sowohl hinter dem Organtransplantationsskandal als auch hinter dem Tod seiner Verlobten steckt. Frederik hat das nie verarbeitet.«

»Sie wollen mir damit also sagen, dass die Aussagen und Anzeigen von Doktor Hendriksson in direktem Zusammenhang zu seiner psychischen Verfassung stehen und er Sie zu Unrecht beschuldigt?«

Herausfordernd hob Caroline eine Augenbraue. »Sprechen Sie mit Niklas Thorsen oder Frederiks Brüdern. Sie alle werden Ihnen bestätigen, dass Frederik nie eine Therapie zur Aufarbeitung dieser traumatischen Ereignisse gemacht hat und dass er psychisch schwer angeschlagen ist.«

Eike Fischer starrte sie durchdringend an, als würde er anhand kleinster Regungen in ihrem Gesicht erfahren, ob ihre Worte der Wahrheit entsprachen. »Angenommen, Ihre Aussage zu Doktor Hendrikssons psychischer Gesundheit entspricht der Wahrheit. Warum sind Sie dann zwei Mal mit einem Messer auf ihn losgegangen? Warum haben Sie ihn niedergestochen und schwerverletzt?«

»Er hat mich angegriffen, ich habe mich nur verteidigt.« Caroline legte den Kopf schief. »Keine Ahnung, was mit Frederik am Freitag und mit Niklas am Samstag los war. Auf einmal gehen die auf mich los und erwarten, dass ich alles mit mir machen lasse.«

»Doktor Hendriksson hat Sie angegriffen? Wie?« Eike Fischer runzelte die Stirn, doch er brach den Blickkontakt nicht ab.

»Wir haben uns harmlos auf dem Parkplatz unterhalten und auf einmal tickt er richtig aus, packt mich und schüttelt mich …« Sie seufzte. »Welche Wahl hatte ich denn? Ich hatte Angst um mein Leben!«

»Und dann stechen Sie sechs Mal auf ihn ein? Das ist schwer als Notwehr zu erklären«, wandte die Polizistin neben Hauptkommissar Fischer ein.

Caroline blieb stumm.

»Demnach hat Doktor Thorsen Sie auch völlig grundlos angegriffen?«, fuhr Julia Förster fort. »Und was ist mit dem Polizisten, den Sie vor dem Krankenzimmer niedergeschlagen haben?«

»Ich habe niemanden niedergeschlagen. Und gegen Niklas habe ich mich nur gewehrt«, stellte Caroline klar und sah dabei immer noch zu Eike Fischer. »Wenn Sie keine handfesten *Beweise* vorzubringen haben, ist dieses Gespräch hiermit beendet. Ich diene doch nicht zur Alleinunterhaltung Ihrer Ermittlungsgruppe.«

Widerstandslos ließ sich Caroline von zwei uniformierten Polizisten aus dem Vernehmungszimmer führen.

Dieser Hauptkommissar hatte eine interessante Ausstrahlung gehabt.

Sehr ruhig und beherrscht war er, dazu waren seine Fragen geschickt formuliert gewesen.

Eine deutliche Verbesserung zu diesem Markl, der sie am Freitag zu Frederiks absurden Anschuldigungen befragt hatte.

Sie wollten ein Motiv? Vielleicht sollte sie diesen Markl als Motiv benennen, da er sie mit seiner Art allein zur Weißglut brachte.

Erst einmal musste sie Möglichkeiten finden, die Untersuchungshaft zu beenden, die die Staatsanwaltschaft beantragt hatte. Vielleicht konnte ihr da doch ein Anwalt weiterhelfen, auch wenn sie einen Rechtsbeistand bisher abgelehnt hatte.

Vielleicht konnte der Widerspruch gegen die Haftanordnung einlegen. Ein Versuch wäre es allemal wert.

Kapitel 9

»Guten Morgen, Doktor Thorsen.« Herzspezialist Oliver Wrede schloss die Tür zum Überwachungszimmer hinter sich und musterte seinen Patienten undurchdringlich. »Wie fühlen Sie sich inzwischen? Wie war die Nacht?«

Matt schüttelte Niklas den Kopf. Er fühlte sich hundeelend und hatte nur dank der großen Erschöpfung überhaupt geschlafen. Hohes Fieber und Schüttelfrost begleiteten ihn seit der zweiten Nachthälfte und waren inzwischen etwas zurückgegangen.

»Ich habe bereits mit den Kollegen der Nachtschicht gesprochen, Sie machen uns ganz schön Kummer, Doktor Thorsen.« Oliver Wrede setzte sich auf den Hocker neben Niklas' Bett. »Die Ergebnisse der heutigen Blutuntersuchung zeigen, dass die Angiografie erfolgreich war. Der D-Dimer-Wert ist stark rückläufig.«

Andeutungsweise hob Niklas eine Augenbraue.

»Ihre Entzündungswerte hingegen sind unverändert hoch, aber das passt zu der massiven Lungenentzündung, die wir auf dem CT gesehen haben. Wir wechseln heute noch einmal das Antibiotikum und hoffen, dass wir damit eine deutliche Verbesserung erreichen können«, fuhr Doktor Wrede fort. »Zudem möchte ich eine Ultraschalluntersuchung vom Herzen machen.«

»Das ... Herz?«, fragte Niklas leise und war durch die Beatmungsmaske hindurch kaum zu verstehen.

Doktor Wrede sah ihn lange an und schien sich genau zu überlegen, wie er seine Antwort am besten formulieren sollte. »Seit Ihrer ersten Lungenembolie beobachten wir den Zustand Ihres Herzens, um Schädigungen frühzeitig erkennen zu können. Das Herz versucht die durch die Embolie veränderte Kreislaufsituation zu kompensieren, wodurch es zu temporären und permanenten Herzschädigungen bis hin zum Herzversagen kommen kann.«

»Okay… und … habe ich …?«, fragte Niklas stockend.

»Das werden wir herausfinden«, versicherte Oliver Wrede. »Ihr Herz hat die massive Embolie vor anderthalb Jahren nahezu unbeschadet überstanden, das ist für den Moment eine gute Ausgangslage.« Er drehte sich um, weil ein Assistenzarzt die Tür geöffnet hatte und ein Ultraschallgerät hereinschob. »Danke.«

Rasch stellte Doktor Wrede das Gerät für die Untersuchung ein und half Niklas dann, sich das verschwitzte Flügelhemd über die Schultern zu streifen. Anschließend wartete er geduldig, bis sich Niklas auf die Seite gedreht hatte.

»Einmal kalt«, warnte Wrede seinen Patienten und begann mit der Ultraschalluntersuchung. Konzentriert sah er auf den Bildschirm und wechselte die Anzeige, um den Blutdurchfluss beurteilen zu können.

»Und?«, fragte Niklas ergeben und mit geschlossenen Augen. Als gäbe es keine schlechten Untersuchungsergebnisse, wenn er sie nicht sehen konnte.

»Sie zeigen eine beginnende Rechtsherzschwäche, das hatte ich angesichts des jüngsten Krankheitsverlaufs bereits vermutet«, erklärte Doktor Wrede ernst und glitt mit dem Schallkopf über Niklas' Brustbein.

Niklas blieb stumm und schluckte merklich.

Rechtsherzschwäche, das war überhaupt nicht gut und konnte ernste Konsequenzen für sein ganzes weiteres Leben mit sich ziehen.

War der Schaden bereits irreparabel?

Oder bekam er gerade noch rechtzeitig die Kurve, sodass man eine noch stärkere Herzschädigung würde abwenden können?

»Ihr EKG ist bislang unauffällig, Sie zeigen keine Rhythmusstörungen. Das weist darauf hin, dass die Herzschädigung noch nicht so weit fortgeschritten ist und dass wir diesen Prozess zumindest noch aufhalten können«, fuhr Oliver Wrede fort, beendete die Untersuchung und wischte Niklas das Gel mit einem Papiertuch von der Brust.

»Wie ... ist die ... Prognose?«, fragte Niklas stockend.

Ihm war mit dieser Diagnose wie vor den Kopf geschlagen. Sein Problem war mit einem Mal massiv größer geworden und die Folgen waren nicht im Ansatz abzusehen.

Was würde das für Freja und Elina bedeuten? Und was für das Baby, das Freja unter dem Herzen trug?

Würde er die Familie weiterhin ernähren können?

Konnte er überhaupt in seinen Job zurückkehren?

Eine Träne rann aus Niklas' Augenwinkel.

Er hatte seinen Zustand leichtsinnig komplett falsch eingeschätzt und das waren nun die Konsequenzen.

Wenn er könnte, würde er die Zeit um einige Wochen zurückdrehen und die großen Fehler vermeiden.

»Die Diagnose ist schwer zu verdauen, das ist mir bewusst, Doktor Thorsen. Aber ich glaube, dass ich nur mit diesen deutlichen Worten zu Ihnen durchdringe.

Wir werden den Zustand Ihres Herzens regelmäßig kontrollieren, um rechtzeitig weitere Maßnahmen einleiten zu können. Das wichtigste Ziel gerade ist, dass Ihr Fieber zurückgeht und Ihre Lungenentzündung abheilt. Dann können wir weitersehen.«

»Es tut mir leid, dass ... dass ich so ...« Niklas hustete angestrengt. »Es ist ... meine Schuld ...«

»Bei mir müssen Sie sich nicht entschuldigen, Doktor Thorsen«, stellte Oliver Wrede klar und stand auf. »Ich bin froh über Ihre Einsicht, dass Sie dringend behandelt werden müssen. Alles weitere müssen Sie mit Ihrer Familie klären, das ist nicht mehr mein Thema.« Er lächelte andeutungsweise. »Ihr Zustand hat sich seit der stationären Aufnahme stabilisiert, deswegen verlegen wir Sie auf die Normalstation. Dann können Sie Ihre Frau und Ihre Tochter wiedersehen. Wir sehen uns morgen bei Visite, erholen Sie sich gut.«

Den Transport zur anderen Station verschlief Niklas ebenso wie das Mittagessen, sodass ihn erst Frejas Besuch am Nachmittag wieder weckte.

»Na du?«, fragte Freja und nahm seine Hand.

»Hey ...« Niklas blinzelte müde und lächelte zaghaft hinter der Beatmungsmaske. »Wo ist ... Elina?«

»Deine Schwester kümmert sich um sie.« Freja kramte mit der freien Hand in ihrer Tasche und zog ihren Mutterpass heraus. »So hatte ich die Möglichkeit, erst zu Doktor Behringer und dann direkt zu dir zu fahren. Schau mal, wir bekommen tatsächlich einen zweiten Blubbs.« Sie nahm den Ausdruck eines Ultraschallbilds aus der Hülle und hielt es so, dass Niklas einen Blick darauf werfen konnte.

»Blubbs«, wiederholte Niklas mit breiter werdendem Lächeln. »Das … ist so … schön …«

»Ich freue mich sehr darauf«, gab Freja zu und strahlte über das ganze Gesicht, das von den dunklen Augenringen der letzten Nächte geprägt war. »Dieses Mal hetzt uns kein schwer bewaffnetes Killerkommando quer durch Schweden, das ist schon eine gewaltige Weiterentwicklung.«

»Dafür bin ich … im Arsch …« Erschöpft schloss Niklas die Augen.

»Doktor Wrede kriegt dich wieder hin, hörst du? Wenn ihr zusammen am gleichen Strang zieht und nicht gegeneinander arbeitet wie zuletzt, dann wirst du wieder ganz gesund.« Sie beugte sich vor und gab ihm einen Kuss auf die Stirn. »Lass dir helfen, du Sturkopf. Deine Ärzte wissen schon, wie sie deine Probleme behandeln können.«

»Ich liebe dich«, murmelte Niklas, bevor ihn der Schlaf übermannte.

Kapitel 10

»Wagner? Sie haben Besuch!« Die Justizvollzugsbeamtin öffnete die Klappe in Carolines Zellentür.

»Wer ist es?« Caroline ließ sich absichtlich Zeit, der stummen Aufforderung folge zu leisten, weil sie die Beamtin liebend gern zur Weißglut trieb.

»Scheinbar hat sich doch ein geldgeiler Anwalt gefunden, der eine kriminelle Polizistin verteidigen möchte. Na ja, es gibt für alles Menschen.« Grob brachte die Vollzugsbeamtin die Handschellen an Carolines Handgelenken an. »Zurücktreten und hinsetzen!«, befahl die Beamtin und trat in Begleitung einer Kollegin ein, um Caroline auch an den Füßen zu fesseln.

»Geldgeil oder nicht, er wird mich hier herausholen«, zeigte sich Caroline zuversichtlich und ließ sich von ihren Aufpasserinnen zum Besucherbereich des Gefängnistrakts eskortieren. Die Frauen waren äußerst wachsam und ließen sie keinen Moment aus den Augen.

Der Rechtsanwalt wartete bereits im fensterlosen Besucherraum auf Caroline und musterte sie schon bei ihrem Eintreten neugierig und aufmerksam.

»Frau Wagner? Ich bin Rick Gentner«, stellte er sich vor und wartete, bis sie sich an den Tisch gesetzt hatte. Erst dann nahm er ihr gegenüber Platz.

Ein Gentleman, so wie Frederik.

Das blieb aber auch die einzige Gemeinsamkeit mit

Frederik, denn rein körperlich repräsentierte der An-
walt das exakte Gegenteil zum angehenden Assistenz-
arzt. Blasse Haut, schlechte Körperspannung, sehr
schlacksig. Aber egal, es kam nicht auf das Aussehen,
sondern auf die Fachkenntnisse an. Hauptsache, er
konnte ihr den Weg aus der Untersuchungshaft ebnen.

»Haben Sie sich in meinen Fall bereits eingelesen?«,
fragte Caroline sofort und drehte ihre Handgelenke in
den zu straff sitzenden Fesseln.

Nervös nickte Anwalt Gentner und befeuchtete seine
Lippen mit der Zunge. »Sie wurden von den Ermittlern
bereits vernommen und auf Basis dieser Befragung
wurde die Untersuchungshaft angeordnet?«

»So sieht es aus«, bestätigte Caroline. »Ich möchte,
dass Sie als Erstes Widerspruch gegen diese Haftanordnung einlegen. Das ist vollkommen verhältnislos.
Ich fühle mich übertrieben hart behandelt und vorver-
urteilt.«

»Ich verstehe und werde sehen, was ich für Sie tun
kann.« Rick Gentner machte sich eine Notiz. »Was ist
mit den Anzeigen, die Doktor Hendriksson am Freitag
gegen Sie gestellt hat? Hausfriedensbruch, sexuelle
Belästigung und Nachstellung?«

»Er hat psychische Probleme und stellt mich als Schul-
dige dar. Auch da können Sie mir behilflich sein.« Caroline lächelte freundlich. »Schaffen Sie diese haltlosen
Anschuldigungen aus der Welt.«

Wieder notierte sich Anwalt etwas. »Was ist mit den
beiden Messerangriffen auf Doktor Hendriksson, bei
denen nicht nur Hendriksson, sondern auch Doktor
Thorsen und ein Polizist verletzt wurden?«

»Das mit Frederik war Notwehr, er hat mich auf dem

Parkplatz bedroht und angegriffen. Niklas ist im Krankenzimmer ohne nachvollziehbaren Grund sofort auf mich losgegangen. Und was diesem Polizisten passiert ist weiß ich nicht, weil ich damit nichts zu tun habe«, erklärte Caroline knapp. »Also? Können Sie mir helfen und mich hier herausholen?«

Gentner überflog seine Notizen und nickte dann unsicher. »Ich werde sehen, was ich für Sie tun kann, Frau Wagner«, versicherte er. Auf seinen Wangen breiteten sich rote Flecken aus.

»Lassen Sie sich nicht zu lange Zeit«, warnte Caroline ihn mit diabolischem Lächeln und sah ihren Anwalt herausfordernd an. »Ansonsten finde ich selbst Mittel und Wege, hier herauszukommen.«

»Machen Sie Ihre Lage bitte nicht noch schlimmer, Frau Wagner, und geben Sie mir die Zeit, Ihre Interessen auf legalem Weg zu vertreten. Ich melde mich noch diese Woche bei Ihnen.« Rick Gentner verließ den Besucherraum, Caroline wurde anschließend zurück in ihre Zelle eskortiert.

Mit einem lauten Knall schlug die dauergereizte Justizvollzugsbeamtin die Zellentür hinter der inhaftierten Polizistin zu.

»Blöde Kuh«, murmelte Caroline und ließ sich am Waschbecken kaltes Wasser über ihre wunden Handgelenkte rinnen.

Das war absolut unnötig, die Fesseln so eng zu ziehen. Ob sie sich darüber wohl auch bei Rick Gentner beschweren konnte?

Ohne sich die Hände abzutrocknen schlurfte Caroline schließlich die wenigen Schritte zur Pritsche, die hier offiziell als Bett bezeichnet wurde. Bett konnte man das Holzbrett mit etwas Schaumstoff darüber kaum nennen. Ein weiterer Grund, warum sie schleunigst zurück in die Freiheit entlassen werden musste.

Carolines Gedanken streiften nur kurz das Gespräch mit Anwalt Gentner und wanderten dann gleich weiter zu Frederik. Auf der einen Seite sehnte sie sich nach ihm und vermisste seine Nähe, während sie ihn gleichzeitig abgrundtief hasste.

Wie konnte er es wagen, sie so zu behandeln?

Für unverbindlichen Sex war sie gerade gut genug gewesen? Frederik hatte sie anschließend wie eine heiße Kartoffel fallen lassen, ohne auch nur einen Gedanken an ihre Gefühle zu verschwenden.

Glaubte er, dass er sich ohne Rücksicht auf Verluste alles nehmen durfte, was er wollte?

Andererseits, genau so hatte ihm das sein Vater ja vorgelebt mit seinem florierenden Organhandel. Offenbar war das das einzig wahre Gesicht der Hendrikssons. Wie der Vater, so der Sohn.

Caroline schluckte merklich.

Der große Transplantationsskandal war für sie ein schwieriges Thema und verbunden mit großer Wut und Verbitterung.

Wie hatte sich diese Familie dazu erheben können, über Leben und Tod zu entscheiden und dies an große Mengen Geld knüpfen können?

Hatten Hendrikssons überhaupt ein Gewissen?

Oder war ihnen alles andere egal, solange es ihnen selbst gut ging?

Mit dieser Selbstherrlichkeit kam Frederik ganz genau nach seinem Vater und befeuerte Carolines Wut auf

diese Familie nur weiter. Warum besaßen diese igno-
ranten Arschlöcher alles im Überfluss, während sie nur
ein winzig kleines Stückchen vom Kuchen abbekam?
Warum konnten sie sich alles erlauben?
Warum sah jeder in ihr die Böse, obwohl Frederik und
seine Familie selbst so viel Unrechtes getan hatten?
»Verdammtes Arschloch!«, schrie Caroline und hieb
mit der flachen Hand gegen die Wand. »Arschloch,
Arschloch, Arschloch!«

Kapitel 11

Mitte der Woche zeigte die Antibiotika-Therapie erste Wirkung: das Fieber ging merklich zurück und Niklas' Sauerstoffsättigung blieb auch ohne Beatmungsmaske stabil im Normbereich. Dennoch verschlief er einen Großteil des Tages und das war vermutlich das Beste, das er für seinen Körper gerade tun konnte.

»Moin, Doktor Thorsen.« Hauptkommissar Peter Hauser betrat das Einzelzimmer auf der kardiologischen Station mit gerunzelter Stirn. »Ihre Frau hat mir am Telefon gesagt, dass ich Sie hier finde. Was ist Ihnen denn passiert?«

Niklas schnitt eine Grimasse und setzte sich langsam auf. »Es geht schon wieder aufwärts«, meinte er ausweichend und verschränkte die Arme unter der Decke. »Wie kann ich Ihnen weiterhelfen?«

Der Kriminalpolizist musterte Niklas aufmerksam und legte dann eine Mappe auf das Nachtkästchen. »Ich habe hier das Protokoll zu Ihrer Aussage vom Samstag, das Sie bitte durchlesen und unterschreiben.«

»Klar.« Widerwillig schob Niklas seinen rechten Arm unter der warmen Decke hervor und nahm die Mappe in die Hand. Seine Aussage überflog er nur oberflächlich und setzte seine Unterschrift auf das Papier, einen Kugelschreiber hatte ihm Peter Hauser dafür an die Mappe geklemmt.

»Haben Sie Ihre Verletzungen aus dem Kampf mit Frau

Wagner ärztlich dokumentieren lassen?«, fragte Hauser weiter und nahm die Mappe wieder an sich.

»Ich erinnere mich, dass wir darüber gesprochen hatten, aber … mir kam ein akuter Notfall dazwischen.« Niklas räusperte sich.

»Sie können das auch jetzt noch nachholen, das ist kein Problem. Aber es ist wichtig, dass wir möglichst viel gegen Frau Wagner in der Hand haben«, bat ihn der Polizist eindringlich.

»Caroline macht es Ihnen nicht gerade leicht, was?« Hausers Tonfall war Niklas nicht entgangen.

»Sie wissen, dass ich nichts zu einem laufenden Verfahren sagen kann.« Peter Hauser schüttelte den Kopf.

»Sie können das Attest über Ihre Verletzungen gerne auch abfotografieren und mailen, das reicht für den Anfang schon aus.«

»Ich bin ja noch ein paar Tage hier, das sollte ich schaffen.« Niklas ließ sich zurück auf das Kissen sinken. »Ist noch etwas oder sind Sie den weiten Weg hierher nur wegen des Protokolls gefahren?«

Peter Hauser schmunzelte und setzte sich auf den Stuhl neben dem Bett. »Sie und Frederik Hendriksson waren zur Zeit des Transplantationsskandals sehr enge Freunde. Demnach haben Sie den Beginn der Beziehung zwischen ihm und Frau Wagner hautnah mitbekommen?«

»Worauf wollen Sie hinaus?«, fragte Niklas argwöhnisch und atmete langsam aus.

»Welchen Eindruck haben Sie von Frau Wagner? War Sie damals schon gewaltbereit?«, fragte der Kriminalpolizist deutlich konkreter.

»Caroline hat sich normal verhalten, Gewaltausbrüche

habe ich nicht mitbekommen.« Niklas gähnte hinter vorgehaltener Hand.

»Dann hat sie das erst im Laufe der Beziehung entwickelt? Möglicherweise wegen der Vorfälle im Transplantationsskandal? Oder ist zwischen ihr und Doktor Hendriksson etwas vorgefallen?«

»Wollen Sie damit andeuten, dass Frederik Caroline misshandelt hätte?« Niklas schüttelte heftig den Kopf. »Er hatte lange Vorbehalte, der Beziehung eine richtige Chance zu geben. Und klar, da hat der Altersunterschied eine große Rolle gespielt. Aber Frederik würde nie ... nein, er ist nicht gewalttätig und würde schon gar nicht die Hand gegen eine Frau erheben.«

»Ich verstehe. Und haben Sie eine Erklärung, warum Frau Wagner auf Doktor Hendriksson und Sie losgegangen ist?«, wollte Peter Hauser nachdenklich wissen.

Andeutungsweise zuckte Niklas mit den Schultern. »Caroline hat Frederik nie wirklich verstanden und es stattdessen mit Druck versucht, vor allem wenn es um die psychologische Aufarbeitung der ganzen Ereignisse ging. Dass er die Beziehung unter anderem deswegen beendet hat, war für sie absolut unverständlich.« Er rutschte etwas tiefer unter die Bettdecke und schloss kurz die Augen. »Frederiks einziger Fehler war, dass er sich vor zwei Wochen mit Caroline zum Kaffeetrinken getroffen hat und mit ihr im Bett gelandet ist. Für ihn war das ein bedeutungsloser Ausrutscher, doch Caroline ist mit jedem Tag mehr ausgeklinkt. Sie war wohl der Ansicht, dass sie und Frederik füreinander bestimmt wären.«

»Mit *ausgeklinkt* meinen Sie wohl das Nachstellen,

den Hausfriedensbruch und die sexuelle Belästigung, die Doktor Hendriksson zur Anzeige gebracht hat?«, fragte Peter Hauser erneut nach.

»Das hat bei ihr wohl das Fass zum Überlaufen gebracht.« Niklas gähnte erneut. »Tut mir leid, aber ich fürchte, wir müssen später weitersprechen.«

»Erholen Sie sich gut, Doktor Thorsen. Sie haben mir für den Moment sehr geholfen. Falls sich weitere Fragen ergeben, melde ich mich bei Ihnen.« Der Kriminalpolizist stand auf und verließ das Krankenzimmer leise. Doch da war Niklas bereits erschöpft eingeschlafen.

Niklas hatte selbst das Mittagessen verschlafen und wachte erst am späten Nachmittag wieder auf.

»Irgendwie gehen wir mit unseren Patienten pfleglicher um als Doktor Wrede und seine Abteilung«, bemerkte Maximilian Vollmer amüsiert und stieß sich vom Fensterbrett ab.

»Max? Was machst du denn hier?« Verwirrt blinzelte Niklas und richtete sich auf. Seine Stimme war ganz belegt, doch der Schleim ließ sich immer noch nicht gut abhusten.

»Erst einmal habe ich dich seit Samstag ganz schön vermisst«, stellte sein Freund und Kollege ernst fest. »Und nachdem du nicht auf meine Nachrichten reagiert hast, habe ich vorhin bei deiner Frau nachgefragt, was los ist. Na ja, und sie hat mich hierhergeschickt.«

»Mhm…« Niklas räusperte sich und nahm das Glas mit Wasser von seinem Nachtkästchen.

»Was hast du dir eingefangen, wenn du die Frage erlaubst?« Maximilian schraubte die Wasserflasche auf und goss das Glas in Niklas' Hand wieder voll.

»Eine frische Lungenembolie in der Nacht auf Sonntag und vorher einige kleine, stumme Embolien, die mir eine massive Lungenentzündung eingebracht haben.« Niklas trank noch zwei Schlucke und stellte das Glas zurück auf das Nachtkästchen. »Wrede hat mir also ein weiteres Mal den Arsch gerettet.«

»Eine Lungenentzündung infolge stummer Lungenembolien? Hat Wrede bei deinen letzten Untersuchungen gepennt oder warum ist das nicht früher aufgefallen? Und …« Maximilian schüttelte heftig den Kopf. »Du warst zuletzt also mit einer massiven Lungenentzündung arbeiten, hast du überhaupt nichts davon mitbekommen? Warst du nicht furchtbar eingeschränkt?«

»Wrede hat so etwas in der Art schon Anfang Januar vermutet, weil meine Blutwerte komplett daneben waren«, nahm Niklas seinen behandelnden Arzt in Schutz. »Ihm waren nur die Hände gebunden, weil ich mich wie ein Vollidiot verhalten und all seine Ansagen in den Wind geschlagen habe. Ansonsten wäre es wohl gar nicht erst so weit gekommen, dass ich stationär behandelt werden muss.«

Sein Freund blieb stumm und runzelte nur die Stirn, doch Niklas wusste auch so, was Maximilian sagen wollte und nur mit großer Beherrschung nicht laut aussprach.

»Ich weiß jetzt auch, dass das saublöd war«, fuhr Niklas heiser fort. »Aber es lässt sich nun mal nicht rückgängig machen. Ich wollte einfach nicht wahrhaben, dass es mir körperlich schon wieder beschissen geht. Beruflich lief es zuletzt super, auch unser Familienleben hatte sich eingependelt. Und gesundheitlich ging es mir nach der ersten Embolie und der Schussverletzung auch endlich wieder gut. Ich wollte nicht noch einmal von vorne anfangen.«

»Ich verstehe dich und bin erleichtert, dass du Einsicht zeigst.« Maximilian lächelte andeutungsweise. »Und Wrede wird dich schon wieder hinkriegen, da bin ich mir sicher.«

»Nachdem er alle nötigen Informationen für die Behandlung hat, ja.« Niklas räusperte sich und endete in einem kleinen Hustenanfall, der inzwischen jedoch nicht mehr mit blutigem Auswurf endete. »Ich habe noch eine dienstliche Bitte«, fuhr Niklas schließlich keuchend fort. »Ich war am Samstag in einen Kampf verwickelt und habe ein, zwei Schläge einstecken müssen. Könntest du oder einer der Kollegen die Blessuren dokumentieren, damit ich das an die Polizei weiterleiten kann?«

»Du warst in deinem Zustand in einen Kampf verwickelt«, wiederholte Maximilian Vollmer ungläubig. »Und da hast du nur ein, zwei Schläge einstecken müssen?«

»Mir ging es erst hinterher so beschissen«, verteidigte sich Niklas. »Also, hilfst du mir?«

»Ich kann das schon machen, das ist kein Problem. Wo wurdest du denn erwischt?« Maximilian musterte Niklas neugierig, als er die Bettdecke zur Seite schob. »Ui, das ist ordentlich.«

»Blutverdünner. Ansonsten wäre der Bluterguss längst nicht so groß geworden«, kommentierte Niklas und lehnte sich zurück ins Kissen.

Kapitel 12

Mit einem lauten Knall fiel die massive Eingangstür des schmucken Altbaus hinter Victoria Andersen zu und ließ sie erleichtert aufatmen. Der Notartermin an diesem Vormittag war reibungslos über die Bühne gegangen, der Verkauf der großen Villa in Eppendorf notariell besiegelt. Ein russischer Geschäftsmann hatte sein Kaufangebot noch einmal nachgebessert und somit die übrigen Interessenten ausgestochen.

»Endlich ist es vorbei.« Victoria Andersen ging langsam zu ihrem Auto und schüttelte den Kopf. So lange hatte sich diese Immobilie wie ein gewaltiger Klotz an ihrem Bein angefühlt, dass sie es nicht so recht glauben konnte, dieses Kapitel ihres Lebens beendet zu haben. Mit der Fernbedienung entriegelte sie den unscheinbaren, dunkelgrünen Kleinwagen und setzte sich hinter das Steuer. Bevor sie jedoch den Motor starten konnte, klingelte ihr Handy.

»Pierre? Was gibt es denn?«, fragte sie, als sie seinen Namen auf dem Display gelesen hatte. »Wollten wir nicht erst am Wochenende telefonieren?«

»Ich habe seit deinem Abflug am Samstag nichts mehr gehört, *ma chérie*«, stellte ihr Freund Pierre besorgt fest. »Wie geht es dir? Wie geht es deinem Sohn?«

Seufzend ließ Victoria Andersen die Hand mit dem Zündschlüssel sinken. »Frederik ist schwer verletzt und liegt im Koma, aber er lebt. Das ist angesichts seiner Verletzungen ein mittleres Wunder. Ich werde ihn heute Nachmittag wieder besuchen und hoffe sehr, dass er bald wieder bei Bewusstsein ist.«

»Dafür bete ich.« Pierre räusperte sich. »Und wie geht es dir mit alldem, *ma chérie*?«

Victoria lehnte den Kopf gegen die Nackenstütze und schloss die Augen. »Ich schlage mich durch«, murmelte sie. »Für den Moment wünsche ich mir nichts anderes, als dass Frederik endlich wieder aufwacht.«

»Ich bin für dich da«, versicherte ihr Freund mit sanfter Stimme. »Wann immer du mich brauchst, Victoria, ruf mich an. Du musst das nicht allein schaffen.«

»Es tut gut, diese Worte von dir zu hören.« Sie lächelte andeutungsweise. »Bist du eigentlich noch in Brasilien oder schon weitergereist?«

»Mich hat nichts mehr in Rio gehalten, zudem habe ich einen neuen Auftrag bekommen. Deswegen war ich die letzten beiden Tage bei meinem Kunden in Sankt Petersburg, ich treffe mich mit ihm dann nächste Woche in Hamburg«, berichtete Pierre. »Aber keine Sorge, das ist eine rein berufliche Reise. Wenn du mich nicht sehen möchtest, verstehe ich das. Ich habe bereits ein Hotelzimmer reserviert.«

»Wie lange bist du dann in Hamburg?«, fragte Victoria mit klopfendem Herzen. Nachdem ihr letztes Treffen in Brasilien so abrupt geendet hatte, sehnte sie sich nach einem baldigen Wiedersehen, auch wenn so viele Dinge ihres Lebens ungeklärt waren.

»Meine beruflichen Verpflichtungen beschränken sich auf Montag und Dienstag, dann muss ich die Entwürfe für meinen Kunden ausarbeiten. Und du weißt, wie lange ich an Plänen für große Immobilien sitze.« Pierre schmunzelte und wurde rasch wieder ernst. »Wenn du möchtest, bleibe ich in Hamburg und bin so jederzeit für dich persönlich erreichbar. Ansonsten reise ich nächste Woche weiter nach Bordeaux. Du musst das auch nicht sofort entscheiden, meine Reisepläne sind flexibel.«

»Ich sage dir noch Bescheid.« Victoria Andersen atmete tief durch und schlug die Augen wieder auf. »Entschuldige bitte, dass ich im Moment so kompliziert bin. Aber meine Söhne haben gerade absoluten Vorrang für mich. Ich muss wissen, dass es ihnen gut geht.«

»Das weiß und verstehe ich, mach dir um mich keine Gedanken«, versicherte Pierre. »Ich liebe dich und freue mich, wenn wir uns irgendwann wiedersehen.«

Frederiks Mutter fuhr nach ihrem Telefonat mit Pierre gleich weiter zur Asklepios Klinik Sankt Georg. In den letzten beiden Tagen waren Oliver und Julian dort zu Besuch gewesen, heute war sie wieder an der Reihe. Mehr als einen Angehörigen pro Besuchszeit erlaubten die Ärzte auf der Intensivstation nämlich nicht. Eine Pflegerin gewährte Victoria Andersen Einlass und begleitete sie zu Frederiks Bett, an dem ein Arzt stand und seine Untersuchung beendete.

»Ah, Frau Andersen.« Er richtete Frederiks Bettdecke und zog die Handschuhe wieder aus. »Ich habe gerade die letzte Drainage gezogen, es geht also einen weiteren kleinen Schritt nach vorne.«

»Doktor …?« Angestrengt dachte Victoria nach, doch ihr wollte der Name des Mediziners nicht einfallen. Ein Hygieneumhang verbarg zudem sein Namensschild und war somit keine Hilfe.

»Dobner. Sebastian Dobner.« Er lächelte freundlich.

»Dobner, richtig ...« Victoria sah an ihm vorbei zu Frederik, der immer noch inmitten unzähliger Kabel, Schläuche und Geräte lag, deren genaue Bedeutung sie lieber nicht kennen wollte. »Wie sieht es denn aus? Wissen Sie schon, wann Sie Frederik aus dem Koma wecken können?«

Doktor Dobner betrachtete seinen Patienten nachdenklich. »Ihre beiden Söhne haben bestimmt von den letzten Tagen berichtet und dass die Bauchfellentzündung endlich abklingt. Zudem konnten wir am Mittwoch ein Leck an einem der Blutgefäße in der Leber beheben. Das alles spiegelt sich in Frederiks Zustand wider. Er stabilisiert sich mit jedem Tag ein bisschen mehr, sodass wir nun beginnen, das Narkosemittel zu reduzieren.«

»Wie lange wird es dauern, bis Frederik aufwacht?«, fragte Victoria Andersen mit belegter Stimme und nahm Frederiks Hand in ihre. »Wird er sich an das Attentat erinnern? Wie ... ich meine... wie schlimm wird das Erwachen für ihn werden?«

»Jeder Patient ist unterschiedlich, deswegen kann ich Ihre Fragen gar nicht beantworten. Wir reduzieren das Narkosemittel stufenweise, sodass er zunächst für kurze Momente aufwacht und dann immer länger am Stück bei Bewusstsein bleiben wird. Das kann durchaus ein paar Tage dauern.« Doktor Dobner machte eine Pause und räusperte sich. »Was die Umstände seiner Einlieferung angeht, auch hier kann ich nur spekulieren. Die starken Schmerzmittel und Narkose kurz nach dem Attentat sorgen bei vielen Patienten für Erinnerungslücken.«

»Danke.« Victoria wischte sich Tränen von den Wangen und drückte Frederiks Finger sanft. »Vielen Dank, dass Sie sich die Zeit für meine Fragen genommen haben.«

Leise zog sich Doktor Dobner aus dem Überwachungszimmer zurück und schloss die Schiebetür hinter sich.

»Deine Ärzte sind zufrieden mit der Behandlung, das ist doch ein toller Fortschritt.« Mit Tränen in den Augen beugte sich Victoria Andersen nach vorne und streichelte Frederik über das Haar. »Wir alle hoffen, dass du bald wieder ins Leben zurückfindest. Dass du glücklich wirst und endlich zur Ruhe kommst.«

Langsam glitt ihr Blick über Frederiks entspanntes Gesicht. Sie fühlte sich um anderthalb Jahre zurückversetzt, als sie in Rügen an seinem Bett gewacht hatte. Als man Frederik aus der Gefangenschaft und Folter von Doktor Hanson befreit hatte. Er war fürchterlich zugerichtet gewesen, sein ganzer Körper von Blutergüssen, Platzwunden und Striemen überzogen. Im Vergleich dazu sah er heute geradezu normal aus, die Bettdecke verbarg die frischen Wunden gnädig.

Die halbstündige Besuchszeit auf der Intensivstation war wie im Flug an Victoria Andersen vorbeigezogen, sodass sie ihren Sohn schweren Herzens wieder allein ließ. Immer noch unter dem Eindruck von Frederiks Zustand stehend fuhr die Konzertpianistin schließlich zu ihren anderen beiden Söhnen auf dem Gestüt. Sie wollte jetzt nicht in eine leere Wohnung zurückkehren, sondern in der Nähe ihrer Familie sein. Zumindest bei dem, was von ihrer Familie noch übrig war.

Auf dem Gestüt musste sie Julian und Oliver nicht lange suchen, denn die beiden waren wieder mit der Entrümpelung des Nebengebäudes beschäftigt.

»Der Container reicht gerade so«, bemerkte Oliver und wischte sich den Schweiß von der Stirn.

»Ihr seid echt fleißig«, staunte Victoria und folgte ihren Söhnen in das nun fast leere Gebäude.

»Die Wand kommt noch raus und dann müssen wir uns erst einmal auf ein Konzept einigen. Entweder arbeiten wir etagenweise, dass jeder eine bekommt. Oder wir trennen das Haus in der Mitte, sozusagen als Doppelhaushälfte.« Julian drehte sich um die eigene Achse. »Aber mit der Entscheidung wollen wir warten, bis Frederik wach ist und mitreden kann. Immerhin ist das auch sein künftiges Zuhause.«

»Wie geht es ihm denn heute? Was hat Doktor Dobner gesagt?«, fragte Oliver und musterte seine Mutter beunruhigt.

»Doktor Dobner ist mit dem Behandlungsverlauf so weit zufrieden. Sie wecken Frederik jetzt langsam auf, aber das kann bis nächste Woche dauern.« Victoria seufzte. »Mal sehen, wie es ihm dann tatsächlich geht und woran er sich erinnert.«

»Frederik ist ein Kämpfer, Mama. Er schafft das, da bin ich mir ganz sicher.« Julian zog die Arbeitshandschuhe aus. »Wie ist eigentlich der Notartermin heute Vormittag noch gelaufen? Hat alles geklappt?«

»Die Villa ist Geschichte.« Ein kleines Lächeln zeigte sich auf Victoria Andersens Lippen. »Ich werde den Umbau von diesem Geld bezahlen. Und den Rest teilen wir durch vier. Ich will dieses Geld nicht für mich allein, ich brauche es nicht.«

Kapitel 13

Niklas fröstelte, als er sich auf die schmale Liege des CT-Geräts legte. Seine warme Sweatjacke lag auf dem Rollstuhl im Vorraum, sie würde er erst nach der Untersuchung wieder anziehen dürfen.

»Die Arme bitte seitlich, genau.« Die Radiologie-Assistenzärztin nickte zufrieden. »Falls Sie sich unwohl fühlen, können wir die Untersuchung jederzeit abbrechen. Bitte bleiben Sie ruhig liegen und versuchen, sich so wenig wie möglich zu bewegen.«

»Natürlich.« Niklas drehte den Kopf wieder gerade und schloss die Augen. Er hasste all diese Untersuchungen, wenn er selbst der Patient war.

Mit einem leisen Surren setzte sich die Liege in Bewegung und schob sich langsam durch das CT-Gerät, damit erneut Schichtaufnahmen von Niklas' Brustkorb gemacht werden konnten.

»Sie haben es geschafft, Doktor Thorsen.« Schon wieder stand die Assistenzärztin neben ihm und wartete, bis er sich aufgesetzt hatte. »Der Transportdienst wird Sie dann gleich abholen.«

»Klar.« Langsam schlurfte Niklas zurück in den Vorbereitungsraum. Nachdem sein Fieber endlich abgeklungen war und sich sein Allgemeinzustand deutlich stabilisiert hatte, erlaubte ihm Doktor Wrede kurze Spaziergänge, um den Kreislauf wieder in Schwung zu bringen.

Weitere Untersuchungen führten Niklas im Rollstuhl durch verschiedene Abteilungen im Erdgeschoss der großen Klinik, sodass er mittags erschöpft zurück ins Bett kroch. Doktor Wrede hatte sich für fünfzehn Uhr angekündigt, um den Befund zu besprechen. Da blieb ihm genug Zeit, um zu essen und sich von den ungewohnten Anstrengungen wieder etwas zu erholen.

Freja weckte Niklas kurz vor Drei aus seinem Mittagsschlaf mit einem zärtlichen Kuss auf die Stirn. Die Erschöpfung hatte ihn länger und tiefer schlafen lassen, als er vermutet hatte.

»Wie geht es dir?«, fragte Niklas noch etwas verschlafen und setzte sich gähnend auf. »Was macht die Übelkeit?«

»Ist immer noch ziemlich ausgeprägt. Aber wir wissen ja von unserer Reise mit Elina, dass mich diese Phase noch eine Weile begleiten wird.« Freja streichelte Niklas über die Wange. »Was ist mit dir? Wie sind die Untersuchungen heute gelaufen? Hat man dir schon irgendetwas gesagt?«

»Ich habe gefragt, aber keine Antworten bekommen. Nur, dass Doktor Wrede alles mit mir besprechen wird. Entweder hat sich der Befund noch einmal deutlich verschlechtert oder … ach, keine Ahnung.« Niklas rutschte an die Bettkante, sammelte sich kurz und stand dann auf. »Wrede wartet am Arztzimmer auf uns. Darf ich mich bei dir einhängen?«

»Klar«, versicherte Freja lächelnd und verließ dann langsam mit Niklas am Arm dessen Krankenzimmer.

»Wo ist eigentlich Elina?«, fragte Niklas mit Sehnsucht in der Stimme. Er vermisste seine Tochter sehr.

»Das gefällt mir schon recht gut, Sie so zu sehen, Doktor Thorsen.« Oliver Wrede schloss die Tür zum Arztzimmer hinter sich. »Wie fühlen Sie sich?«

»Immer noch sehr erschöpft«, gab Niklas zu und drückte Frejas Hand sanft. Der Körperkontakt mit ihr beruhigte ihn, denn er konnte gerade überhaupt nicht einschätzen, welche Neuigkeiten Doktor Wrede heute für ihn hatte. Und das machte Niklas ganz schön nervös.

»Alles weitere wäre eine große Überraschung, wenn man sich Ihren Zustand von letztem Samstag in Erinnerung ruft.« Doktor Wrede rief Niklas' digitale Krankenakte auf und überflog die letzten Einträge darin. »Die Angiografie war erfolgreich, alle von Embolien betroffenen Gefäße sind weiterhin offen und gut durchgängig. Das ist eine sehr gute Nachricht.«

Freja lächelte, während Niklas noch etwas zurückhaltend abwartete. Er hatte Angst, dass Wrede nur diese eine gute Nachricht hatte und es nun mit schlechten Neuigkeiten weiterging.

»Die Entzündung in der Lunge geht langsam zurück, aber es wird noch einige Zeit dauern, bis das völlig ausgeheilt ist. Die Antibiotika werden Sie weiterhin nehmen müssen. Gleiches gilt für die Schmerzmittel, damit Sie sich keine Schonatmung angewöhnen, die eine erneute Lungenentzündung nach sich zieht«, fuhr Doktor Wrede fort.

»Und was ist mit meinem Herzen? Was hat die Ultraschalluntersuchung vorhin ergeben?«, fragte Niklas unruhig.

»Ihr EKG ist weiterhin unauffällig, der Befund hat sich laut Ultraschall nicht weiter verschlechtert. Dennoch werden wir Ihr Herz regelmäßig untersuchen.« Doktor Wrede sah seinen Patienten ernst an. »Und für Sie ist absolut wichtig, Doktor Thorsen, dass Sie selbst kleine Infekte ernst nehmen und auskurieren, um Ihr Herz nicht weiter zu belasten oder weiter zu schädigen.«

»Dann kommt Niklas also mit einem blauen Auge davon?« Freja sah zwischen Niklas und Doktor Wrede hin und her. »Oder gibt es für den Alltag Einschränkungen, die Sie bisher nur noch nicht angesprochen haben?«

»Für den Anfang ist es äußerst wichtig, Doktor Thorsen, dass Sie langsam machen und Ihrem Körper die Zeit geben, die Lungenentzündung vollständig auszukurieren. Das bedeutet, dass Sie bis auf weiteres krankgeschrieben bleiben. Und ich erwarte, dass Sie sich weiterhin so kooperativ zeigen, auch wenn ich Sie nach Hause entlassen habe.«

»Ich habe schon verstanden, dass ich riesengroßen Mist gebaut habe und das nun auslöffeln muss.« Niklas sah zu Boden. »Aber können Sie denn schon eine grobe Prognose abgeben, wie lange das alles dauern wird? Wann darf ich zum Beispiel wieder zu meinem Pferd? Und wann darf ich an eine Rückkehr in den Job denken?«

»Sie wissen, dass ich so etwas nicht genau vorhersagen kann, Doktor Thorsen. Wir werden von Woche zu Woche sehen müssen, wie sich Ihr Zustand verändert.« Doktor Wrede machte eine kurze Pause und sah zwischen Niklas und Freja hin und her. »Für den Moment rechne ich aber damit, dass ich Sie Anfang nächster Woche nach Hause entlassen kann. Körperliche Schonung wird für zwei bis vier Wochen erforderlich sein. Das hängt ganz davon ab, wie gut die Lunge abheilt und ob weitere Beschwerden auftreten. Wenn Sie dann wieder in einer stabilen Verfassung sind, können wir über die berufliche Wiedereingliederung sprechen.«

»Das heißt, ich darf mein Pferd vorerst zwar besuchen, aber reiten sollte ich nicht. Erst, wenn Sie mir grünes Licht dafür erteilen.« Niklas sah seinen behandelnden Arzt nachdenklich an.

»Die Zeitangaben dienen als grober Richtwert, Doktor Thorsen. Wir werden von Termin zu Termin sehen«, wiederholte Doktor Wrede. »Aber für den Moment haben Sie Recht, dass ich Ihnen eindringlich vom Reitsport abrate. Andernfalls riskieren Sie tatsächlich eine schwere Herzschädigung.«

»Verstanden.« Niklas erwiderte Frejas leichten Händedruck. »Gibt es sonst noch etwas, das Sie mit mir oder besser gesagt uns besprechen wollen?«

Doktor Wrede schüttelte den Kopf. »Wir sehen uns am Montag wieder bei Visite, Doktor Thorsen. Versuchen Sie, sich weiterhin gut zu erholen, dann dürfen Sie bald wieder nach Hause zu Ihrer Familie.«

Kapitel 14

Ihre Hand- und Fußfesseln klirrten bei jedem Schritt, den Caroline in den Besucherbereich der Untersuchungshaftanstalt Hamburg geführt wurde. Wieder wurde sie von zwei Beamtinnen bewacht, die sie keinen Moment aus den Augen ließen.

»Papa?«, fragte die Inhaftierte überrascht, als die Tür zum Besucherraum vor ihr geöffnet wurde.

»Setzen Sie sich«, wies die Vollzugsbeamtin Caroline schroff an und blieb mit ihrer Kollegin neben der Tür stehen.

Carolines Vater beäugte die Justizvollzugsbeamtinnen irritiert. Offenbar war er davon ausgegangen, dass man ihn mit seiner Tochter allein lassen würde.

»Keine Ahnung, wer das angeordnet hat, dass ich permanent von diesen Wachhunden begleitet werde«, stellte Caroline in die Stille hinein fest und beugte sich vor. »Hat man dich nicht zu mir gelassen oder warst du nicht sicher, ob du mich überhaupt besuchen willst?«

»Ich musste erst eine Besuchserlaubnis beim Haftrichter beantragen und dann einen Termin in der Haftanstalt ausmachen. Das ging alles nicht so schnell.« Bekümmert schüttelte Hannes Wagner den Kopf und musterte seine Tochter nachdenklich. »Erklärst du mir, was geschehen ist? Warum bist du in Untersuchungshaft? Was hast du getan? Warum wurde ich diese Woche von Kriminalpolizisten befragt, als hätte ich selbst eine Straftat begangen? Caroline, ich begreife nicht, was hier los ist!«

»Was weißt du denn alles?«, tat Caroline unwissend und verschränkte ihre Finger miteinander, bis die ersten Gelenke knackten.

Ihr Vater seufzte schwer. »Ist es wahr, dass du mit einem Messer auf Frederik losgegangen bist und ihn schwer verletzt hast? Allein das … ich … ich bin sprachlos!«

»Es war Notwehr, er hat mich angegriffen. Warum die Polizisten das in sich verdrehen und behaupten, ich hätte ihn einfach niedergestochen, kann ich dir nicht sagen.« Caroline lehnte sich wieder in ihrem Stuhl zurück.

»Frederik hat dich angegriffen«, wiederholte Hannes Wagner skeptisch. »Aber warum? Wart ihr nicht seit letztem Sommer getrennt? Was hattet ihr überhaupt noch miteinander zu tun?«

»Das musst du ihn fragen.« Demonstrativ zuckte Caroline mit den Schultern. »Wie geht es dir sonst? Was macht die Arbeit?«

Ungläubig riss ihr Vater die Augen auf. »Du … du … wechselst einfach so das Thema? Als ob das hier ein Missverständnis wäre und du zu Unrecht hier sitzt? Wie kannst du nur so entspannt sein und abwarten?«

»Etwas anderes als abwarten kann ich hier nicht tun«, erklärte Caroline gelassen. »Ich habe einen Anwalt, der sich darum kümmert, die Untersuchungshaft so schnell wie möglich zu beenden und die haltlosen Vorwürfe aus der Welt zu schaffen.«

»Und wann gibt es neue Informationen von deinem Anwalt? Wann fallen die Entscheidungen zu deiner

Haft? Und wenn die Anschuldigungen haltlos sind, warum verbeißen sich die Kriminalpolizisten dann so in deiner Beziehung zu Frederik und stellen alles auf den Kopf?«

»Ich kooperiere mit den Polizisten, mehr kann ich dir dazu auch nicht sagen.« Caroline zuckte schon wieder mit den Schultern. »Was haben die Ermittler denn dir gegenüber angedeutet? Was genau sehen sie in meinem Fall anders?«

»Na ja, sie sind erst einmal sehr gründlich, weil du angehende Polizistin bist«, berichtete Carolines Vater ernst. »Und sie vermuten, dass innerhalb deiner Beziehung mit Frederik irgendetwas passiert ist, was diesen Gewaltausbruch erst möglich gemacht hat.«

»Das hätten sie wohl gern.« Amüsiert schüttelte Caroline den Kopf. »Was genau verstehen diese Idioten an Notwehr nicht? Da gibt es keine tiefergehende Erklärung, zumindest nicht auf meiner Seite. Sie sollten lieber bei Frederik nachforschen, warum ich mich gegen ihn verteidigen musste.«

»Frederik liegt noch im Koma, so wie ich das mitbekommen habe. Irgendeiner der Polizisten hat das im Nebensatz erwähnt.« Hannes Wagner seufzte. »Dann hoffe ich inständig, dass er bald aufwacht und diesen Irrtum aus der Welt schafft. Ansonsten wird dein ganzes berufliches Leben zerstört.«

»Ich bin mir dessen bewusst. Deswegen habe ich ja den Anwalt.« Carolines Blick ging zu den Beamtinnen neben der Tür, die demonstrativ auf die Uhr sahen. »Haben Sie noch einen Termin?«, fragte die Inhaftierte provokativ.

»Ihre Besuchszeit endet in fünf Minuten«, erklärte die

dauerschlecht gelaunte JVA-Beamtin, deren Stimmlage Caroline innerhalb von Sekunden auf die Palme brachte.

»Wann sehen wir uns wieder?«, fragte Caroline wieder an ihren Vater gewandt. »Also falls sich mein Anwalt oder der Richter als unnütze Idioten herausstellen sollten und ich länger hier einsitzen muss?«

»Man hat mir gesagt, dass du pro Monat zwei Stunden Besuch bekommen darfst. Demnach bleiben uns noch anderthalb Stunden und ich weiß nicht, ob du außer mir noch jemand anderen sehen möchtest.« Ihr Vater seufzte. »Gib mir Bescheid, wann ich dich wieder besuchen soll.«

»Bis bald, Papa.« Caroline lächelte andeutungsweise, stand auf und ließ sich dann von den Vollzugsbeamtinnen zurück in ihre Zelle führen.

Kapitel 15

Monotones Piepsen drang an Frederiks Ohr und wollte gar nicht mehr aufhören.

Was war das? Sein Wecker?

Langsam drehte er den Kopf in die Richtung des Piepsens und versuchte, seine Augen zu öffnen. Doch das war gar nicht so einfach, denn seine Wimpern waren von eingetrockneter Tränenflüssigkeit verklebt. Erst nach mehreren Versuchen lösten sich diese Verklebungen, sodass Frederik kurz in das helle Licht blinzelte.

Wo war er?

Wie spät war es?

Wie lange hatte er geschlafen?

Wo stand dieser nervtötende Wecker?

Frederik blinzelte ein paar Mal, bis sich seine Augen an das Licht gewöhnt hatten. Dann konnte er Details im Zimmer erkennen. Die hellen Vorhänge waren zugezogen, sodass kein Blick aus dem Fenster möglich war. Dafür aber fiel Frederik ein transparenter Schlauch auf, der neben seinem Kopf nach oben verlief. Das …

»Doktor Hendriksson?« Ein Mann näherte sich von hinten und umrundete das Bett. »Sie sind wach, das freut mich.«

»Mhm.« Frederik schluckte angestrengt, denn seine Zunge wollte ihm nicht so recht gehorchen. Offenbar hatte er sie schon seit einer Weile nicht mehr benutzt.

Wie lange hatte er denn geschlafen?

»Verstehen Sie mich?«, fragte der Mann und erschien endlich in Frederiks Sichtfeld.

»W… Wasser?«, fragte Frederik und versuchte, sich aufzurichten. Er keuchte auf, als ihm bei der ersten Bewegung seines Oberkörpers stärkste Schmerzen durch den gesamten Bauch schossen.

»Bleiben Sie ruhig liegen, Frederik.« Der Mann führte ihm einen feuchten Tupfer an die Lippen. »Bleiben Sie ruhig liegen, gleich werden die Schmerzen weniger.« Frederik saugte leicht an dem Tupfer, um seinen Mund richtig zu befeuchten. Schon fielen ihm wieder die Augen zu und er driftete in eine Art Dämmerschlaf ab.

Als Frederik das nächste Mal aufwachte, fühlten sich seine Lider nicht mehr so tonnenschwer an. Zudem war der Raum angenehm dunkel und wurde nur von den Bildschirmen direkt neben dem Bett in bunten Farben erleuchtet.

Irgendwo hatte er diese Bildschirme auch schon gesehen, doch Frederik konnte gerade keinen Zusammenhang herstellen.

Der Geruch nach Desinfektionsmitteln hingegen ließ ihn vermuten, dass er sich in einem Krankenhaus befand.

Ob er wohl im Dienst eingeschlafen war?

Das wäre mehr als peinlich.

Und es passte nicht so recht zu dem Gefühl, dass er mehr als nur ein paar Stunden geschlafen zu haben schien.

Außerdem würde er dann wohl kaum neben Überwachungsmonitoren liegen.

Nachdenklich starrte Frederik auf den linken Bild-schirm, der sämtliche Vitalparameter anzeigte. Herz-schlag, Sauerstoffsättigung, Blutdruck.
89 … 85 …91 … 87 … 81 … 79 …
Die Werte der Puls-Anzeige schwankten im Normbe-reich und ließen Frederik schließlich wieder erschöpft einschlafen.

»Guten Morgen, Frederik.« Eine Frauenstimme riss Frederik gefühlt fünf Minuten später aus dem Tief-schlaf. »Hier ist Schwester Sophie, ich mache Sie jetzt ein wenig frisch.«
Angestrengt blinzelte Frederik.
»Oh, Sie sind wach.« Die Pflegerin lächelte freundlich. »Wie fühlen Sie sich? Haben Sie Schmerzen?«
»Ich … bin in … einer Klinik?«, fragte Frederik stockend. Seine Zunge fühlte sich nicht mehr ganz so fremd an wie am Vortag. Doch er tat sich schwer, vollständige Sätze zu formulieren. Als würde seine Zunge die Ge-danken erst verzögert zu Worten formulieren.
»Das ist richtig, in der Asklepios Klinik Sankt Georg«, bestätigte Schwester Sophie und stellte eine Schüssel mit Wasser auf den Beistelltisch. »Ich wasche Sie jetzt erst einmal und ziehe Ihnen ein frisches Hemd an.«
»Was … ist … passiert?«, fragte Frederik und schloss die Augen, während ihm die Pflegerin das Gesicht mit einem Waschhandschuh wusch.
»Sie wurden mit mehreren Messerstichen in den Oberkörper schwer verletzt und von Doktor Dobner notoperiert. Er wird Ihnen bei der Visite genauer klä-ren, wie die Behandlung bisher verlaufen ist«, erklärte die Pflegerin und glitt mit dem Handschuh über Fre-

deriks Arme. »Sie hatten großes Glück, dass Sie so schnell in den OP gekommen sind.«

»Mhm …« Frederik runzelte die Stirn und sah an sich herunter. »Und … wann … war das?« Sein Blick blieb starr auf die langen Pflasterstreifen auf seinem Bauch geheftet.

»Sie wurden Freitag vor einer Woche niedergestochen und lagen acht Tage im Koma. Seit dem Wochenende wurde der künstliche Tiefschlaf langsam beendet.« Die Pflegerin lächelte aufmunternd und trocknete seinen Oberkörper ab.

»Guten Morgen, Doktor Hendriksson.« Gleich mehrere Ärzte betraten das Überwachungszimmer und versammelten sich rings um Frederiks Bett. »Ich bin Doktor Dobner und habe Sie operiert. Und ich freue mich, dass Sie wieder wach sind.«

Andeutungsweise nickte Frederik und sah auf die Bettdecke. »Was wurde verletzt?«, fragte er leise.

»Ihnen wurde insgesamt fünf Mal in den Bauch gestochen. Die Klinge hat dabei vor allem Ihren Dünndarm und Ihre Leber verletzt, doch das konnten wir operativ versorgen«, berichtete Sebastian Dobner. »Die daraufaufolgende Bauchfellentzündung haben wir nach einigen Tagen ebenfalls in den Griff bekommen.«

Frederik schluckte trocken.

»Wir werden Sie heute zum ersten Mal mobilisieren und voraussichtlich morgen auf die Normalstation verlegen«, fuhr Doktor Dobner fort und lächelte. »Dann kann Ihre Familie Sie auch gemeinsam besuchen. Ihre Mutter und Ihre Brüder werden erleichtert sein, Sie endlich wieder wach zu sehen.«

Kapitel 16

Frederik Hendriksson wirkte im Befragungsraum angespannt aber gefasst, als er Kommissar Thiebe gegenüber Platz nahm und sich im Stuhl zurücklehnte.

»So, Doktor Hendriksson. Ich habe von den Kollegen zwar bereits eine Zusammenfassung der Entdeckungen gehört, doch ich möchte Sie bitten, mir noch einmal von Anfang an zu erklären, was vorgefallen ist.«

»Natürlich«, versicherte Doktor Hendriksson und räusperte sich. »Ich … wo fange ich am besten an?« Er brach wieder ab und dachte nach. »Ich habe diese Wohnung erst Ende Dezember bezogen, damit ich nach langen Diensten in der Klinik nicht mehr so weit nach Hause fahren muss. Allerdings bin ich dann doch regelmäßig nach Hause auf das Familiengestüt gefahren und habe die Wohnung nie richtig genutzt. Deswegen war ich heute dort, um meinen Auszug vorzubereiten.« Frederik machte eine erneute Pause. »Bevor ich meine Wohnung jedoch betreten konnte, hat mich meine Nachbarin darauf aufmerksam gemacht, dass sich wohl mehrmals jemand in den Büschen meines Gartens herumgetrieben hat. Und einmal ist wohl jemand in die Wohnung eingebrochen, das war aber schon vor ein bis zwei Wochen.«

»Ich verstehe.« Kommissar Thiebe musterte Frederik aufmerksam. »Haben Sie dann umgehend die Polizei gerufen oder die Wohnung noch betreten?«

»Ich wollte erst sehen, was der Einbrecher in meinem Appartement angestellt hat. Also bin ich eingetreten und habe mich umgesehen«, bestätigte Frederik. »Es sah jedoch alles unberührt aus, sodass ich in den Garten gegangen bin. Ich wollte wissen, was jemand in den Büschen zu suchen haben könnte. Na ja, und da habe ich diese Abhörvorrichtung dann gefunden.« Rein äußerlich wirkte er ruhig, doch seine Stimme verriet, dass ihn diese Entdeckung stark erschüttert haben musste.

»Gibt es jemanden in Ihrem Umfeld, dem Sie zutrauen, Sie abzuhören? Jemand, mit dem Sie Streit haben? Oder der Sie bedroht hat?«

Seufzend schüttelte Frederik den Kopf. »Nachdem der Transplantationsskandal im UKE vor anderthalb Jahren publik geworden ist und damit auch die Rolle, die mein Vater darin gespielt hat, ruft mein Nachname bei einigen Mitmenschen negative Gefühle hervor. Oftmals sind es Angehörige oder Patienten selbst, die von den manipulierten Organtransplantationen betroffen waren.« Frederik räusperte sich. »Rund um den Prozess letztes Jahr gab es einige öffentliche und anonyme Anfeindungen, was seither jedoch stark zurückgegangen ist.«

»Sie vermuten also, dass diese Vorrichtung von jemandem aus diesem Personenkreis installiert wurde?«, fasste der Ermittler Frederiks Aussage zusammen.

»Das sind die einzigen Personen, die mir einfallen, denen ich so etwas zutrauen würde«, bestätigte Frederik angespannt. »Was passiert denn jetzt? Wie geht es für meine Familie und mich weiter? Ich meine, wie wollen Sie in diesem riesigen Personenkreis einen Täter ausmachen? Dagegen ist ja die berühmte Nadel im Heuhaufen ein Kinderspiel.«

»Im Moment suchen Kollegen die anderen von Ihrer Familie bewohnten Immobilien nach ähnlichen Abhörvorrichtungen ab«, erklärte Kommissar Thiebe. »Falls wird dort ebenfalls fündig werden spricht das für Ihre Vermutung, dass jemand gegen Ihre Familie als Ganzes vorgeht. Bleibt es nur bei dieser einen Vorrichtung kann es sich auch um persönliche Motive nur gegen Sie handeln.«

»Auch das schließt eine Verbindung zum Transplantationsskandal nicht aus.« Frederik seufzte und verschränkte die Arme. »Haben Sie weitere Fragen? Oder bin ich zumindest für den Moment entlassen?«

»Ich bin mir sicher, dass sich weitere Fragen ergeben werden, für den Moment sind wir jedoch fertig.« Der Kommissar stand auf und beendete die Aufzeichnung der Befragung.

»Zum wievielten Mal schaust du dir dieses Video jetzt schon an?« Ein Kollege aus der IT setzte sich auf den Stuhl neben Kommissar Thiebes Schreibtisch.

»Ich ... ich werde den Verdacht nicht los, dass ich etwas Wichtiges übersehe.« Frustriert drehte sich der Ermittler mit dem Drehstuhl hin und her. »Doktor Hendriksson ist sich sehr sicher, dass der oder die Täter aus dem Umfeld des Transplantationsskandals kommen und nicht aus seinem privaten Personenkreis. Worauf stützt er diese Aussage? Was macht ihn so sicher?«

»Du meinst, dass er sich irrt oder dass er den Täter kennt und schützt?« Magnus Paulsen schüttelte den Kopf. »Das wirst du ihn selbst fragen müssen. Oder du fühlst noch einmal den Kollegen auf den Zahn, die die Ermittlungen zum Transplantationsskandal damals geleitet haben.«

»Mich wundert, dass niemand außer Hendrikssons Nachbarin diesen Täter gesehen hat, wenn er den Vorrichtungen regelmäßig einen Besuch abgestattet hat. Gerade in der Wohnanlage von Frau Andersen fallen Unbekannte sofort auf. Und auch auf dem Gestüt wird man doch stutzig, wenn jemand in den Büschen hinter dem Haus herumkriecht und Kabel verlegt.« Kommissar Thiebe seufzte schwer und entsperrte seinen Computerbildschirm. »Gibt es schon erste Erkenntnisse zu den Abhörvorrichtungen selbst? Habt ihr Hinweise auf den Urheber gefunden?«

»Die professionelle Bauweise lässt vermuten, dass der Täter die Vorrichtungen gekauft und nicht selbst gebaut hat. Vielleicht im Darknet oder über Kontakte ins Milieu. Fingerabdrücke haben wir bisher keine brauchbaren gefunden. Auch die Auswertung der Speichermedien dauert an.«

»Das ist nicht viel.« Kommissar Thiebe rief das interne System auf und wartete ungeduldig, bis er nach den Kollegen suchen konnte, die im Transplantationsskandal ermittelt hatten. »Hauser ... mit ihm war ich erst im Herbst auf einem Lehrgang. Hoffen wir mal, dass er ähnlich auskunftsfreudig ist wie im Seminar ...« Er wählte die dort gespeicherte Durchwahl und lauschte dem Freizeichen.

Nachdem sein Kollege Hauser gerade ohnehin im Haus war besuchte ihn Kommissar Thiebe in dessen Büro, das er sich mit mehreren Ermittlern teilte.

»Worum geht es denn?«, fragte Peter Hauser neugierig und reichte ihm eine Tasse mit Kaffee.

»Mein aktueller Fall ist indirekt mit eurer Ermittlung verknüpft, es geht um Frederik Hendriksson«, begann Uwe Thiebe und kam sofort auf den Punkt. »Genauer gesagt geht es um die Familie Hendriksson als Ganzes, denn wir haben professionelle Abhörvorrichtungen an deren Immobilien gefunden.«

»Abhörvorrichtungen?«, wiederholte Hauser und hob die Augenbrauen.

»Die Speichermedien in den Geräten lassen vermuten, dass damit permanent aufgezeichnet wurde und die Speicherkarten regelmäßig getauscht wurden. Fingerabdrücke oder andere Spuren sind nicht vorhanden. Der Täter scheint sehr genau zu steuern, welche Spuren er hinterlässt.« Kommissar Thiebe seufzte frustriert.

»Verstehe. Und habt ihr Doktor Hendriksson dazu befragt?«, wollte Peter Hauser nachdenklich wissen.

»Er schließt Täter aus dem privaten Umfeld aus und meint, dass es sich um eine Racheaktion als Reaktion auf den Transplantationsskandal handeln könnte.« Thiebe schüttelte den Kopf. »Irgendwie … es wirkt zu glatt. Viele Täter finden wir im engeren Umfeld des Opfers, aber warum dann die Abhörmaßnahmen?«

»Vielleicht kann ich dir mit ein paar Puzzlestücken aushelfen. Du hast mitbekommen, dass Doktor Hendriksson vor zwölf Tagen auf dem Parkplatz seines Arbeitsplatzes niedergestochen wurde?« Hauptkommissar Hauser wartete die Antwort seines Kollegen gar nicht erst ab und fuhr direkt fort mit seiner Zusammenfassung. »Die Täterbeschreibung war dürftig, doch uns hat in die Karten gespielt, dass Doktor Hendriksson überlebt hat und der Täter zurückgekehrt ist, um sein Werk zu vollenden.«

»Klingt nach einer Tat getrieben von großen Emotionen. Jemand aus dem persönlichen Umfeld?«, vermutete Kommissar Thiebe.

»Es war die Ex-Freundin.« Hauser lehnte sich im Stuhl zurück. »Doktor Hendriksson hat sie am Freitagmorgen wegen Stalkings, Hausfriedenbruch und sexueller Belästigung angezeigt. Am Abend des gleichen Tages wurde er niedergestochen.«

»Stalking ...«, wiederholte Uwe Thiebe nachdenklich. »Was sagt denn die Ex-Freundin zu alledem? Ist sie geständig?«

Mit dieser Frage entlockte er Hauser nur ein ironisches Lachen. »Seine Ex-Freundin ist angehende Polizistin. Sie ist eiskalt, berechnend und sehr beherrscht. Laut ihrer Darstellung war der Messerangriff Notwehr, sie hätte sich nur gegen Doktor Hendriksson verteidigt. Und die drei Anzeigen erklärt sie damit, dass er mit dem Ende der Beziehung nicht klargekommen wäre und große psychische Probleme hätte.«

»Als würdest du von zwei unterschiedlichen Fällen berichten.« Kommissar Thiebe trank einen Schluck aus seiner Tasse. »Wurde eigentlich ihre Wohnung durchsucht, wenn sie als dringend tatverdächtig gilt? Geben ihr Handy oder Computer Hinweise auf ihre Angriffspläne oder die Vorwürfe, die Doktor Hendriksson gegen sie erhoben hat?«

»Die Auswertung von Laptop und digitalen Speichermedien läuft noch. Aber bisher gab es keine ungewöhnlichen Funde.« Hauser zuckte bedauernd mit den

Schultern. »Sie kennt unsere Maßnahmen und reagiert schon, bevor wir überhaupt agieren können. Sie ist äußerst schwer zu fassen.«

»Wer hat die Befragungen bisher durchgeführt? Nur damit ich ein Gefühl für den Schwierigkeitsgrad bekomme.« Ermittler Thiebe schmunzelte.

»Markl und Fischer, wobei Kollege Fischer wenigstens etwas zu ihr durchgedrungen ist.« Hauptkommissar Hauser schnitt eine vielsagende Grimasse. »Ihr Anwalt hat übrigens Einspruch gegen die Untersuchungshaft eingelegt, das Gesuch wurde heute Mittag abgelehnt. Frau Wagners Stimmung und Gesprächsbereitschaft dürften sich dadurch nicht unbedingt zum Besseren verändert haben.«

Kapitel 17

Fast schon euphorisch betrat Caroline Wagner an diesem verregneten Mittwochnachmittag den Besucherbereich der Untersuchungshaftanstalt. Ihr Anwalt Rick Gentner hatte sich angekündigt und brachte hoffentlich Neuigkeiten vom Haftrichter.

»Sie sind ja gut gelaunt, Frau Wagner«, stellte er überrascht fest und setzte sich ihr gegenüber an den Tisch. »Wie ist es Ihnen seit meinem letzten Besuch ergangen? Ist Ihnen noch etwas eingefallen, worauf ich meine Verteidigung aufbauen kann?«

»Haben Sie meinen Fall nicht längst dem Haftrichter vorgetragen? Wann werde ich aus diesem unzumutbaren Gefängnis endlich entlassen?«, fragte Caroline und ignorierte seine Fragen komplett. Sie brauchte Fakten und keine dämlichen Nachfragen, die sie ohnehin nicht weiterbrachten.

»Das ist richtig, die Anhörung war heute am späten Vormittag«, bestätigte Rick Gentner und wurde sichtlich nervös. »Und die Antwort ist *Nein*, Sie werden bis auf Weiteres nicht auf freien Fuß kommen. Weder Hausarrest noch eine elektronische Fußfessel haben den Richter umstimmen können. Er sieht in Ihrem Fall sehr große Wiederholungs- und Fluchtgefahr, sodass er keine Alternative zur Untersuchungshaft sieht.«

Augenblicklich verfinsterte sich Carolines Miene. »Entschuldigen Sie, bitte was hat dieser Idiot gesagt? Wiederholungsgefahr und Fluchtgefahr?! Was zur Hölle haben Sie dem denn über mich erzählt?!«, fuhr Caroline ihren Rechtsanwalt ungehalten an.

»Sie können dem Richter erzählen, was immer Sie wollen, Frau Wagner, aber allein aufgrund der Faktenlage bleibt dem Gericht kein Entscheidungsspielraum«, erklärte Rick Gentner bemüht ruhig und räusperte sich. »Man wird Sie in den nächsten Tagen erneut befragen, wir sollten uns also darauf konzentrieren.«

»Ich scheiß auf diese Befragungen. Sie können mich mal!« Caroline stand ruckartig auf und ging in kleinen Schritten auf die Tür zu, größere Bewegungen ließen die Fußfesseln nicht zu. »Bringen Sie mich gefälligst zurück, das hier ist reine Zeitverschwendung!« Ohne Anwalt Gentner noch eines Blickes zu würdigen, verließ Caroline den Besucherbereich.

Wie hatte das nur so schiefgehen können?

Was hatte dieser Anwalt denn dem Richter erzählt?

Flucht- und Wiederholungsgefahr?

Wie kam der Richter auf solche absurden Gedanken? Wie konnte er diese Unterstellungen überhaupt begründen?

Warum hatte sich Anwalt Gentner überhaupt mit solchen fadenscheinigen Erklärungen abspeisen lassen?

Kannte er keine Berufsehre oder beruflichen Ehrgeiz?

Oder war es ihm einfach egal, welche Auswirkungen seine beruflichen Handlungen auf seine Klienten oder seine Reputation hatten?

Die Zellentür fiel mit einem lauten Knall ins Schloss, sodass Caroline komplett allein war mit ihren Gedanken. *Wann war ihr das Heft des Handelns dermaßen entglitten?*

Wie hatte sie so die Kontrolle verlieren können?

Hätte sie einen anderen Zeitpunkt abwarten sollen, um Frederik zur Rede zu stellen?

Oder war es der größte Fehler überhaupt gewesen, dass sie ihr Werk nicht hatte vollenden können auf diesem Parkplatz?

Wo waren die ganzen Zeugen überhaupt hergekommen? So laut um Hilfe gerufen hatte Frederik schließlich nicht. Sie hatte ihn schon vorher zum Schweigen gebracht.

Und warum hatte Niklas Thorsen am Samstag so ein beschissenes Timing gehabt und war ausgerechnet dann auf der Intensivstation aufgetaucht, als sie ihre Tat endlich hätte vollenden können?

Allein, dass er sie angegriffen hatte, war töricht genug gewesen. Dass Niklas jedoch ein ehemaliger Judoka war, damit hätte Caroline nie gerechnet. Im Gegensatz zu Frederik war ihr Niklas ein ernst zu nehmender, gefährlicher Gegner gewesen.

Ob er sich der Konsequenzen seines Handelns für sich und seine Familie eigentlich bewusst war? Für Caroline stand es außer Frage, ihn dafür zu bestrafen, sobald sich ihr eine passende Gelegenheit bot.

»So eine verfluchte Scheiße!«, schimpfte sie in die Stille hinein und wanderte in der Zelle auf und ab.

Irgendwie musste sie aus diesem Gefängnis entkommen, denn so vergeudete sie nur ihre Zeit.

Welche Möglichkeiten hatte sie?

Einen Transport zu einer Befragung bei diesem Hauptkommissar Fischer vielleicht?

Eine solche Gelegenheit konnte sie einfach forcieren, indem sie vorgab, ein Geständnis ablegen zu wollen.

Welchen Moment dieses Transports konnte sie am besten für eine Flucht nutzen? Wo zeigten ihre Bewacher am ehesten Nachlässigkeiten?

Und wie sollte es weitergehen, wenn ihr die Flucht glücken sollte? Wie wollte sie die neugewonnene Freiheit dann maximal auskosten?

Ohne Frage, sie würde sofort zur öffentlichen Fahndung ausgeschrieben werden. Somit blieb ihr nur wenig Zeit, die Personen aufzusuchen, mit denen sie noch eine gewaltige Rechnung offen hatte.

Wer stand alles auf dieser Personenliste?

Niklas Thorsen, aus offensichtlichen Gründen.

Aber auch Victoria Hendriksson und Frederiks Brüder.

Und Frederik selbst. Er war ohne Frage am schwersten zu erreichen, nachdem er mit Sicherheit noch im Krankenhaus lag. Vielleicht sollte sie ihn sich als letztes aufheben, falls sie am Ende ihres Rachefeldzugs tatsächlich noch auf freiem Fuß sein sollte.

So oder so sollte sie sich nicht zu lange Zeit lassen und sich schnell einen Plan zurechtlegen, bevor diese unfähigen Ermittler neue Vorwürfe gegen sie erfanden und dem Haftrichter vortrugen.

»Hey, Kerkermeister!«, rief Caroline und hieb mit der flachen Hand mehrmals gegen die Zellentür. »Hallo!«

Sie musste eine ganze Weile klopfen und rufen, bis eine der Vollzugsbeamtinnen reagierte und die Klappe in der Tür öffnete.

»Was gibt es, Frau Wagner?«, fragte sie seufzend.

»Informieren Sie Kommissar Fischer, dass ich eine Aussage machen möchte. Mir sind da noch ein paar Punkte eingefallen«, wies Caroline die Beamtin auf der anderen Seite der massiven Tür an.

»Aha … schon eigenartig, was einem in einer Zelle so alles einfallen kann«, kommentierte die dauerschlecht gelaunte Justizvollzugsbeamtin ironisch und ging ohne ein weiteres Wort.

»Blöde Ziege.« Caroline schüttelte den Kopf. »Wie lange geht deine Schicht heute? Vielleicht kann ich mich für deine charmante Art sogar noch bedanken.«

Kapitel 18

Drei Tage nach seiner Entlassung aus der stationären Behandlung machte sich Niklas gemeinsam mit Freja wieder auf den Weg in die Universitätsklinik. Sein erster Kontrolltermin bei Herzspezialist Oliver Wrede stand an und bescherte Niklas großes Kopfzerbrechen, immerhin hatte er seine letzte ambulante Behandlung manipuliert.

»Es wird schon alles gut gehen.« Freja setzte den Blinker und bog auf die Zufahrt zum Ärzteparkplatz der großen Uniklinik ab. Nach dem Einlesen von Niklas' Ausweiskarte hob sich die Parkplatzschranke.

»Habt ihr zugewiesene Stellplätze oder gilt freie Auswahl?«, fragte sie und ließ den Audi langsam vorwärtsrollen.

»Ich bin nicht wichtig genug für einen eigenen Parkplatz und darf also aussuchen.« Niklas lächelte kaum merklich, während Freja in wenigen Zügen einparkte.

»Soll ich dich begleiten oder möchtest du lieber allein sein?« Freja zog den Zündschlüssel ab und legte ihre rechte Hand auf Niklas' Oberschenkel.

»Komm bitte mit.« Hustend stieß Niklas die Beifahrertür auf und stieg aus, dann griff er nach Frejas Hand. Ihre Nähe beruhigte ihn sofort, dennoch war er sehr nervös.

Wie würde Doktor Wrede ihm heute begegnen? Misstrauisch? Skeptisch? Voreingenommen?

Würde Doktor Wrede ihm überhaupt vertrauen, nachdem er sich vor der stationären Behandlung dermaßen idiotisch verhalten hatte?

Außer Niklas saßen zwei weitere Patienten im Wartebereich der Herz-Thorax-Chirurgie, die beide angestrengt auf ihre Handys starrten.

»Es wird schon alles gut gehen«, murmelte Freja und drückte Niklas' Hand sanft. »Wir haben schon so viel geschafft, das jetzt ...«

»Ich verspreche dir, ich mache keinen Unsinn mehr in gesundheitlichen Dingen«, versprach Niklas mit leiser Stimme. »Keine Alleingänge oder Selbsteinschätzungen mehr. Ich hole mir höchstens eine Zweitmeinung ein, aber ich höre künftig auf meine behandelnden Ärzte.«

»Das höre ich gern.« Doktor Wrede hatte das Wartezimmer unbemerkt betreten. »Kommen Sie bitte, Doktor Thorsen.«

Nachdem Niklas ihre Hand nicht losließ, folgte Freja ihm in das Sprechzimmer und musterte Oliver Wrede abwartend.

»Wie ist es Ihnen denn während der ersten Tage zu Hause ergangen?«, fragte der Herzspezialist und rief Niklas' digitale Krankenakte auf. »Was machten Ihre Beschwerden?«

»Der Husten ist immer noch ziemlich heftig«, gab Niklas zu und fixierte einen Punkt auf der Tischplatte neben Doktor Wredes Händen. »Aber er ist nicht mehr schlimmer geworden.«

»Nehmen Sie weiterhin Schmerzmittel?«, hakte Oliver Wrede kritisch nach.

»Ich merke recht deutlich, wann die Wirkung der Medikamente nachlässt.« Niklas' Mundwinkel zuckten kurz, doch ein Lächeln wollte sich nicht so recht auf seinen Lippen zeigen. »Also ja, ich nehme alle Medikamente so, wie Sie mir das am Montag erklärt haben.« Stumm notierte Doktor Wrede Niklas' Aussage in der Krankenakte und stand dann auf. »Lassen Sie mich bitte einmal Ihre Lunge abhören.«

Freja stand neben der Untersuchungsliege, während Doktor Wrede abermals einen Herzultraschall durchführte. Im Gegensatz zu Niklas konnte sie die Bildschirmanzeige überhaupt nicht deuten, das trug nicht gerade zu ihrer Beruhigung bei.

»Wie sieht es denn aus?«, fragte Niklas nervös und sah seinen behandelnden Arzt wieder direkt an.

»Wir sind weiterhin auf einem guten Weg, auch der Zustand Ihres Herzens stabilisiert sich. Das ist ein wichtiger Fortschritt, an den Sie unbedingt anknüpfen müssen, Doktor Thorsen.« Er steckte die Sonde zurück in die Halterung und reichte Niklas Papiertücher, mit denen er sich das Ultraschallgel vom Brustkorb wischen konnte.

»Das heißt, ich muss mein Leben in gewissen Bereichen umstellen?«, vermutete Niklas, nachdem er in den vergangenen Tagen viel über seine Diagnosen nachgedacht hatte. »Zum Beispiel, was meinen Job betrifft?«

»Auf so viel Einsicht hatte ich gar nicht mehr zu hoffen gewagt, Doktor Thorsen.« Doktor Wrede kehrte an den Schreibtisch zurück und wartete, bis sich Niklas und Freja ebenfalls gesetzt hatten. »Für den Moment ist das oberste Ziel, dass sich Ihr Körper erholt. Erst wenn Ihre Lungenentzündung vollständig abgeklungen ist, können wir das ganze Ausmaß dieser Episode erkennen. Im Moment sieht es zwar so aus, als würden Sie ohne Folgeschäden davonkommen, aber das kann man nie mit vollkommener Sicherheit voraussagen.«

»Ich verstehe.« Nervös drückte Niklas die Hand seiner Frau und schluckte. »Und dann stehen noch meine Medikamente im Raum, die wieder richtig eingestellt werden müssen. Das gehen wir anschließend an?«

Doktor Wrede nickte bestätigend.

»Und was heißt das für uns als Familie? Was heißt das alles für Niklas' berufliche Zukunft?«, fragte Freja in die entstandene Stille hinein. »Können Sie dazu schon etwas sagen?«

»Im Moment hat Ihr Mann die Chance, nach dieser Akutphase wieder ein annähernd normales Leben führen zu können, sofern er die regelmäßigen Kontrolltermine wahrnimmt. So können wir bei Veränderungen frühzeitig reagieren und vermeiden eine Eskalation wie zuletzt.« Doktor Wrede lächelte aufmunternd. »Auch spricht nichts gegen eine Rückkehr in den Beruf als Unfallchirurg und Notarzt, Doktor Thorsen. Sie sollten sich jedoch für den Einstieg überlegen, die Stundenzahl zu reduzieren, um Ihren Körper nicht gleich wieder zu Höchstleistungen zu treiben. Doppelschichten oder Zusatzdienste empfehle ich, gänzlich zu vermeiden.«

»Das ist ja erst Schritt drei.« Niklas hustete in die Armbeuge. »Bis dahin kann ich ja mit meinen Kollegen auf Station sprechen, wie sich meine Rückkehr in den Job gestalten lässt.«

»Wie lange wird es eigentlich dauern, bis Niklas wieder richtig arbeiten kann?«, wollte Freja nachdenklich wissen. »Nach seiner Embolie vor anderthalb Jahren ist er ja mit vier Stunden, glaube ich, wieder in den beruflichen Alltag eingestiegen. So etwas …«

»Anders macht der Wiedereinstieg auch dieses Mal keinen Sinn«, unterbrach Niklas seine Frau immer noch hustend, während er mit der freien Hand in seiner Jackentasche nach einer Lutschpastille suchte.

Oliver Wrede nickte zustimmend. »Wir sehen uns nächsten Freitag wieder, dann gebe ich Ihnen die Verlängerung der Krankschreibung mit. Haben Sie darüber hinaus Fragen?«

Andeutungsweise schüttelte Niklas den Kopf und schob sich die Lutschpastille in den Mund. »Danke, Doktor Wrede. Und es tut mir leid, dass ich mich so bescheuert verhalten und Sie angelogen habe.«

Beim Verlassen der Ambulanz für Herz-Thorax-Chirurgie fiel Niklas ein gewaltiger Stein von Herzen.

Sein Zustand entwickelte sich besser, als er es erwartet hätte.

Er hatte eine Chance, wieder ganz gesund zu werden.

Er hatte eine Chance auf ein normales Leben mit seiner Familie.

Und er hatte eine gute Chance, seinen Beruf wieder normal ausüben zu können.

»Und jetzt weiter zu Frederik?« Freja drückte Niklas Hand leicht und zog den Autoschlüssel aus der Jackentasche. »Soll ich dich dort nur absetzen, damit du mit Frederik …«

»Ich möchte, dass du mitkommst«, unterbrach Niklas

seine Frau heiser und blieb stehen. »Frederik gehört zu unserer Familie, warum sollte ich dich ausschließen?« Er umarmte Freja sanft und gab ihr einen Kuss auf den Scheitel.

Von Frederiks Brüdern hatte Niklas bereits die Station und Zimmernummer als Textnachricht geschickt bekommen, sodass er mit Freja ohne Umweg über die Information im Eingangsbereich direkt mit dem Aufzug nach oben in den dritten Stock fuhr.

»Oh, Doktor Thorsen.« Sebastian Dobner musterte Niklas überrascht, als sich die Aufzugtüren zwischen ihnen öffneten.

»Doktor Dobner, hallo.« Niklas lächelte freundlich.

»Wie geht es Ihnen denn nach Ihrem Kampf? Ich habe Sie seither nicht mehr bei Doktor Hendriksson zu Besuch gesehen …«, stellte Doktor Dobner sachlich fest.

»Ich war etwas angeschlagen.« Sofort drückte Niklas Frejas Hand etwas fester, sein Lächeln wirkte angestrengt und verschwand schließlich ganz. »Wie geht es Frederik denn inzwischen? Seine Brüder haben mir gesagt, dass er wieder richtig bei Bewusstsein ist?«

»Sie wissen, dass ich über medizinische Details nicht mit Ihnen sprechen darf, Doktor Thorsen. Aber ja, da hat man Sie richtig informiert.« Frederiks behandelnder Arzt drückte auf die Knöpfe neben den Aufzugtüren, denn der Lift war inzwischen ohne ihn weitergefahren.

»Weiß Frederik, was passiert ist? Und wer ihm das alles angetan hat? Wurde er schon von der Polizei befragt?«, wollte Niklas nachdenklich wissen.

»Eine Befragung durch die Polizei ist für nächste Woche geplant. Im Moment würde ihn das zu sehr aufregen. Doktor Hendriksson weiß jedoch, dass er wegen Stichverletzungen operiert worden ist«, fasste sich Doktor Dobner kurz, denn die Aufzugtüren hinter Niklas öffneten sich erneut. »Entschuldigen Sie mich bitte, ich muss zu einem Konsil.«

»Klar …« Gedankenverloren trat Niklas zur Seite und kratzte sich am Kopf.

»Na komm, genug gegrübelt. Jetzt besuchen wir Frederik.« Freja gab ihm einen zärtlichen Kuss auf die Wange.

Mit pochendem Herzen setzte sich Niklas in Bewegung und lief langsam den Flur der chirurgischen Station entlang, bis er Frederiks Zimmer gefunden hatte. Nach kurzem Anklopfen trat er ein und näherte sich dem Patientenbett nur langsam.

»Hey …« Frederik drehte den Kopf in Richtung seiner Besucher und lächelte matt. »Niklas, Freja … schön, euch wiederzusehen.«

»Ich bin froh, dich in diesem Zustand zu sehen«, stellte Niklas leise fest und ließ Frejas Hand nur widerwillig los, damit sie Frederik richtig begrüßen konnte. »Wie geht es dir denn?«

»Meinst du damit, wie es mir körperlich geht? Oder wie es mir damit geht, dass mich meine Ex-Freundin niedergestochen hat?«, fragte Frederik zurück, seine Miene war wie eingefroren.

»Du … du weißt das noch? Doktor Dobner meinte, dass man dir nicht alles …« Niklas brach ab, drehte sich zur Seite und hustete bellend in die Armbeuge.

»Ich kann eins und eins zusammenzählen, Niklas. Ich weiß, was Caroline zuletzt abgezogen hat. Und davon abgesehen erinnere ich mich, dass sie mich mit einem Messer angegriffen hat. Mitten in diesem Kampf kommt ein gewaltiger Filmriss, aber das ist vielleicht auch ganz gut so.« Frederik wandte ruckartig den Blick ab und starrte auf seine Bettdecke.

»Das Wichtigste ist, dass es dir bessergeht und du wieder richtig gesund wirst.« Freja nahm Frederiks Hand in ihre linke. »Und dass Caroline in Untersuchungshaft sitzt. Alles andere ist nebensächlich.«

»Ich hätte nie gedacht, dass sie zu so etwas fähig ist«, murmelte Frederik und wandte den Kopf zur anderen Seite. Seine Tränen blieben Freja und Niklas dennoch nicht ganz verborgen.

»Es ist nicht das erste Mal, dass wir uns in einem Menschen dermaßen getäuscht haben«, rutschte es Niklas heraus. »Entschuldige, das war … unpassend.«

Frederik schwieg lange und kämpfte darum, die Fassung wiederzuerlangen.

»Wie geht es dir beziehungsweise euch?«, fragte Frederik schließlich mit belegter Stimme. »Was macht meine Patentochter?«

»Elina hält heute Niklas' Schwester auf Trab und vermisst dich ganz doll«, berichtete Freja. »Wir waren uns nicht sicher, ob du sie schon sehen möchtest oder ob dir das zu viel Trubel ist.«

»Und ansonsten schlagen wir uns durch. Ich war eine Woche stationär in der Klinik«, gab Niklas zu.

Frederik hob nur eine Augenbraue und drehte den Kopf wieder zu seinen Freunden.

»Eine akute Lungenembolie und eine massive Lungenentzündung als Folge mehrerer kleiner, stummer Embolien haben mich ganz schön ausgeknockt.« Niklas schüttelte den Kopf. »Ich hätte mich im Vorfeld nicht so gegen Wrede und seine Maßnahmen wehren dürfen, dann wäre mir das alles wahrscheinlich erspart geblieben.«

»Sturkopf.« Frederik lächelte matt und schloss die Augen. »Ich hoffe, das wiederholst du nicht mehr. Was soll nur Elina von dir denken?«

»Ich habe meine Lektion gelernt«, versicherte Niklas ernsthaft. »Ich werde solche Dummheiten nicht wiederholen. Ich will einfach nur ein normales, langweiliges Leben mit meiner Familie und meinem Traumjob. Mehr brauche ich gar nicht, um glücklich zu sein.«

»Dem bist du so viel näher als ich, du hast schließlich keine bekloppte Ex-Freundin. Was hat Caroline denn geritten, dass sie zu so einer Tat fähig ist? Ich meine, wie kommt man dazu, auf einen anderen Menschen einzustechen?« Frederiks Stimme brach.

»Sie hat dich gestalkt, Frederik. Das ist kein normaler Wunsch nach einer Beziehung, das ist krank«, bemerkte Freja und drückte seine Hand.

»Ich habe echt ein Händchen für Frauen.« In Frederiks Augen schimmerten erneut Tränen. »Carolina wird mir genommen und die erste Frau, in die ich mich nach ihrem Tod verliebe, verwandelt sich in eine Stalkerin mit Mordgedanken, weil sie das Ende der Beziehung nicht akzeptieren kann oder will. Was kommt als nächstes?«

»Ich hoffe, die Richtige«, meinte Niklas ehrlich. »Nach der ganzen Scheiße hast du es verdient, endlich anzukommen und deinen Frieden zu finden.«

Kapitel 19

»Hallo, Frau Wagner.« Kriminalhauptkommissar Eike Fischer betrat den Befragungsraum am späten Vormittag und musterte die junge Frau in Handschellen neugierig. »Man hat mich informiert, dass Sie eine Aussage machen wollen?«

Caroline Wagner runzelte die Stirn. »Da muss diese Vollzugsbeamtin etwas falsch verstanden haben. Ich weiß auch nicht, warum ich hierher gezerrt wurde. Außerdem habe ich einen Rechtsanwalt, ohne dessen Anwesenheit ich überhaupt nichts aussagen werde. Rufen Sie ihn doch an und überlegen Sie sich währenddessen Ihre Fragen…«

»Wie heißt Ihr Anwalt denn und wo erreiche ich ihn?«, fragte der Kriminalpolizist und war bemüht, sich seine Genervtheit und Frustration nicht anhand seines Tonfalls anmerken zu lassen.

Während sein Kollege mit dem Anwalt telefonierte, beobachtete Eike Fischer Caroline Wagner durch den Einwegspiegel hindurch.

Er bezweifelte, dass den Kollegen der Untersuchungshaftanstalt ein Fehler unterlaufen war und Frau Wagner versehentlich zu einer erneuten Befragung zum Polizeipräsidium gebracht worden war.

Sie hatte das schon selbst eingefädelt, aber warum?

Wenn Frau Wagner überhaupt keine Aussage machen

wollte, welchen Plan verfolgte sie dann mit diesem völlig unnötigen Gefangenentransport?

War ihr in Untersuchungshaft die Decke auf den Kopf gefallen, sodass sie nun Abwechslung suchte?

Doch so primitiv schätzte der erfahrene Kriminalpolizist seine unter dringendem Tatverdacht stehende Kollegin nicht ein.

Alles, was Caroline Wagner tat, war geplant. Sie überließ nichts dem Zufall.

Die Tür öffnete sich und der neue Kollege im Team sah in den kleinen Raum hinter dem Einwegspiegel. »Der Anwalt ist unterwegs.«

»Danke.« Gedankenverloren lächelte Eike Fischer und schüttelte den Kopf.

Der Anwalt konnte nichts von Caroline Wagners Bitte um eine weitere Befragung gewusst haben, ansonsten wäre er doch bereits vor Ort gewesen. Vielmehr wäre er selbst an die Kriminalpolizisten herangetreten und hätte alles für eine Aussage in die Wege geleitet.

Und wenn das alles gar nicht mit ihm angesprochen war, würde er seine Mandantin nicht gerade dazu ermutigen, sich selbst zu belasten.

»Das wird dann wohl eine Nullnummer«, seufzte der Ermittler und schüttelte den Kopf. »Was haben Sie nur vor? Was hat Ihnen dieser Ausflug gebracht?«

Rechtsanwalt Rick Gentner ließ nicht lange auf sich warten und bestand darauf, zunächst allein mit seiner Mandantin zu sprechen. Anschließend kehrte auch Eike Fischer in das Befragungszimmer zurück und setzte sich wieder an den Tisch, der mittig im Raum stand.

»So, Frau Wagner«, begann der Kriminalpolizist und sah sie dabei direkt an. »Wollen Sie nun eine Aussage machen oder nicht?«

Sofort ging Caroline Wagners Blick zur Seite.

»Meine Mandantin wird sich nicht äußern«, erklärte der Anwalt knapp. »Und wenn Sie Frau Wagner nächstes Mal befragen wollen, sprechen Sie vorher mit mir und rufen Sie mich nicht erst später an. Wir sind hier fertig.«

»Ich verstehe.« Eike Fischer stand auf und verließ den Befragungsraum rasch, bevor er etwas Unüberlegtes sagte.

Was führte Caroline Wagner im Schilde?

Was brachte ihr der Transfer zum Präsidium und wieder zurück?

»Lasst sie nicht aus den Augen, irgendetwas ist da faul«, wies er seinen Kollegen von vorhin an und machte sich grübelnd auf den Weg zurück zu seinem Büro.

Die Zeit bis zur Besprechung mit den anderen Ermittlern nutzte Eike Fischer, um die bisherigen Befragungen von Frau Wagner noch einmal zu studieren. Vielleicht war ihm ja doch ein Detail entgangen, das den Fall in ein anderes Licht rückte.

»Ich habe gehört, Frau Wagner war heute wegen einer Aussage hier?«, fragte Peter Hauser, als sie sich im Besprechungszimmer versammelten. »Seit wann macht diese Frau freiwillig eine Aussage?«

»Das wäre zu schön, um wahr zu sein«, bestätigte Hauptkommissar Fischer kopfschüttelnd. »Obwohl sie selbst um das Gespräch gebeten hat, um eine Aussage zu machen, behauptet sie heute, dass die Kollegen in der Haftanstalt wohl etwas missverstanden haben und sie so etwas nie gesagt hätte. Und dann hat sie ihren Anwalt holen lassen, damit war jegliche Chance auf eine Aussage dahin. Der hat natürlich sofort dicht gemacht.« Eike Fischer räusperte sich und schraubte seine Wasserflasche auf. »Ich frage mich nur, was hat ihr diese Tour heute gebracht? Wollte sie nur für anderthalb Stunden ihrer Zelle entfliehen?«

»Frau Wagner hält sich im Moment auffällig zurück und ist gerade zu zivilisiert. Wenn ich da an die erste Befragung nach ihrer Festnahme zurückdenke … da war sie verbal und körperlich extrem aggressiv und gewaltbereit«, warf Ermittler Fischer dazwischen.

»Wenn sie so ruhig ist, wird es gefährlich«, bestätigte Kommissar Markl, der Caroline zu den drei Anzeigen von Frederik befragt hatte. »Dann arbeitet sie bereits an einem Plan.«

»Was soll sie groß planen? Sie ist bis auf weiteres inhaftiert und das wird sich so schnell nicht ändern.«

»Das könnte der springende Punkt sein. Frau Wagner weiß, was sie erwartet. Und sie hat zumindest einen kleinen Einblick in unsere Arbeit, sie weicht unseren nächsten Zügen geschickt aus«, bemerkte Peter Hauser. »Haben wir neue Erkenntnisse? Sind die Auswertungen von Frau Wagners elektronischen Geräten inzwischen abgeschlossen? Gibt es Hinweise, dass sie ihre Tat geplant hat und nicht im Affekt gehandelt hat?«

»Wir haben bei Frau Wagner insgesamt drei Mobiltelefone gefunden, mit denen sie in den beiden Wochen vor dem Messerangriff hunderte Male bei Doktor Hendriksson angerufen oder Textnachrichten geschrieben hat«, berichtete Kommissar Markl und überflog seine Notizen. »Zudem haben wir uns im Umfeld von Doktor Hendriksson umgehört, ob sie etwas von Frau Wagners Stalking mitbekommen haben. In der Klinik haben wir tatsächlich noch einen Liebesbrief im Postfach von Doktor Hendriksson gefunden. Die Kriminaltechnik untersucht das Beweisstück jetzt auf Spuren.«

»Allein mit dieser Anrufliste haben wir einen Beweis, dass Frau Wagner lügt. Sie hat ja behauptet, dass Doktor Hendriksson hinter ihr her war und das Ende der Beziehung nicht akzeptieren konnte«, schlussfolgerte Hauptkommissar Fischer. »Dazu müssen wir unbedingt Doktor Hendriksson befragen, sobald das seine Ärzte zulassen.«

»Das dauert bis Montag oder Dienstag«, warf Peter Hauser ein. »Ich habe bereits mit dem leitenden Arzt telefoniert. Vorher haben wir keine Chance.«

»Montag oder Dienstag, heute ist Donnerstag. Bis dahin haben wir die Ergebnisse zu Spuren auf dem Liebesbrief.« Kommissar Markl sah zu Uwe Thiebe, der seinen Kollegen bisher schweigend gelauscht hatte. »Wie sieht es denn bei den Abhörvorrichtungen aus? Habt ihr Hinweise gefunden, wer aus dem Umfeld des Transplantationsskandals möglicherweise …?«

»Es ist eine gewagte These, aber würde Frau Wagner nicht ebenfalls als Täterin infrage kommen?«, fragte der Ermittler nachdenklich. »Es handelt sich um professionelles Equipment und sie als Polizistin weiß, wo man so etwas erwerben kann. Sie hat beide Wohnorte von Doktor Hendriksson abgehört. Und ihre Aktionen wurden über die Zeit immer extremer und gewalttätiger. Das Abhören könnte doch der harmlose Auftakt gewesen sein.«

Peter Hauser dachte darüber eine ganze Weile nach. »Um deine Hypothese zu stützen, benötigen wir den Nachweis, dass die Speicherkarten der Abhörvorrichtungen von Caroline Wagner stammen. Unsere IT-Spezialisten sollen sich den Laptop noch einmal vornehmen und herausfinden, welche Speichermedien zuletzt daran angesteckt wurden.«

»Und wir sollten uns auf die Suche nach weiteren Speichermedien machen, die in den Abhörvorrichtungen eingesetzt waren. Vielleicht finden wir auf Frau Wagners Computer auch noch Audiodateien von ihren Aufzeichnungen«, spann Kommissar Thiebe den Gedanken weiter. »Das ist doch eine heiße Spur, lasst uns das sofort angehen!«

Kapitel 20

Leicht verspätet erreichte Victoria Andersen das Res-
taurant an der Binnenalster, in dem sie mit Pierre zum
Abendessen verabredet war. Sie hatte ihn Anfang der
Woche gebeten, noch nicht abzureisen, sondern sich
mit ihr zu treffen. Sie war froh, dass er ihr diesen
Wunsch erfüllt hatte.

»Du siehst wunderschön aus, Victoria.« Pierre küsste
sie zur Begrüßung auf die Wangen und sah ihr tief in
die Augen.

»Das Kompliment kann ich nur zurückgeben.« Mit beiden Händen glitt Victoria über seine Brust und gab ihm
einen zärtlichen Kuss. »Ich habe dich sehr vermisst.«

Während sie auf die Vorspeisen warteten, wollte
Pierre ausführlich wissen, wie es Frederik inzwischen
ging und wie seine Genesungsaussichten waren.

»Angesichts der Schwere seiner Verletzungen geht es
ihm jetzt schon wieder recht gut, aber er hat noch einen langen Weg vor sich.« Mit zitternder Hand griff
Victoria Andersen nach ihrem Weinglas und trank einen kleinen Schluck. »Er hat eine riesige Narbe bis unter die Rippen, die wird ihn wohl länger beschäftigen.«

»Das Wichtigste ist, dass dein Sohn überlebt hat und
dass er wieder gesund wird.« Pierre nahm Victorias
rechte Hand in seine. »Ihr habt als Familie schon so viel
durchstehen müssen, das ist unglaublich. Ihr verdient

es, endlich zur Ruhe zu kommen und glücklich zu sein. Egal mit wem, egal an welchem Ort. Ihr solltet all das bekommen, was ihr euch ersehnt.«

»Das ist es ja.« Victoria schüttelte andeutungsweise den Kopf. »Ich brauche so gut wie nichts mehr, außer Gesundheit und meine Söhne. Alles weitere ist bereits Zugabe.« Sie ließ seine Hand los, als die Vorspeisen serviert wurden.

»Guten Appetit, meine Liebe.« Pierre lächelte und griff nach dem Besteck, Victoria tat es ihm gleich.

Erst bei der Nachspeise blühte das Gespräch der beiden wieder richtig auf, nachdem sie vorher in erster Linie das Essen aus der Sterneküche genossen hatten.

»Meine nächste Tour führt mich übrigens nach Skandinavien, ich habe die Verträge heute Mittag unterschrieben«, berichtete Victoria lächelnd. »Beginn ist Mitte März und die Tour dauert auch nur drei Wochen. Das ist ein schöner Auftakt.«

»Siehst du dich denn weiterhin auf Tour oder würdest du lieber dauerhaft an einem Ort leben, wo du deine Freunde und Familie um dich hast?«, fragte Pierre neugierig und winkte nach dem Kellner, damit sie eine weitere Flasche Wein an den Tisch gebracht bekamen.

»Ich habe mich sehr an dieses Vagabundenleben gewöhnt«, gab die Berufsmusikerin zu. »Ich konnte so wundervolle neue Orte kennenlernen, habe mit den Besten der Besten gemeinsam musiziert und durfte in unglaublichen Konzertsälen spielen. Sagen wir so: in dieser Hinsicht bereue ich diesen Lebensstil kein bisschen. Doch was ich während dieser Reisen im Leben meiner Kinder verpasst habe … das lässt sich nicht einfach so nachholen und das stimmt mich schon etwas wehmütig. Bald kommt mein erstes Enkelkind auf die Welt und natürlich möchte ich es nicht nur drei Mal im Jahr für wenige Tage sehen.«

»Du bist tief im Herzen ein Familienmensch, Victoria, auch wenn du dir einen anderen Lebensstil angewöhnt hast. Du kannst immer noch umkehren und wieder sesshaft werden.« Pierre hob sein Glas und prostete ihr damit zu.

»Der Vater meiner Kinder hat mich im Grunde in dieses Tour-Leben getrieben. Diese Rechtfertigung für meinen rastlosen Lebenswandel ist nun ein für alle Mal weg.« Victoria seufzte. »Ich muss mich erst wieder daran gewöhnen, dauerhaft an einem Ort zu leben, ohne einen halbgepackten Koffer in der Wohnung.«

Pierre lächelte nur und trank den Rotwein in seinem Glas aus. »Du wirst die richtige Entscheidung für dich und deine Familie treffen«, war er sich sicher.

»Vielleicht ist es langsam doch an der Zeit, dich meinen Söhnen vorzustellen«, überlegte Victoria Andersen laut. »Dieses Versteckspiel und diese Heimlichtuerei, das kostet wahnsinnig viel Energie und ist doch eigentlich unnötig.« Sie stockte. »Also, falls du das auch möchtest. Falls du meine Jungs tatsächlich kennenlernen möchtest.«

»Sie sind deine engste Familie, Victoria«, stellte Pierre lächelnd fest und nahm wieder ihre Hand. »Und ich freue mich, wenn ich deine Söhne kennenlernen darf.«

»Lass uns morgen gemeinsam zum Gestüt fahren, dann triffst du zumindest Oliver und Julian. Bei Frederik möchte ich erst warten, bis es ihm bessergeht.«

Kapitel 21

Offenbar hatte dieser Kommissar Fischer Verdacht ge-
schöpft, denn man hatte Caroline nach dem Gespräch
im Vernehmungszimmer keine Sekunde mehr aus den
Augen gelassen.

»Kein Problem, dann gehen wir eben zu Plan B über.
Mal sehen, wie stresserprobt ihr seid«, stellte sie leise
im Selbstgespräch fest und wanderte in ihrer Zelle auf
und ab. In einer Dreiviertelstunde begann die Nacht-
ruhe, dann würden ihre Aufpasser auf ihrer Runde
wieder einen Blick in die Zellen werfen.

Caroline warf im Vorbeigehen nur einen flüchtigen
Blick zu der geschlossenen Zellentür und blieb dann
am Waschbecken stehen. Kurz ließ sie sich kaltes Wasser über die Handgelenke fließen, trocknete sich die
Hände ab und setzte sich auf das Bett.

»Wer hätte gedacht, dass sich solche Vorsichtsmaß-
nahmen so bald bezahlt machen?«, murmelte Caroline und zog ihre Schuhe aus. In beiden hatte sie sei-
tengleich jeweils eine kleine mit Klebeband umwi-
ckelte Klinge eingenäht, die bei den Durchsuchungen
bislang nicht aufgefallen waren. Zwar hatte man die
Sohlen und das Innenmaterial der Sneaker auf Mani-
pulationen hin untersucht, doch das Obermaterial
hatte sein Geheimversteck gut vor den Augen der Be-
amten verborgen.

Rasch löste Caroline das Klebeband und wickelte es

neu um die Klinge, damit sie sich nicht selbst verletzen konnte.

Suchend sah sie sich um und nahm dann ihr Kopfkissen. Caroline schnitt es kurzerhand auf und entnahm etwas Füllmaterial, das sie am Waschbecken befeuchtete. Anschließend drapierte sie die nasse Masse auf dem Boden neben dem Bett, um eine größere Blutpfütze zu imitieren.

»Das sollte ausreichen, um euch hier hereinzulocken«, murmelte Caroline voller Vorfreude und setzte sich auf die Pritsche. Die Kirchenuhr hatte vor kurzem erneut geschlagen, ihr blieben also noch gut zehn Minuten, um ihre Vorbereitungen abzuschließen. Nach einem weiteren Blick auf die Pfütze auf dem Boden holte Caroline tief Luft und setzte sich mit dem improvisierten Messer einen oberflächlichen Schnitt auf der Innenseite des linken Unterarms, ganz in der Nähe des Handgelenks. Sie wollte damit keine starke Blutung erreichen, die sie für den weiteren Plan zu sehr schwächen würde. Vielmehr ging es Caroline um den optischen Effekt. Etwas Blut rann ihr über die Handfläche und tropfte von ihren Fingerspitzen direkt in die Lache auf dem Boden.

»So ist es gut.« Caroline lächelte und legte sich hin, dann vergewisserte sie sich ein letztes Mal, dass ihr Arm in der richtigen Position lag und die Täuschung so perfekt wie möglich aussah. Dann verbarg sie die andere Hand mit dem Messer hinter der dünnen Decke. Mit geschlossenen Augen lauschte sie den Geräuschen hinter der Zellentür, während sie mit jedem Atemzug versuchte, flacher und weniger sichtbar Luft zu holen.

Obwohl Caroline die ganze Zeit auf das Öffnen der Klappe in der Zellentür gewartet hatte, erschreckte sie das plötzliche Geräusch. Jetzt konnte sie nur hoffen, dass die Vollzugsbeamtin im Halbdunkeln ihr Zucken nicht gesehen hatte.

»Frau Wagner? Was ist da los bei Ihnen?«, fragte die Vollzugsbeamtin, in deren Stimme wie üblich leichte Unsicherheit mitschwang. Innerlich musste Caroline lächeln, dass sie ausgerechnet diese Beamtin erwischt hatte. Das dürfte ihrem Plan etwas Aufwind verschaffen.

»Frau Wagner?!« Eilig öffnete die Justizvollzugsbeamtin die Verriegelung der Zellentür, ließ die Tür mit leisem Quietschen aufschwingen und trat dann ein. »Wagner! Was zur …?« Mit wenigen Schritten lief sie direkt zu der Insassin, konnte im Halbdunkeln das Wasser auf dem Boden nicht von Blut unterscheiden und tastete an Carolines Hals nach deren Puls. Dass die Beamtin dermaßen leichtfertig alle Vorschriften zur Eigensicherung über Bord werfen würde, hätte Caroline nicht gedacht, doch es spielte ihr perfekt in die Karten. Schon schlug Caroline die Augen auf, schnellte nach vorne und drückte die Klinge an die Kehle der Justizvollzugsbeamtin, die nur überrascht nach Luft japste.

»Ganz ruhig«, flüsterte Caroline und veränderte ihre Position ein wenig, um ihr Opfer besser fixieren zu können. »Wo ist deine Kollegin?«

Die Frau war starr vor Angst und zitterte stark, doch Caroline kannte kein Mitleid. Unbarmherzig erhöhte sie den Druck der Klinge auf die Kehle der Beamtin, während sie ihr Opfer mit dem anderen Arm den Hals unnachgiebig fixierte.

»Ich frage nur noch einmal: Wo ist deine Kollegin?«, wiederholte Caroline mit eisiger Stimme.

»Auf dem Flur«, wimmerte die Beamtin und klammerte sich mit beiden Händen an Carolines linken Unterarm. »Was ... Sie ... Sie können doch nicht ...«, stammelte sie unter Schluchzern.

Mit regungsloser Miene und dem improvisierten Messer in der rechten Hand griff Caroline an den Gürtel der Justizvollzugsbeamtin und ließ das Messer fallen, um die Pistole aus dem Holster ziehen zu können. Sofort presste sie die Mündung der Pistole an die Schläfe ihres Opfers, das allmählich komplett die Fassung verlor.

Just in diesem Moment sah die zweite Vollzugsbeamtin des abendlichen Rundgangs in die offenstehende Zelle und griff sofort nach ihrer Waffe.

»Waffe weg oder ich jage deiner Kollegin eine Kugel in den Kopf«, drohte Caroline aggressiv und erhöhte den Druck der Mündung auf die Schläfe ihrer Geisel noch einmal. Ihrem Opfer entfuhr nur ein klägliches, ersticktes Schluchzen.

»Gib mir deine Waffe«, befahl Caroline in scharfem Tonfall. »Und versuch noch nicht einmal, mich auszutricksen. Wenn du mich verarschst, erschieße ich deine Kollegin.«

Die zweite Vollzugsbeamtin nickte mit angespanntem Gesichtsausdruck, hob beide Hände und reichte Caroline ihre Dienstpistole. Mit einer raschen Bewegung schob sich Caroline ihre Waffe in den Hosenbund und schnappte sich dann die Pistole der zweiten Beamtin.

»Ich habe zwei Forderungen«, fuhr Caroline fort und wurde sofort unterbrochen.

»Frau Wagner, das bringt doch nichts. Sie machen Ihre

Situation nur schlimmer als w…« Die erfahrene Justiz-beamtin versuchte, beruhigend auf die Inhaftierte ein-zuwirken.

»Erstens: ein Fluchtfahrzeug«, fiel Caroline ihr unge-halten ins Wort. »Zweitens: freies Geleit. Ich werde dieses Gefängnis jetzt mit deiner Kollegin verlassen. Dabei wird kein Alarm ausgelöst oder irgendeine Waffe auf mich gerichtet, ansonsten erschieße ich sie sofort.«

Carolines Geisel wimmerte entsetzt und verstärkte ih-ren Griff an Carolines Unterarm, doch das ignorierte die angehende Polizistin.

»Beginnen wir mit meiner ersten Forderung, einem Fluchtfahrzeug.« Caroline starrte die zweite Beamtin herausfordernd an. Sie wusste, dass man in erster Li-nie das Leben der Geisel schützen wollte und zumin-dest vorerst auf ihre Forderungen eingehen würde. Das sollte ihr zumindest so viel Zeit verschaffen, diese Haftanstalt zu verlassen.

»Sie können mein Auto haben, die Schlüssel sind in meiner Hosentasche«, brachte Carolines Geisel müh-sam hervor.

»Forderung zwei: freies Geleit. Das bedeutet, wir wer-den jetzt zu dritt langsam zum Ausgang gehen und in das Auto steigen. Es wird keine Waffe auf mich gerich-tet, kein Alarm ausgelöst, telefoniert oder mit Text-nachrichten kommuniziert. Bei den kleinsten Anzei-chen, dass ihr meine Forderung nicht mehr erfüllt, werde ich sie erschießen.« Carolines Tonfall und ihre Körpersprache ließen keinen Zweifel daran, dass sie ihre Worte unverzüglich in die Tat umsetzen würde.

»Abmarsch«, kommandierte Caroline.

Die zweite Justizvollzugsbeamtin ging voran und schloss eine Tür nach der anderen auf, Caroline folgte ihr mit der Geisel in festem Griff.

Bisher lief alles nach Plan, doch sie konnte sich keine Nachlässigkeiten oder Leichtsinnsfehler erlauben.

Dies war nur der Auftakt der zweiten Phase ihres Planes, den sie sich in den vergangenen Monaten zurechtgelegt hatte.

»Öffne die Tür, Volker«, wies die Vollzugsbeamtin ihren Kollegen über die Gegensprechanlage an. »Wir haben eine Geiselnahme. Du darfst keinen Alarm auslösen, ansonsten wird Susanne erschossen.«

»So ist es brav.« Caroline versetzte ihrer Geisel einen Stoß mit dem Knie und lächelte, als sich die letzte Tür nach draußen öffnete. »Wo steht das Auto?«, fragte sie und folgte dem Handzeichen ihres Opfers zu einem dunklen Kleinwagen. Ein unauffälliges Auto, das sie zumindest zu ihrem ersten Etappenziel bringen würde.

Die Hände der Vollzugsbeamtin in Carolines Gewalt zitterten massiv, als sie ihr Fahrzeug aufschloss und die Beifahrertür öffnete.

»Rutsch auf den Fahrersitz«, befahl Caroline und lockerte ihren Griff so weit, dass ihre Geisel einsteigen konnte. Die Waffe ließ sie weiterhin auf ihr Opfer gerichtet.

Die Haftanstalt blieb hinter dem schwarzen VW-Golf zurück und ließ Caroline kurz aufatmen.

Gleichzeitig wusste sie, dass in diesen Minuten eine Großfahndung ausgelöst wurde.

Und dass dieses Fahrzeug im Moment der Hauptanhaltspunkt ihrer Kollegen war.

Bestimmt gab es an ihrem ersten Zielort die Möglichkeit, das Fahrzeug zu wechseln und somit wieder einen Vorsprung zu erlangen.

»Warum tun Sie das?«, fragte die junge Justizbeamtin mit tränenerstickter Stimme.

»Fahr da links und dann weiter geradeaus«, befahl Caroline und ließ den Blick aufmerksam schweifen.

Die nächtlichen Straßen der Hansestadt waren nahezu leer, nur vereinzelt waren andere Fahrzeuge unterwegs. So fielen Polizeistreifen besser auf, doch das galt auch für das Fluchtfahrzeug. Immerhin war ihr erstes Ziel nur noch wenige Querstraßen entfernt.

»Halt da vorne an und mach den Motor aus.« Caroline sah sich gründlich um, während der VW langsamer wurde und schließlich am Straßenrand zum Stehen kam. Mit zitternder Hand drehte Carolines Geisel den Zündschlüssel herum. Der Motor verstummte, somit war im Auto nur noch die hektische Atmung der Justizbeamtin zu hören.

»Wir werden jetzt auf der Beifahrerseite aussteigen. Mach keine hektischen Bewegungen und versuch gar nicht erst, zu fliehen. Ich werde dich dann sofort erschießen, hast du das verstanden?« Caroline starrte ihre Geisel durchdringend an.

Starr vor Angst deutete die junge Frau nur ein Nicken an und japste entsetzt, als Caroline sie wieder mit dem linken Arm um den Hals gefügig machte und über die Mittelkonsole zerrte. Erneut drückte ihr Caroline die Waffe rabiat gegen die Schläfe und fand richtiggehend Gefallen daran, sie zu quälen.

»Ausgezeichnet, dann können wir ja los«, freute sich Caroline und zerrte ihre Geisel mit sich in den Innenhof der noblen Wohnanlage, in der sie monatelang ein und aus gegangen war, um die Abhörvorrichtungen zu warten. Die Wege waren ihr dementsprechend vertraut. Zielsicher erreichte sie den kleinen Garten und schob ihre Geisel grob vor sich her durch die Hecke.

Aufmerksam sah sich Caroline die Fenster der Wohnung an, hinter denen zumindest teilweise noch etwas Licht brannte. Eines der Fenster war gekippt und die Jalousie nicht heruntergelassen. Ein idealer Ansatzpunkt mit dem richtigen Hilfsmittel.

»Deine Schnürsenkel, gib sie mir«, befahl Caroline mit gedämpfter Stimme und lockerte ihren Griff etwas. Dafür aber zielte sie mit der Pistole nun direkt auf die Stirn ihrer Geisel.

Es kostete Caroline drei Versuche, doch dann hatte sie das Fenster geöffnet und zerrte die Justizvollzugsbeamtin hinter sich her.

Sie waren im Badezimmer gelandet und den Bewohnern offenbar noch nicht aufgefallen.

War ihre Zielperson überhaupt noch wach oder würde es gleich ein äußerst unschönes Erwachen geben?

»Mitkommen«, befahl Caroline immer noch mit leiser Stimme und nahm ihre Geisel wieder in den bewährten Griff.

Geräuschlos ließ sie die Tür zum Flur aufschwingen und lauschte, in welchem Raum sich die Zielperson wohl gerade aufhielt. Caroline folgte schließlich dem gedimmten Licht und gelangte damit in die geräumige Wohnküche.

»Na, das ist ja eine schöne Überraschung«, bemerkte Caroline laut beim Anblick von Frederiks Mutter in den

Armen eines dunkelhaarigen Mannes. Das musste dieser Pierre sein, mit dem Victoria Andersen regelmäßig telefoniert hatte.

Ein entsetzter Aufschrei entfuhr Frederiks Mutter und sie versuchte, ihren halbnackten Oberkörper hinter einem großen Sofakissen zu verbergen.

»Entschuldigt die Störung, aber ich konnte nicht früher kommen.« Caroline legte den Kopf schief. »Und du bist bestimmt Pierre, ich habe schon viel von dir oder besser gesagt über dich gehört.«

»Wer ... wer sind Sie? Und was wollen Sie hier? Wie sind Sie überhaupt in die Wohnung gekommen?«, fragte der Mann mit französischem Akzent. Er wirkte nervös, was er jedoch zu überspielen versuchte.

»Willst du uns nicht vorstellen, Victoria?«, fragte Caroline zuckersüß. Gleichzeitig glitt ihr Blick über ihre beiden neuen Geiseln, um sicherzugehen, dass sie nicht heimlich die Polizei anriefen. Doch zwei Smartphones lagen auf dem Couchtisch und stellten somit vorerst keine akute Gefahr dar.

»Pierre, das ...« Frederiks Mutter schluchzte. »Das ... ist Caroline ... Frederiks ... seine Ex-Freundin ...«

»Und mit wem habe ich das Vergnügen?«, bohrte Caroline sofort nach, ohne Rücksicht auf ihr Opfer zu nehmen.

»Pierre ist ...« Victoria Andersen verlor zusehends die Fassung. »Er ist ... ein Freund ...«

»Ein Freund«, wiederholte Caroline ironisch und schüttelte andeutungsweise den Kopf. »Ich verstehe. Dann ist es wohl an der Zeit, dass ich euch die Spielregeln dieser Unterhaltung vorstelle. Jedes Mal, wenn mich jemand anlügt, wird es schmerzhafte Konsequenzen geben. Die erste Demonstration hast du dir mit dieser Lüge bereits verdient.«

Angst weitete die Augen von Pierre, während Victoria heulend in seinem Arm zusammenbrach.

»Nicht schießen!«, wimmerte Frederiks Mutter und ließ Caroline nur angeekelt das Gesicht verziehen. Sie hatte nichts übrig für solch ein schwaches Verhalten.

»Das hebe ich mir für später auf«, prophezeite Caroline mit diabolischem Lächeln. »Erst möchte ich Antworten und du wirst sie mir liefern. Freiwillig oder mit Gewalt, die Entscheidung liegt ganz bei dir.«

Wütend hatte Caroline die beiden Smartphones quer durch den Raum geschleudert und sich aus der offenen Küche einige Messer geholt.

»Warum tust du das nur?«, fragte Victoria Andersen mit bebender Stimme und schluckte schwer.

»Beginnen wir noch einmal von vorne.« Caroline legte der Justizbeamtin beide Hände auf die Schultern und zwang sie damit auf den niedrigen Hocker neben dem Couchtisch. Dann drückte sie ihr den Lauf der Pistole in den Nacken. »Wir waren bei der Vorstellungsrunde stehen geblieben. Versuch es noch einmal, aber dieses Mal ohne Lügen, Victoria.«

»Pierre ist mein Freund«, gab Frederiks Mutter zu und zog geräuschvoll die Nase hoch.

»Die Affäre wird also zum neuen Lebenspartner? So habe ich deine unzähligen Konzertreisen noch gar nicht gesehen. Wusste dein Mann von dieser Affäre?«, fragte Caroline provozierend.

Victoria Andersen sank in sich zusammen und schüttelte den Kopf. »Ich … er war über so vieles informiert, da würde es mich zumindest nicht überraschen, wenn er von meinen Treffen mit Pierre gewusst hätte. Aber ich ...«

»Kein *Aber*.« Caroline starrte sie verachtend an. »Wie viel hast du von den Machenschaften deines Mannes mitbekommen? Wie viel wusstest du vom Transplantationsskandal?«

Irritiert runzelte Frederiks Mutter die Stirn. »Ich ... wie bitte? Maximilian hat mich nie in seine beruflichen Themen eingeweiht, er hat das seit Beginn unserer Beziehung so gehandhabt.«

Verärgert verengte Caroline die Augen. »Wie lange ist dieser Organhandel gewachsen? Über Jahrzehnte? Und du willst mir ernsthaft glauben machen, dass du nichts davon mitbekommen hast? Auch nicht von den Millionen, die dieser Organhandel in eure Taschen gespült hat?«

»Ich wusste davon nichts«, wehrte sich Frederiks Mutter verzweifelt und klammerte sich regelrecht an Pierres Arm.

»Natürlich wusstest du von nichts«, wiederholte Caroline mit zuckersüßer Stimme. »Für wie blöd hältst du mich eigentlich?«, fauchte sie aggressiv, schnappte sich eines der Küchenmesser und hieb es Pierre in die rechte Hand, die er auf der Sofalehne ruhen hatte.

Entsetzt und voller Schmerz schrie er auf und zog sich die Waffe reflexartig aus der Wunde, die prompt stark zu bluten begann.

»Man entfernt nie Gegenstände aus Stichwunden«, dozierte Caroline überheblich und nahm ihm das Messer sofort wieder weg, bevor er damit auf dumme Gedanken kam. »Wo waren wir? Ach ja, deine Rolle im

Organhandel deines Mannes, von dem du angeblich nie etwas mitbekommen hast.«

»Ich wusste wirklich nicht, was er da aufgezogen hat«, verteidigte sich Victoria mit Panik in der Stimme. »Maximilian und ich hatten immer die Vereinbarung, Berufliches und Privates zu trennen und den Job nicht mit nach Hause zu nehmen. Und daran haben wir uns gehalten.«

Caroline betrachtete die blutige Klinge in ihrer Hand und schüttelte den Kopf.

»Ich glaube dir immer noch nicht«, stellte sie kalt fest, schnellte erneut nach vorn und stach Pierre das Messer in den linken Oberschenkel. Dieses Mal zog sie die Waffe jedoch gleich selbst aus der Wunde und registrierte zufrieden die dadurch verursachte Blutung. *Irgendwie musste sie Victoria Andersen doch zum Reden bringen können. Pierre war eindeutig einer ihrer Schwachpunkte. Wie schwer musste Caroline ihn verletzen, damit Victoria endlich die Wahrheit aussprach?*

»Okay, okay, okay. Hör bitte mit diesen Messern auf!« Abwehrend hob Victoria die Hände. »Ich ... Ich wusste wirklich lange nichts von seinen Machenschaften. Die Vereinbarung, Berufliches und Privates strikt zu trennen, gab es tatsächlich und das hatte jahrzehntelang gut funktioniert. Doch in den letzten anderthalb Jahren hat Max seine ... Geschäfte ... zunehmend auch von Zuhause aus organisiert. Und da ... habe ich das dann irgendwann auch bruchstückeweise mitbekommen, aber das ganze Ausmaß ... «

»Und dir ist nicht in den Sinn gekommen, etwas zu unternehmen?«, fragte Caroline fassungslos und verstärkte ihren Griff um den Hals der Justizbeamtin, die nur noch erstickt röchelte und panisch versuchte, sich aus ihrer misslichen Lage zu befreien.

»Wenn sich Max etwas in den Kopf gesetzt hatte, konnte ihn niemand davon abhalten. Er hatte sich in den letzten Jahren zu einem sehr herrischen Menschen entwickelt«, erklärte Victoria stockend und starrte angstvoll auf Carolines erste Geisel und deren Kampf um den nächsten Atemzug. »Lass sie bitte los, das bringt doch nichts ... du bist doch keine ... keine Mörderin ...«

»Dein Mann hat schamlos Menschen um ihre Zukunft betrogen, ist dir das nie in den Sinn gekommen? Du hättest immerhin versuchen müssen, ihn aufzuhalten!«, schrie Caroline wütend und lockerte ihren Griff so weit, dass die Justizbeamtin wieder Luft holen konnte und nicht bewusstlos wurde.

»Ich ...« Victoria streichelte mit beiden Händen über Pierres Oberarm. »Ich bin vor ihm geflohen, bevor er mich zerstören konnte. Ich hatte mir über Jahrzehnte einen beruflichen Status erarbeitet, das konnte und wollte ich nicht aufs Spiel setzen. Noch dazu hatte ich keine Ahnung, welche Dimensionen der Organhandel angenommen hatte.«

Unbarmherzig schüttelte Caroline den Kopf und verengte die Augen. »So einfach kommst du mir nicht davon«, prophezeite sie gefährlich ruhig und machte erneut einen Satz auf ihre Geiseln zu.

Kampfgeist flackerte in Pierres Blick, während er sie durch einen Fußtritt mit dem gesunden Bein zurückzustoßen versuchte.

»Netter Versuch. Aber auch wahnsinnig dumm...« Mit einer schwungvollen Bewegung setzte Caroline ihm einen tiefen Schnitt in die Wange und den linken Unterarm, den er zum Schutz vor sein Gesicht gehalten hatte.

»Was willst du damit erreichen, Caroline?«, fragte Victoria Andersen entsetzt und konnte den Blick kaum von Pierres blutigen Wunden wenden. »Die Prozesse zum Transplantationsskandal wurden geführt. Was willst du nun ausgerechnet von mir?«

»Ich will, dass du öffentlich gestehst, den Organhandel nicht verhindert zu haben. Dass du eine Mittäterin bist, die dutzende Tote auf dem Gewissen hat«, forderte Caroline zornig und näherte sich den beiden Geiseln auf dem Sofa erneut. Die Justizbeamtin auf dem Hocker starrte nur apathisch vor sich hin und stellte keine akute Gefahr mehr für Caroline dar.

»Was?« Verwirrt runzelte Frederiks Mutter die Stirn. »Was ... ich meine ... nein!«

Stumm erwiderte Caroline ihren Blick, dann hieb sie Pierre mit einem Fauststoß hart ins Gesicht. Bewusstlos sank der groß gewachsene Mann in die Sofakissen.

»Du hast noch einen letzten Versuch.« Caroline nahm ein anderes Küchenmesser in die Hand und betrachtete es für einen Moment. Doch sie wusste bereits, wo sie Victoria Andersen damit am meisten schaden konnte.

»Was bringt es dir, wenn ich so einen Unsinn zugebe? Ich habe niemanden auf dem Gewissen.« Frederiks Mutter zitterte vor Angst.

»Chance vertan.« Schon drehte Caroline das Messer in ihrer Hand und hieb mit dessen stumpfer Seite kraftvoll auf den Handrücken der Pianistin, der sofort ein lauter Schmerzensschrei entfuhr. Mit einer zweiten

Bewegung trieb Caroline das Messer schließlich in die Mittelhand ihres Opfers und schlug Victoria Andersen ebenfalls mit einem Faststoß bewusstlos.

»Zeit, zu gehen.« Schon packte Caroline ihre erste Geisel wieder in bewährtem Griff. Die junge Frau stand ganz unter dem Eindruck der Geschehnisse und wirkte immer noch vollkommen weggetreten. Also schnippte Caroline ein paar Mal energisch vor deren Gesicht herum, bis die Justizbeamtin wieder etwas aufklarte.

»Wir haben noch etwas vor und keine Zeit zu verlieren«, stellte Caroline fest und zerrte ihre Geisel in den Flur. Am Schlüsselbrett hingen zwei Autoschlüssel, einer davon gehörte zu einem Leihwagen. Der erschien ihr perfekt als nächstes Fahrzeug, so liefen wenigstens die Halterabfragen von Polizeistreifen ins Leere. Jetzt musste sie den Seat nur noch finden.

Kapitel 22

Das Diensthandy weckte Peter Hauser gegen vier Uhr morgens. Verschlafen meldete sich der Kriminalhauptkommissar und lauschte gähnend den wenigen Worten seines Kollegen aus der Nachtschicht.

»Caroline Wagner ist aus der Untersuchungshaftanstalt ausgebrochen.«

Diese Nachricht ließ Hauser aus dem Bett aufspringen und sich eilig die Kleidung vom Vortag anziehen.

»Ich bin in zwanzig Minuten im Büro«, versprach Hauser und lief ins Bad, um sich zumindest die Zähne zu putzen. »Informieren Sie bitte auch die Kollegen Fischer, Markl und Thiebe.«

Sie hat irgendetwas vor, aber ich weiß nicht was. Eike Fischers Worte vom Vortag kamen dem Ermittler wieder in den Sinn. *Sie bittet in der Haftanstalt um ein Gespräch hier im Präsidium, weil sie ein Geständnis machen will. Und kaum ist sie hier, weiß sie von nichts und versteckt sich hinter ihrem Anwalt.*

»Das war erst gestern«, nuschelte Hauser an der Zahnbürste vorbei. »Und keine zwölf Stunden später bricht sie aus dem Gefängnis aus. Das kann doch gar kein Zufall sein!« Hastig spuckte er die Zahnpasta in das Waschbecken und spülte sich den Mund aus. Aus dem Safe holte sich der Kriminalpolizist noch seine Dienstwaffe und zog sich dann im Flur Schuhe und Jacke an.

Fast zeitgleich mit Hauser trafen auch die anderen an diesem Fall ermittelnden Kriminalpolizisten im Polizeipräsidium ein.

»Wagner ist ausgebrochen? Wisst ihr schon mehr?«, fragte Uwe Thiebe und versuchte, seine wirre Frisur mit den Händen zu bändigen. Mit mäßigem Erfolg, denn ihm fielen immer wieder Haarsträhnen in die Augen.

»Michael wollte uns gemeinsam briefen, sonst erzählt er ja alles viermal.« Eike Fischer wirkte angespannt.

»Verdammt, ich habe gestern schon geahnt, dass sie irgendetwas im Schilde führt!«

Die vier Ermittler nahmen die große Thermoskanne mit Kaffee aus der kleinen Küche direkt mit in das Büro und schalteten dort sofort ihre Computer ein. Vielleicht gab es im System bereits erste Informationen zu Caroline Wagners Flucht.

»So, guten Morgen, Kollegen.« Michael Ullrichsen trat ein und schloss die Bürotür leise hinter sich. »Sie wissen alle bereits, um was es geht: Caroline Wagner ist heute Nacht aus der Untersuchungshaftanstalt geflohen. Die Fahndung läuft bereits auf Hochtouren.«

»Gibt es Anhaltspunkte, wo sie sich aufhalten könnte? Wie hat sie es überhaupt geschafft, zu entkommen?«, fragte Kommissar Markl und füllte seine Kaffeetasse ein zweites Mal.

»Offenbar hat Frau Wagner einen medizinischen Notfall inszeniert, um die Vollzugsbeamten auf ihrer Abendrunde in den Haftraum zu locken. Diese Situation hat sie schließlich genutzt, um eine der Beamtinnen als Geisel zu nehmen«, berichtete Michael Ullrichsen. »Anschließend hat sie die Dienstwaffen der beiden Beamtinnen an sich genommen. Ihre Forderungen lauteten: Ein Fluchtfahrzeug und freies Geleit. Dem wurde stattgegeben, um das Leben der Geisel nicht aufs Spiel zu setzen.«

»Vor allem, weil Frau Wagner äußerst gewalttätig und nicht einmal im Ansatz verhandlungsbereit war«, fügte Eike Fischer kopfschüttelnd hinzu.

»Mit welchem Fahrzeug ist sie geflohen? Hat sie die Geisel weiterhin in ihrer Gewalt? Gibt es Hinweise, auf ihren Aufenthaltsort?«, wollte Uwe Thiebe wissen und trommelte unruhig mit den Fingerspitzen auf dem Tisch herum.

»Offenbar handelt es sich bei dem Fluchtwagen um das Auto ihrer Geisel, einen schwarzen VW Golf mit Hamburger Kennzeichen. Es wird bereits nach diesem Fahrzeug gefahndet«, fuhr Michael Ullrichsen fort.

»Frau Wagner kennt unsere Methoden, sie wird das Fahrzeug mit großer Wahrscheinlichkeit bereits zurückgelassen haben«, bemerkte Peter Hauser in die entstandene Stille hinein. »Auch wenn sie sich noch in der Ausbildung zur Polizistin befindet, dürfen wir sie nicht unterschätzen.«

»Das Auto wurde also noch nicht gefunden. Gibt es Hinweise, wo sich Frau Wagner aufhalten könnte? Freunde, Familie oder eigene Immobilien?«, überlegte Kommissar Markl laut weiter.

»Sie bricht aus, um sich gleich wieder irgendwo zu verstecken? Nein, das passt überhaupt nicht«, hielt Eike Fischer dagegen. »All ihre Taten sind zielgerichtet.«

»Und ihr bisheriges Ziel war immer Frederik Hendriksson«, unterbrach ihn Uwe Thiebe nervös. »Schicken Sie Streifen zur Asklepios Klinik Sankt Georg und alarmieren Sie den Sicherheitsdienst des Krankenhauses. Wir machen uns sofort auf den Weg!«

Peter Hauser nickte nachdenklich und machte keine Anstalten, aufzustehen und das Büro zu verlassen.

»Kommst du nicht mit?« Irritiert runzelte Eike Fischer die Stirn.

»Ich komme nach, aber ich muss noch ein paar andere Gedanken sortieren«, meinte Hauser ausweichend und wartete, bis seine Kollegen das Büro verlassen hatten.

»Sie glauben nicht, dass Frau Wagner in der Klinik ist?«, vermutete Michael Ullrichsen und musterte ihn aufmerksam.

»Mein Bauchgefühl sagt *Nein*, auch wenn es das naheliegendste Ziel wäre. Ich meine, Frau Wagner hat bereits zwei Mal versucht, Doktor Hendriksson zu ermorden. Es wäre nur logisch, es ein weiteres Mal zu probieren und ihr Vorhaben erfolgreich abzuschließen«, stellte Peter Hauser fest und wartete, bis das interne System hochgefahren war. »Vielleicht war sie auch schon in der Klinik und hat Hendriksson erneut angegriffen. Aber dann ist sie längst wieder auf der Flucht.«

»Aber wohin? Mit Doktor Hendrikssons Tod hat sie ihr Ziel doch erreicht und sich für das Ende der Beziehung und die Anzeigen gerächt.« Michael Ullrichsen seufzte und rollte mit dem Stuhl näher zu Hausers Tisch.

Hauser rief die Vernehmungsprotokolle dieser Ermittlung auf. »Was hat sie als Motiv für den Messerangriff angegeben?«

»Notwehr, weil Doktor Hendriksson das Ende der Beziehung nicht akzeptieren konnte und sie deswegen angegriffen hat.« Ermittler Ullrichsen runzelte die Stirn. »Was wollen Sie damit andeuten?«

»Wir vermuten ein persönliches Motiv wie unerwiderte, verschmähte Liebe«, erklärte Peter Hauser nachdenklich. »Dazu passen beide Messerangriffe perfekt. Aber das schließt nicht aus, dass Frau Wagner von ganz anderen Motiven getrieben wird, die überhaupt nichts mit der gescheiterten Beziehung zu Doktor Hendriksson zu tun haben. Und diese Motive könnten uns Hinweise auf Frau Wagners Fluchtroute liefern.«

»Das ergibt alles keinen Sinn!«, fluchte Kriminalpolizist Peter Hauser frustriert und trat zwei Schritte von der großen weißen Tafel zurück, auf der er in den letzten Stunden versucht hatte, die Puzzleteile der Ermittlungen zu sortieren.

»Das war eine Nullnummer.« Uwe Thiebe stand auf einmal neben ihm und musterte die Tafel interessiert. »Wir haben die Polizeipräsenz im und um das Klinikum herum massiv erhöht, doch von Caroline Wagner ist bisher nichts zu sehen.«

»Hast du irgendetwas herausgefunden?«, fragte Eike Fischer hoffnungsvoll und trat auf Hausers andere Seite. Auch er betrachtete die Notizen auf der Tafel neugierig. »Oh wow, das ist echt … wow.«

»Es passt nur einfach nicht zusammen, das ist das Problem«, schimpfte Peter Hauser und griff nach seiner Tasse, die inzwischen nur noch kalten Kaffee enthielt. Er verzog das Gesicht und trank die Tasse in wenigen Zügen aus. »Für sich genommen sind die Bruchstücke völlig logisch. Doktor Hendriksson führt eine

142

Beziehung mit Frau Wagner und trennt sich im Sommer von ihr. Sie kommt mit dem Ende der Beziehung nicht klar und beginnt, ihm nachzustellen. Als er sie weiterhin zurückweist und nicht auf ihre Avancen eingeht, sticht sie ihn schließlich nieder. Frau Wagner wird bei ihrem ersten Mordversuch gestört und setzt am nächsten Tag noch einmal nach. So weit ist alles schlüssig und doch passen Frau Wagners Aussagen überhaupt nicht dazu. Angeblich hat Doktor Hendriksson sie angegriffen und nicht umgekehrt. Außerdem sei er es gewesen, der mit dem Beziehungsaus nicht klargekommen wäre und psychologische Probleme hätte.«

»Sie dreht den Fall komplett auf links«, kommentierte Eike Fischer. »Wenn du mich fragst, sie ist selbst psychologisch mehr als auffällig.«

»Darum können wir uns kümmern, wenn wir Frau Wagner wieder inhaftiert haben.« Hauser schnaubte gefrustet und deutete auf das nächste Puzzlestück auf der Tafel. »Doktor Hendriksson hat vor der Eskalation mit Frau Wagner Anzeige erstattet, weil seine Wohnung abgehört worden ist. Baugleiche Geräte haben wir bei der Wohnung seiner Mutter und auf dem Familiengestüt gefunden. Diese Straftat richtet sich allem Anschein nach gegen die gesamte Familie Hendriksson, aber warum?«

»Doktor Hendriksson hat ja Verbindungen zum Transplantationsskandal seines Vaters vermutet oder vielmehr Racheaktionen von ehemaligen Patienten oder Angehörigen, die unfreiwillig einen hohen Preis für den Organhandel gezahlt haben.« Kommissar Markl lehnte sich an einen der Schreibtische. »Die Frage ist ja, ob wir auch Frau Wagner eine Verbindung zum Transplantationsskandal zuordnen können.«

»Auf sie wurde geschossen, aber mit den Transplantationen hatte sie nichts zu tun. Zumindest nicht, dass ich wüsste.« Peter Hauser runzelte die Stirn und schrieb ein weiteres Fragezeichen neben dieses Feld auf der Schreibtafel. »Wurden Frau Wagners Angehörige überprüft, ob sie durch den Skandal benachteiligt wurden?«

»Ich setze mich sofort daran«, versicherte Markl und kehrte an seinen Schreibtisch zurück.

»Diese Spur würde aber auf die ganze Familie Hendriksson zielen, nicht nur auf Frederik. Das würde bedeuten, dass der Mordversuch an ihm nur der Auftakt war und sich Frau Wagner auf einem blutigen Rachefeldzug befindet«, spann Uwe Thiebe den Gedanken weiter.

»Ich habe hier etwas gefunden, was diese Theorie untermauern könnte.« Michael Ullrichsen sah über den Rand seines Bildschirms hinweg zu seinen Kollegen. »Es gab heute Nacht mehrere Anrufe wegen nächtlicher Ruhestörung. Zwei Streifen waren vor Ort, haben jedoch nichts feststellen können. Und …«

»Ruhestörungen gibt es jede Nacht. Komm bitte zum Punkt«, bat Peter Hauser ihn ungeduldig.

»An dieser Adresse ist Victoria Andersen gemeldet. Vielleicht sollten wir ihr einen Besuch abstatten und sichergehen, dass die nächtliche Ruhestörung nicht aus ihrer Wohnung kam«, schloss Michael Ullrichsen seinen Bericht.

»Ein Rachefeldzug gegen Familie Hendriksson, das würde ins Bild passen.« Uwe Thiebe wandte sich ruckartig von der Tafel ab und schnappte sich den Auto-schlüssel. »Kommst du mit, Peter?«

Hauser nickte nur, zog sich im Gehen die Jacke an und folgte seinem Kollegen zum Parkplatz. Unterwegs forderten sie Streifenpolizisten als Unterstützung an.

»Was sagt dein Bauchgefühl?«, fragte Uwe Thiebe und überfuhr mit Blaulicht die nächste rote Ampel.

Stumm schüttelte Peter Hauser den Kopf.

Er hoffte sehr, dass er sich irrte und nicht Caroline Wagner hinter der nächtlichen Ruhestörung steckte.

Welches übergeordnete Ziel verfolgte sie?

Wollte sie Familie Hendriksson auslöschen?

Welche Verbindung hatte Caroline Wagner zum Transplantationsskandal?

War sie Angehörige eines der unzähligen Opfer, die dieser Skandal gefordert hatte?

Die zehnminütige Fahrt hatte sich für die beiden Kriminalpolizisten deutlich länger angefühlt, als sie endlich neben der Wohnanlage zum Stehen kamen. Drei Streifenwägen waren ebenfalls vor Ort, davon untersuchten zwei Polizisten einen Kleinwagen, der etwas abseits abgestellt worden war.

»Ein schwarzer VW Golf ...« Hauser zog seine Waffe. »Wagner war hier, das ist das Fluchtfahrzeug. Wir müssen sofort in die Wohnung!«

Eilig setzten sie einen weiteren Funkspruch ab und forderten Rettungsdienst und Notarzt nach. Dann machten sie sich auf die Suche nach Victoria Andersens Wohnung.

»Erdgeschoss, hier drüben!«, rief Uwe Thiebe aufgeregt. »Auf Klingeln reagiert niemand.«

Hausers Puls beschleunigte sich deutlich.

Diese Information war überhaupt nicht gut.

Was hatte Caroline Wagner hier getrieben?

Was hatte sie Frederiks Mutter angetan?

Ein weit geöffnetes Fenster erleichterte es den Polizisten deutlich, die Wohnung zu betreten.

»Frau Andersen? Hier ist die Polizei!«, rief Peter Hauser laut und sah um die nächste Ecke, um sicherzustellen, dass ihnen niemand auflauerte und sie aus dem Hinterhalt angreifen konnte.

»Sauber!«

»Hier ist niemand!«

Nacheinander durchsuchten die Polizisten die Räume und erreichten als letztes die geräumige Wohnküche.

»Küche ist leer«, kommentierte Uwe Thiebe, während Hauser um die Ecke in den Wohnbereich sah.

»Ich habe sie gefunden.« Peter Hauser schob die Waffe zurück in das Holster und zog sich Einweghandschuhe über, die er immer in seiner Jackentasche mit sich führte. »Frau Andersen?«, fragte er und näherte sich den beiden Personen auf dem Sofa.

Frederiks Mutter blinzelte und drehte den Kopf leicht in seine Richtung. »Au«, kommentierte sie gequält.

»Mein Name ist Peter Hauser, ich bin Polizist«, erklärte der Ermittler und beugte sich über den Mann neben Frau Andersen, der nicht auf direkte Ansprache reagierte. »Der Notarzt wird sich gleich um Sie beide kümmern«, fuhr Hauser fort und tastete am Hals des Mannes nach dessen Puls.

»Uwe? Hilf mir bitte, ihn auf den Boden zu legen«, bat Peter Hauser seinen Kollegen. »Er lebt, aber er hat mehrere Stichverletzungen.«

»Sie hat ihm in die Hand und in den Oberschenkel gestochen«, stellte Victoria Andersen überraschend klar
fest, wenngleich sie die Augen weiterhin geschlossen
hielt. »Und dann hat sie ihm noch in den Unterarm und
die Wange geschnitten.« Sie schniefte. »Wie geht es
Pierre? Wie schwer ...?« Ihre Stimme brach.

»Der Arzt ist gleich hier«, versicherte Hauser und half
Uwe Thiebe, den Bewusstlosen in die stabile Seiten-
lage zu rollen. »Mit *sie* meinen Sie Frau Wagner?«

Victoria Andersen nickte andeutungsweise. »Sie stand
auf einmal hier im Raum mit einer Geisel. Und ...«

»Was wollte Frau Wagner von Ihnen?«, fragte Peter
Hauser und hielt bereits sein Handy in der Hand.

»Rache ... weil ...« Victoria Andersen schluchzte laut
auf und schlug eine Hand vors Gesicht. »... weil ich den
... den Organhandel ... zu spät bemerkt habe ...«

»Moin, Rettungsdienst Hamburg!«, riefen die einge-
troffenen Sanitäter bei Betreten der Wohnung, ihnen
folgte der Notarzt.

»Sie haben mir sehr geholfen, Frau Andersen. Der Notarzt wird sich gut um Sie beide kümmern. Und ich
werde dafür sorgen, dass Frau Wagner niemanden
mehr wehtut«, versicherte Kriminalhauptkommissar
Hauser und nahm Uwe Thiebe zur Seite. »Alarmier
bitte die Spurensicherung, wir fahren sofort zu Familie
Thorsen. Markl und Fischer sollen umgehend zum Gestüt der Hendrikssons fahren. Verfügbare Kräfte sollen
schon vorfahren.«

Wieder rasten die beiden Kriminalpolizisten mit Blaulicht durch Hamburgs Straßen, doch selbst die Sirene
half ihnen nur bedingt gegen den einsetzenden Berufsverkehr.

»Habt ihr eine Telefonnummer von Doktor Thorsen?«, fragte Hauser angespannt über die Freisprechanlage. »Sieh bitte auf dem Ausdruck seiner Zeugenaussage nach. Ich glaube, da steht seine Telefonnummer.«

Sein Kollege Ullrichsen raschelte im Hintergrund laut mit den Unterlagen und wurde nach einer gefühlten Ewigkeit fündig. »Ich schicke dir die Nummer aufs Handy«, versprach er.

Gleichzeitig riss Peter Hauser das Steuer herum, um mit hohem Tempo in den Wohnbereich neben dem Michel abzubiegen. »Hoffen wir, dass Frau Wagner keinen allzu großen Vorsprung hat und wir ihren Rachefeldzug stoppen können, bevor es noch mehr Verletzte gibt.«

»Da vorne ist es!«, rief Uwe Thiebe. »Auf der linken Straßenseite.«

Abrupt verringerte Hauser die Geschwindigkeit und brachte das zivile Polizeifahrzeug mit einer Vollbremsung zum Stehen. Sein Puls raste, während sich seine Gedanken nur darum drehten, Caroline Wagner aufzuhalten. Er hatte ein äußerst ungutes Bauchgefühl, als er an der Fassade hochsah. Gleichzeitig lauschte er dem Freizeichen von Niklas Thorsens Rufnummer, doch niemand nahm das Gespräch an.

»Wir gehen in die Wohnung. Nicht, dass uns eine ähnliche Überraschung erwartet, wie eben bei Frau Andersen«, entschied Hauser und klingelte wahllos bei sämtlichen Hausbewohnern, um sich Zutritt zu dem Mehrfamilienhaus zu verschaffen.

»Was wird denn das, junger Mann?«, zeterte eine ältere Dame im Treppenhaus, als die Polizisten nach oben eilten. »Wer sind Sie überhaupt?«

»Kriminalpolizei, Hauser.« Er zeigte ihr seinen Ausweis und musste kurz um Atem ringen. »Kennen Sie Familie Thorsen?«

»Der nette Arzt? Das ist mein Nachbar!« Die Seniorin runzelte die Stirn. »Was wollen Sie denn von ihm? Er hat doch hoffentlich nichts angestellt?«

Hauser schüttelte den Kopf. »Haben Sie einen Schlüssel für seine Wohnung?«

»Nein, aber der Hausmeister kann Ihnen bestimmt weiterhelfen. Er repariert gerade meinen Abfluss in der Küche«, erklärte Niklas Thorsens Nachbarin und stemmte empört die Hände in die Hüften, als Uwe Thiebe durch ihre geöffnete Wohnungstür nach dem Hausmeister rief. »Sie sind doch keine Trickbetrüger?«, fragte sie argwöhnisch.

Nach einer kurzen, aber lautstarken Diskussion, die weitere Hausbewohner in das Treppenhaus gerufen hatte, schloss der Hausmeister schließlich widerwillig die Wohnungstür der Thorsens auf und wich dann mit erhobenen Händen zurück, weil die beiden Kriminalpolizisten ihre Waffen zogen.

Hauser nickte und betrat die Wohnung dann als erster, sein Kollege sicherte ihn. Begleitet von den neugierigen Blicken der Nachbarn und des Hausmeisters durchsuchten die Kriminalpolizisten den Flur und die abgrenzenden Zimmer.

»Hier ist auch niemand«, stellte Uwe Thiebe mit Blick in den kleinen Abstellraum am Ende der Wohnung fest und schob seine Waffe zurück in das Holster. »Und es sieht nicht so aus, als wäre jemand unfreiwillig oder überstürzt aufgebrochen.«

Hauser schüttelte den Kopf und sah auf die Memo-Tafel, die neben der Garderobe im Flur hing. »8 Uhr, Tierarzt«, las der Kriminalpolizist und runzelte die Stirn. »Das schränkt die Suche nicht gerade ein. Ich meine, wie viele Tierärzte gibt es hier in Hamburg? Sollen wir die alle durchtelefonieren?«

Uwe Thiebe deutete auf die Fotowand weiter hinten im Flur. »Wie es aussieht, haben Thorsens nur ein Tier. Und was wäre naheliegender, als das Pferd auf dem Hof des besten Freundes unterzubringen?«

»Dann sind nicht nur Frederiks Brüder, sondern auch Doktor Thorsen und seine Familie in größter Gefahr. Wir müssen sofort los!«, rief Hauser aufgeregt und verließ die Wohnung eilig, sein Kollege folgte ihm. Sie hatten keine Zeit zu verlieren.

Kapitel 23

Mit Einbruch der Morgendämmerung näherte sich der Seat dem Familiengestüt der Hendrikssons.

»Warum tun Sie das alles? Der Transplantationsskandal kann nicht mehr rückgängig gemacht werden und der Hauptverantwortliche ist tot. Warum ...?«, fragte Carolines Geisel mit tränenerstickter Stimme und warf ihr einen kurzen Seitenblick zu.

»Fahr da vorne rechts auf den Feldweg. Wir werden das letzte Stück laufen.« Caroline verzog keine Miene und beobachtete aufmerksam die Umgebung.

Ob sie einfach in das Hauptgebäude einbrechen sollte, wie sie es bereits einmal getan hatte, um Frederik zu verführen?

Andererseits war sie dafür vermutlich schon zu spät, denn Hendrikssons waren Frühaufsteher.

Allein deswegen sollte sie sich prinzipiell beeilen, zu ihren Zielpersonen vorzudringen.

Zudem musste sie befürchten, dass die Polizei inzwischen auf ihren Besuch bei Victoria Andersen aufmerksam geworden war und Streifenwägen zum Schutz anderer potentieller Opfer entsandte.

Besser, sie verlor keine Zeit, sondern schritt gleich zur Tat.

»Na komm, abschnallen und aussteigen. Du kennst das Spiel doch inzwischen«, kommandierte Caroline ungeduldig und wedelte mit der Pistole. »Ansonsten ist hier für dich Feierabend. Wofür entscheidest du dich?«

Die Justizbeamtin schluchzte schon wieder auf, doch sie löste ihren Sicherheitsgurt und ließ sich ein weiteres Mal über die Beifahrerseite aus dem Fahrzeug zerren.

»Versuch nicht einmal, zu fliehen«, warnte Caroline ihre Geisel und packte sie grob am Nacken. So kam sie deutlich schneller voran als mit dem Arm um den Hals. »Ich schieße sofort und ich schieße exakt.«

Wie viel Zeit vergangen war bis sie das Gestüt endlich erreichten konnte Caroline nicht sagen, doch von Polizeipräsenz war noch nichts zu sehen. Nur ein dunkelblauer Audi parkte vor dem Hauptgebäude und zauberte Caroline ein breites Lächeln auf das Gesicht.

Die lange Fahrt hatte sich gelohnt, all ihre Zielpersonen waren hier versammelt. Jetzt musste sie sie nur noch unter ihre Kontrolle bringen.

Wo hielten sich Frederiks Brüder und Niklas Thorsen jetzt am wahrscheinlichsten auf?

Im Hauptgebäude bei einem gemeinsamen Frühstück?

Oder waren sie bereits im Stall?

Wo sollte sie es zuerst versuchen?

Das Weinen eines Kindes riss Caroline aus ihren Gedanken. Suchend sah sie sich um und entdeckte in der Nähe des Reitplatzes Freja, die mit einem Baby auf dem Arm umherwanderte.

»Nein, Sie werden sich nicht auch noch an einem Baby vergreifen!« Die Justizbeamtin hatte Carolines Gedanken erraten und drehte sich ruckartig in deren Griff, um ihr den Weg zu versperren. »Hören Sie sofort auf!«

Irritiert hielt Caroline inne.

Was fiel dieser Frau eigentlich ein, sich in ihre Angelegenheiten einzumischen?

Hatte sie sich vorhin nicht klar ausgedrückt?

»Das ist nicht mehr dein Thema«, stellte Caroline emotionslos fest, hob die Pistole und schoss ihrer Geisel mitten in die Brust. Sofort sackte die Justizbeamtin zu Boden.

Der Schuss hatte Freja Thorsen augenblicklich in die Flucht getrieben, wie Caroline verärgert feststellte.

»Freja?« Niklas' panische Stimme klang wie Musik in Carolines Ohren. »Freja! Wo bist du?« Er kam aus dem Stallgebäude gerannt und blieb bei Carolines Anblick wie angewurzelt stehen. »Du ...«

»Hallo Niklas, wir haben uns ja seit einer Weile nicht mehr richtig gesprochen.« Provozierend stieg Caroline über den leblosen Körper ihrer Geisel hinweg und näherte sich nun Niklas Thorsen, dem der Ernst und die Tragweite dieser Situation in diesem Moment erst so richtig bewusst wurden. »Auf der Intensivstation warst du neulich ja dermaßen gewalttätig, so kenne ich dich gar nicht.« Sie lächelte gedankenverloren. »Allerdings war ich überrascht, dass du dich so gut geschlagen hast. Ich hätte nie gedacht, dass du so ein aufmerksamer Kämpfer bist ...«

Ungläubig schüttelte Niklas den Kopf und wich einen Schritt in die Stallgasse zurück. »Wie bist du hierhergekommen? Die Polizei hat dich inhaftiert und ... was ist mit der Untersuchungshaft und ...« Er kämpfte angestrengt dagegen an, die Fassung zu verlieren.

»Du bist immer so geschäftig, aber an sich kommt mir das entgegen.« Caroline kam erneut näher.

»Was willst du?«, fragte Niklas mit stärker werdender Panik in der Stimme, während sein Blick unruhig umherirrte. Offenbar versuchte er gerade herauszufinden, wo sich seine Frau mit dem Baby aufhielt.

»Ich will Antworten.« Caroline betrachtete die Waffe in ihrer Hand versonnen und richtete die Mündung dann auf die Brust von Frederiks bestem Freund. »Beginnen wir von vorne. Welche Rolle hast du im Transplantationsskandal gespielt?«

»Wie bitte, was?« Fassungslosigkeit spiegelte sich in Niklas' Miene wider. »Der ... Transplantationsskandal? Wie kommst du denn jetzt ausgerechnet darauf? Hast du Frederik deswegen niedergestochen«?

»Lass ihn außen vor, das geht dich nämlich nichts an«, wiegelte Caroline sofort ab. »Also, welche Rolle hast du im Transplantationsskandal gespielt? Wie viele Patientenleben hast du auf dem Gewissen, weil du nichts unternommen hast?«

»Ich habe überhaupt keine Rolle im Organhandel von Professor Hendriksson gespielt«, erklärte Niklas mit bemüht fester Stimme, doch die Anspannung war ihm deutlich anzuhören. »Ich habe keine Patienten umgebracht oder Organe organisiert oder transplantiert. Ich hatte mit diesen kriminellen Machenschaften nichts zu tun.«

»Du bist also unschuldig«, fasste Caroline ironisch zusammen, folgte Niklas' Blick und schoss kurzentschlossen in diese Richtung.

Vielleicht brachte sie Frederiks besten Freund damit zum Reden. Bei Victoria Andersen hatte sie ja auch nur den Druck immer weiter erhöhen müssen, bis sie der Wahrheit auf die Spur gekommen war.

»Lass meine Familie in Ruhe. Freja hat mit meinem Job nichts zu tun«, flehte Niklas voller Verzweiflung.

»Das hängt ganz von deinen Antworten ab. Also, willst du nicht in dich gehen und dann erneut auf meine Fragen antworten?«, wollte Caroline wissen.

Sie konnte Niklas schwer einschätzen, doch er schien deutlich schwerer zu knacken sein als Frederiks Mutter vorhin. Vielleicht würde sich das aber auch schlagartig ändern, wenn sie das Baby oder Freja in ihrer Gewalt hätte …

»Kennst du die Gerichtsakten? Falls ja sollte dir bekannt sein, dass vor allem die Oberärzte in den Transplantationsskandal verstrickt waren und maßgeblich dafür gesorgt haben, den Nachschub an benötigten Spenderorganen sicherzustellen«, erklärte Niklas angespannt. »Frederik und ich haben gemeinsam Nachforschungen angestellt, als uns immer mehr überraschende hirntote Patienten aufgefallen sind.«

»Du willst mir also weismachen, dass du und Frederik auf der anderen Seite des Skandals gestanden seid und ihr versucht habt, weitere Tote zu verhindern?«, wiederholte Caroline skeptisch. »Hatte dich der alte Hendriksson deswegen auf seiner Liste?«

»Was glaubst du, warum er mich trotz des Eintritts in das Zeugenschutzprogramm quer durch Skandinavien gejagt hat? Was glaubst du, warum Frederik entführt und gefoltert wurde? Oder warum auf ihn geschossen wurde? Wir haben die entscheidenden Fallauflistungen an die Kriminalpolizei weitergeleitet, das konnte er ja kaum auf sich sitzen lassen.« Niklas schüttelte den Kopf. »Was willst du noch? Warum wühlst du in einem Fall herum, der vor gut einem Jahr vor Gericht geschlossen wurde? Warum suchst du nach Schuldigen, die längst hinter Gittern sitzen?«

Caroline schluckte schwer, doch sie drängte ihre aufkommenden Gefühle mit Gewalt zurück.

Niklas war nicht nur körperlich ein äußerst gefährlicher Gegner. Er verstand es zudem, ihre Schwachpunkte zu kitzeln und sie somit aus der Reserve zu locken.

Doch es änderte nichts daran, dass sie endlich Gerechtigkeit wiederherstellen wollte.

»Ich stelle hier die Fragen!«, fuhr Caroline ihn aggressiv an und wechselte abrupt das Thema. »Warum hast du mich im Krankenhaus angegriffen? Das war eine Sache zwischen Frederik und mir, die dich überhaupt nichts anging!«

»Du wolltest Frederik umbringen!«, fauchte Niklas und hustete bellend. »Er ist mein bester Freund, natürlich beschütze ich ihn!«

Er schien körperlich angeschlagen zu sein. Vielleicht konnte sie das zu ihrem Vorteil nutzen.

»Ich verstehe.« Caroline schüttelte kaum merklich den Kopf. »Nur ist das unglaublich dumm. Ich meine, du bist inzwischen Vater und … es ist einfach nur wahnsinnig schade, wenn das Baby ohne Vater aufwachsen muss, findest du nicht?«

Zufrieden sah sie, wie Niklas schwer schluckte.

»Was willst du mit dieser Aktion erreichen, Caro? Was in den letzten Jahren, Wochen oder Tagen passiert ist, lässt sich doch nicht ungeschehen machen, indem du auf mich oder meine Familie schießt. Oder indem du mit einem Messer auf Frederik einstichst. Es ändert nichts an dem, was zum Beispiel Frederiks Vater getan hat.«

Caroline verengte die Augen, denn Niklas' Gesichtsausdruck hatte sich deutlich verändert. *Zeigte sich da etwa Hoffnung in seinem Blick?*
Sie warf einen kurzen Blick über die Schulter und sah die herannahenden Polizeifahrzeuge.
Verdammt, da waren ihr die Kollegen schneller auf die Spur gekommen, als sie erwartet hätte. Oder jemand hier auf dem Hof hatte die Polizei angerufen und sie damit verpetzt. Egal, jetzt blieb ihr ohnehin nur die Flucht, wenn sie nicht sofort wieder inhaftiert werden wollte. Sie hatte noch einen offenen Punkt auf ihrer Liste, den sie unbedingt erledigen wollte.
Wütend gab Caroline zwei Schüsse in Niklas' Richtung ab und feuerte im Rennen wahllos auf die Polizeifahrzeuge, während sie am Hauptgebäude vorbeirannte. Mit dem Seat von vorhin sollte ihr zumindest ein weiterer Teil der Flucht gelingen.
Ihre Lungen brannten, als Caroline den Mietwagen von Victoria Andersens Freund erreichte, den Motor per Knopfdruck startete und das Fahrzeug in zwei Zügen wendete. Dann raste sie in hohem Tempo zurück zur Bundesstraße.

Kapitel 24

Es dauerte eine gefühlte Ewigkeit, bis Niklas die Angststarre abschütteln konnte, die ihn nach Carolines Schüssen in seine Richtung ergriffen hatte. Dann gab es für ihn nur noch einen einzigen Gedanken: *Wo waren Freja und Elina?*

Ungeachtet der dutzenden herannahenden Polizeifahrzeuge eilte Niklas so schnell es ihm in seiner Verfassung möglich war in Richtung des Reitplatzes, denn Freja hatte dort mit der Kleinen spazieren gehen wollen.

Waren sie in der Nähe geblieben oder sofort in das Stallgebäude geflüchtet, sobald Caroline aufgetaucht war?

Hatte Carolines erster Schuss vielleicht sogar Freja gegolten?

Allein der Gedanke daran ließ Niklas das Herz schwer werden und steigerte gleichzeitig seine Panik.

»Freja? Wo bist du?«, rief er mit sich überschlagender Stimme und hustete bellend. Seine Lunge protestierte schmerzhaft gegen die plötzliche Anstrengung, die er ja eigentlich noch vermeiden sollte.

»Doktor Thorsen?« Zwei Polizisten in ziviler Kleidung kamen auf ihn zu gelaufen und waren nur durch ihre übergezogenen schusssicheren Westen als Polizeibeamte zu identifizieren. Vermutlich Ermittler der Kriminalpolizei, doch an sich war das Niklas gerade egal.

Er musste wissen, dass es Freja und Elina gut ging.
Dass sie unverletzt waren.
Er musste seine Familie wieder in die Arme schließen und sich mit eigenen Augen davon überzeugen, dass Caroline sich nicht an seiner Frau und seiner Tochter vergriffen hatte.

»Ja«, keuchte Niklas und blieb widerwillig stehen, um wieder zu Atem zu kommen. »Ich muss meine Frau finden, auf sie wurde geschossen!«

Uniformierte Polizisten liefen in die von Niklas angegebene Richtung, während er ihnen langsam folgte. Die Nachfragen der Ermittler in den Schutzwesten ignorierte er. Er konnte keinen klaren Gedanken fassen, solange er nicht wusste, wo sich Freja und Elina aufhielten.

»Niklas?« Frejas leise Stimme ließ sein Herz einen Satz machen, einen Moment später sah er sie mit Elina auf dem Schoß in der Stallgasse auf dem Boden sitzen.

»Geht es euch gut?«, fragte Niklas und sank neben seiner Familie auf die Knie. Er streichelte Freja über die Wange und gab ihr schließlich einen Kuss. »Hat euch Caroline erwischt? Ich habe nur den Schuss gehört und bin vom Schlimmsten ausgegangen.« Er schluchzte auf und schloss seine beiden Liebsten in die Arme.

»Sie hat nicht auf uns geschossen«, flüsterte Freja unter Tränen, ihre Unterlippe bebte. »Sie hat aus nächster Nähe auf ihre Geisel geschossen. Das ... was ist mit ihr? Lebt sie noch? Oder ...« Frejas Stimme brach.

»Die Frau wird gerade medizinisch versorgt«, versicherte einer der Polizisten hinter Niklas.

»Ich bin mit Elina sofort in Deckung gegangen und habe mich im Stall versteckt«, fuhr Freja schluchzend fort. »Die ganze Zeit über habe ich gebetet, dass sie dir nichts tut, Niklas. Dass dieser Wahnsinn endlich ein Ende hat.«

»Der Wahnsinn wird enden«, versicherte Niklas und streichelte Freja über die Wange. »Wir werden endlich unser langweiliges Leben weiterführen, so wie wir uns das in Schweden ausgemalt haben. Ohne gesundheitliche Dramen oder Verrückte aus der Vergangenheit, die uns an den Kragen wollen. Wir werden einfach nur unser Familienleben genießen.«

»Was hat Frau Wagner konkret zu Ihnen gesagt, Doktor Thorsen?«, fragte einer der Polizisten und ging neben der Familie in die Hocke.

»Kommt doch in das Haupthaus, so holt ihr euch nur eine ordentliche Erkältung«, schlug Oliver Hendriksson beim Anblick der Gruppe fest. »Soll ich Tee oder Kaffee kochen?«

Freja hatte sich mit Elina auf den weichen Teppich neben dem Sofa gesetzt und spielte mit ihr, während Niklas mit den Kriminalpolizisten in der Küche blieb.

»Bedient euch, falls ihr Nachschub braucht.« Frederiks Bruder stellte die Kaffeetassen vor die Männer und ging dann mit einer Teetasse in der Hand zu Freja.

»Wie kann ich Ihnen helfen? Was genau wollen Sie wissen?«, fragte Niklas heiser und trank seinen Kaffee in kleinen Schlucken. Das Heißgetränk war eine Wohltat für seinen Körper und belebte ihn etwas.

»Was genau wollte Frau Wagner von Ihnen? Sind Sie einander nur zufällig begegnet?«, fragte Hauptkommissar Fischer, während sein Kollege ein Notizbuch aufschlug und seinen Kugelschreiber zückte.

»Ich …« Niklas schüttelte den Kopf. »Einerseits war Caroline extrem wütend, dass ich ihren zweiten Angriff auf Frederik vereitelt habe. Sie wollte wissen, warum ich das getan habe.« Er brach ab und trank weitere Schlucke Kaffee. »Und dann hat sie von dem großen Transplantationsskandal angefangen. Sie hat gefragt, welche Rolle Frederik und ich dabei gespielt haben und warum uns der alte Hendriksson so unerbittlich gejagt hat.«

»Hat Frau Wagner auch gesagt, warum sie sich so für den Transplantationsskandal interessiert? Immerhin ist der Fall juristisch bereits abgeschlossen«, fragte Eike Fischer nachdenklich.

Matt schüttelte Niklas den Kopf und sah zu seiner Familie, die nur wenige Schritte von ihm entfernt war.

Wieder einmal hatte er unendlich viel Glück gehabt, dass nichts Schlimmeres passiert war.

Wie oft würde er das noch herausfordern können?

Wann war endlich Ruhe?

Wann konnte er endlich das Hier und Jetzt mit seiner Frau und Tochter genießen, ohne sich große Sorgen machen zu müssen?

Würde ihn der Transplantationsskandal je vollständig loslassen?

»Wir wissen, dass Frau Wagner von dem Amoklauf betroffen war, der von Maximilian Hendriksson in Auftrag gegeben worden war. Passen Frau Wagners heutige Fragen dazu? Geht es ihr darum, dass man diesen Amoklauf hätte verhindern müssen?«, fragte Ermittler Fischer weiter.

»Carolines Fragen zielen eindeutig auf den medizinischen Teil des Skandals ab, nämlich den Organhandel.

Sie wollte wissen, wie viele Tote ich zu verantworten habe, weil ich nichts unternommen hätte. Dass das reiner Unsinn ist, weiß Caroline eigentlich.« Niklas schüttelte den Kopf. »Ich habe keine Ahnung, worauf diese Frau hinauswill und was ihr eigentliches Ziel ist. Wenn es ihr um den Drahtzieher hinter dem Organhandel geht, hat sie schlechte Karten. Mit einem Toten kann man nur schwer über die Schuldfrage diskutieren.«

»Vielen Dank, Doktor Thorsen.« Eike Fischer griff nach seiner eigenen Kaffeetasse und dachte eine Weile über Niklas' Aussage nach. »Wir müssen also eine weitere Verbindung von Frau Wagner zu Maximilian Hendrikssons Organhandel und dem daraus resultierenden Organhandel herstellen. Am besten gehen wir noch einmal die ganzen Spender- und Empfängerlisten durch.«

»Da haben Sie aber etwas vor.« Niklas zog eine vielsagende Grimasse. »Wie geht es denn jetzt für meine Familie und mich weiter, solange Caroline noch auf der Flucht ist?«

»Sie stehen vorerst unter Polizeischutz und ich möchte Sie bitten, nach Möglichkeit zu Hause zu bleiben«, riet ihm Hauptkommissar Fischer. »Ich hoffe, dass wir Frau Wagner schnellstmöglich finden und inhaftieren können.«

Der Tierarzttermin musste wegen des großen Polizeiaufgebots und der Fahndung nach Caroline verschoben werden, sodass sich Niklas mit seiner Familie in Begleitung eines Streifenwagens auf den Rückweg nach Hamburg machte.

»Ich erkenne Caroline nicht wieder«, stellte Freja fassungslos fest. »Wir haben uns doch ganz gut verstanden und sie schien so … beherrscht zu sein. Und sie hat so dafür gebrannt, sich zur Polizistin ausbilden zu lassen.«

Niklas schwieg und sah starr auf die Straße.

Er hatte nie einen Hehl daraus gemacht, dass er Caroline nicht vollständig vertraute.

Und dass er sie nicht für die richtige Frau an Frederiks Seite gehalten hatte.

Er hätte es seinem besten Freund von Herzen gegönnt und gewünscht, bei Caroline emotional anzukommen und Vertrauen in eine Beziehung aufzubauen.

»Worüber grübelst du so angestrengt?«, fragte Freja und berührte Niklas' rechten Unterarm zaghaft.

»Ich habe über die Beziehung von Caro und Frederik nachgedacht«, gab Niklas zu und räusperte sich, doch der Hustenreiz blieb. Umständlich kramte er einhändig in seiner Manteltasche und reichte Freja schließlich das Blister mit den Lutschpastillen. »Machst du mir bitte eine heraus?«

Freja nickte nur und kam seiner Bitte nach. »Du warst nie ein Fan von ihr, das weiß ich. Wie sich zeigt hattest du mit deinem Gefühl recht.«

»Ich will gar nicht recht haben, sondern dass Frederik zur Ruhe kommt und sein Glück findet.« Niklas schüttelte den Kopf und sah starr auf die Straße. »Ich hätte nie gedacht, dass Caroline zu solchen Taten fähig ist. Sich nach einer Beziehung zu streiten oder nicht so recht voneinander loszukommen ist das eine. Aber Stalking und ein Amoklauf gegen die gesamte Familie?«

»Weißt du eigentlich etwas von Frederiks Mutter? Ist

sie in Hamburg oder auf Tour?«, wollte Freja nachdenklich wissen. »Ansonsten könnte sie doch Carolines nächstes Ziel sein ...«

»Verdammt, so weit hatte ich gar nicht gedacht!« Niklas nahm erneut eine Hand vom Lenkrad und rief die Kontaktliste seines Handys über den Bordcomputer auf.

»Konzentriere dich bitte auf die Straße«, bat Freja ihn und schob seine Hand sanft beiseite. »Ist Hauser eingespeichert?«

»Ich glaube unter *Polizei Hauser* oder so«, überlegte Niklas laut und verlangsamte das Tempo, als sie die Stadtgrenze passierten.

»Da ist er ja.« Freja wählte den Kontakt aus, sodass die Verbindung aufgebaut wurde.

»Doktor Thorsen, wie kann ich Ihnen helfen?«, fragte Peter Hauser zur Begrüßung. Den Geräuschen nach war auch er in einem Auto unterwegs.

»Caroline Wagner ist ja noch auf der Flucht und ich vermute, dass sie möglicherweise zu Frau Andersen, also Frederiks Mutter, unterwegs sein könnte.« Niklas blieb an einer roten Ampel stehen und seufzte leise beim Blick in den Innenspiegel, denn der Streifenwagen war immer noch hinter ihm.

Es war zu seiner Sicherheit, doch es fühlte sich nicht so an. Vielmehr fühlte er sich zurückversetzt in die Zeit des Zeugenschutzprogramms, in denen sie phasenweise rund um die Uhr von Polizisten bewacht worden waren. Hoffentlich fand dieser Albtraum bald ein Ende.

»Frau Andersen haben wir auf dem Schirm, auch sie steht unter Polizeischutz. Dennoch vielen Dank für den Hinweise, Doktor Thorsen. Falls Ihnen noch etwas zu

Frau Wagner und Ihren Motiven einfallen sollte, rufen Sie mich bitte jederzeit an«, bat ihn der Hauptkommissar eindringlich.

»Natürlich«, versprach Niklas und fuhr wieder an, als die Ampel nach einer gefühlten Ewigkeit auf grün umschaltete.

Die beiden Polizisten begleiteten Niklas und seine Familie bis zur Wohnungstür und riefen dadurch sofort die neugierige Nachbarin auf den Plan.

»Ah, Doktor Thorsen! Gut, dass ich Sie sehe. Vorhin waren da zwei Männer, die haben sich als Polizisten verkleidet und sind in Ihre Wohnung!«, berichtete die Seniorin aufgeregt. »Ich habe versucht, sie aufzuhalten, aber was soll ich da schon ausrichten?«

»Schon in Ordnung. Danke, Frau Bender.« Niklas lächelte erschöpft und schloss seine Wohnungstür auf.

»Man ist nirgends mehr sicher«, dozierte die rüstige Rentnerin. »Aber ich habe ein Auge auf so etwas, Sie können sich auf mich verlassen.«

»Danke schön.« Nach einem letzten Blick auf die Streifenpolizisten betrat Niklas seine Wohnung und legte vorsichtshalber die Sicherheitskette vor.

»Das waren bestimmt welche von der Kriminalpolizei, weil sie sichergehen wollten, dass Caroline nicht hier eingebrochen ist«, stellte Freja leise fest und schlurfte mit Elina auf der Hüfte sitzend in das Wohnzimmer. »Mäuschen, du bist ganz schön schwer geworden, weißt du das? Da muss die Mama wohl langsam trainieren, damit sie dich weiter über so lange Strecken tragen kann.«

»Macht dir der Rücken wieder Probleme?« Niklas zog

seine Jacke aus und hängte sie an die Garderobe, dann folgte er Freja und musterte sie besorgt. »Oder ist es einfach nur der Schreck, der sich langsam körperlich niederschlägt?«

»Ich weiß nicht.« Freja zog Elina den kuschligen Winteranzug und die Mütze aus. »So eine Phase hatte ich ja während der Schwangerschaft mit Elina auch, in der mir alles wehgetan hat.«

»Das beantwortet meine Frage nicht«, stellte Niklas leise fest und ging neben Freja in die Hocke. »Tut dir nur der Rücken weh oder hast du anderswo ebenfalls Schmerzen?«

»Das übliche Ziehen im Unterbauch, aber das begleitet mich schon seit Tagen. Und auch das hatte ich in den ersten Wochen mit Elina«, versicherte Freja. »Ich lege mich einfach eine Runde hier auf das Sofa und sehe euch beiden beim Spielen zu. Dann sollten sowohl der Rücken als auch das Ziehen im Bauch deutlich besser werden.«

Kapitel 25

»Was haben wir?«, fragte der Chefarzt der Unfallchirurgie, Professor Schneider angespannt und schloss die Tür zum Besprechungszimmer hinter sich.

»Patient eins ist männlich, neunundfünfzig Jahre alt«, begann Maximilian Vollmer mit der Fallbesprechung. »Eine Stichwunde in der rechten Hand und eine im linken Oberschenkel. Keine knöchernen Verletzungen. Dafür aber eine gebrochene Nase sowie eine tiefe Schnittwunde im Gesicht.«

Ungeduldig nickte Professor Schneider und betrachtete die Röntgenaufnahmen. »Wie sieht es mit Sehnen- und Nervenverletzungen aus?«

»Bei beiden Wunden negativ. Die Hand ist voll funktionsfähig, wenn auch durch die Wunde sehr schmerzempfindlich.« Vollmer kratzte sich am Kopf und rief am Computer die Röntgenbilder der zweiten Patientin auf, die er vor einer halben Stunde vom Notarzt übernommen hatte. »Patientin zwei ist weiblich, achtundfünfzig. Auch sie hat offensichtlich einen massiven Schlag gegen den Kopf bekommen, der knöchern jedoch folgenlos geblieben ist. Auch bei ihr konnten wir eine Stichverletzung in der Hand feststellen, dazu eine massive Gewalteinwirkung auf die Mittelhand. Drei Mittelhandknochen sind gebrochen, dazu gibt es multiple Sehnenverletzungen. Ein OP ist bereits reserviert und Doktor Wegbauer übernimmt die Leitung.«

»Eine externe Kollegin, die eigentlich nur für eine Vortragswoche in der Stadt ist?« Überrascht hob Professor Schneider die Augenbrauen.

»Bei der Patientin handelt es sich um die Konzertpianistin Victoria Andersen«, erklärte Maximilian Vollmer knapp. »Sie fragt zudem, ob Sie ebenfalls bei dem Eingriff dabei sein können.«

»Andersen? Die große Pianistin?« Augenblicklich verschwand Professor Schneiders verärgerter Unterton. »Ich werde mit Doktor Wegbauer sofort zu ihr gehen und dafür sorgen, dass wir so schnell wie möglich in den OP kommen. Bereiten Sie bitte alles vor, Doktor Vollmer.«

Es klopfte leise an der Tür, dann trat Handspezialistin Doktor Wegbauer ein. »Sind das die Röntgenbilder von Frau Andersen?«, fragte sie und steuerte direkt auf den großen Bildschirm zu. »Wie ist das passiert?«

»Die Stichwunde wurde ihr scheinbar mit einem Küchenmesser zugefügt«, berichtete Maximilian Vollmer. »Wie genau man ihr die Knochen gebrochen hat, konnte oder wollte Frau Andersen nicht sagen.«

»Wann können wir in den OP?«, fragte Doktor Wegbauer knapp. »Und wo finde ich die Patientin?«

»Ich begleite Sie«, bot der Chefarzt an und so blieb Maximilian Vollmer allein im Besprechungszimmer zurück.

»Damit ist Frau Andersen wohl versorgt«, stellte Maximilian gedankenverloren fest und zog das Diensttelefon aus seiner Kitteltasche. »Jetzt braucht nur noch Herr Le Meur einen plastischen Chirurgen.« Er wählte die Durchwahl dieser Abteilung und lauschte ungeduldig dem Freizeichen.

Für beide Patienten fanden sich an diesem ungewöhnlich ruhigen Freitagvormittag zeitnahe OP-Termine, sodass sich Maximilian Vollmer um die übrigen unfallchirurgischen Fälle in der Notaufnahme kümmern konnte.

»Wann ist eigentlich Doktor Thorsen wieder da?«, fragte Marina Lucas neugierig, während sie Maximilian zum nächsten Patienten folgte.

»Ich weiß nicht, wie lange Niklas noch krankgeschrieben ist. Wenn er wieder gesund ist, wird er wieder angreifen. So lange müssen Sie mit mir Vorlieb nehmen.« Maximilian Vollmer schmunzelte. »Dafür kehrt Doktor Jürgen in zwei Wochen zurück.«

»Jürgen? Oh nein, das war gerade so schön ruhig ohne ihn«, protestierte die Assistenzärztin. »Er hatte uns Anfänger immer so böse auf dem Kieker.«

»Vielleicht gab es während seiner Fortbildung auch einen Kurs zu diesem Thema. Warten wir doch erst einmal ab, in welcher Stimmung Doktor Jürgen hier wieder anfängt«, schlug Maximilian Vollmer vor, auch wenn er den Unmut seiner jungen Kollegin über diese Personalie durchaus nachvollziehen konnte.

Nach einer viertelstündigen Pause um die Mittagszeit kehrte Doktor Vollmer auf die unfallchirurgische Station zurück. Ihm war die Aufgabe, nach Frau Andersen und Herrn Le Meur zu sehen, zugeteilt worden, da Professor Schneider weitere Operationen in seinem Plan stehen hatte. Leise klopfte er an die Tür des Patientenzimmers und trat ein, ohne eine Antwort abzuwarten.

»Frau Andersen?«, fragte er gedämpft. »Ich bin Doktor Vollmer und wollte sehen, wie es Ihnen jetzt geht.«

Die Konzertpianistin blinzelte nur matt und deutete mit dem Kinn auf ihre dick bandagierte und geschiente linke Hand. »Die Schmerzen sind auszuhalten. Und alles weitere wird sich wohl erst in den nächsten Wochen zeigen. Zumindest hat das Doktor Wegbauer vorhin gesagt …«

»Ihre Verletzungen waren schwerwiegend, aber mit Doktor Wegbauer und Professor Schneider haben Sie die bestmögliche chirurgische Versorgung bekommen«, versicherte Maximilian Vollmer.

»Wie … wie geht es denn Pierre? Wie schwer ist er verletzt? Und wo ist er untergebracht?«, fragte Victoria Andersen mit Tränen in den Augen. »Ich … ich muss mich unbedingt bei ihm entschuldigen, dass … also dass er in so einen Mist hineingezogen worden ist. Dieser Familienname ist ein einziger Fluch …«

»Beruhigen Sie sich bitte, Frau Andersen.« Doktor Vollmer kam langsam näher und setzte sich schließlich auf den Stuhl neben dem Bett. »Er ist Ihr Lebensgefährte?«

Andeutungsweise nickte Victoria Andersen.

»Er ist gerade noch im Aufwachraum und wird wegen der schweren Gehirnerschütterung mindestens eine Nacht auf der Überwachungsstation verbringen«, berichtete Maximilian. »Soll ich ihm etwas ausrichten?«

»Können Sie es arrangieren, dass er später zu mir verlegt wird?«, fragte sie leise. »Und sagen Sie Pierre, dass mir das alles so unendlich leidtut.«

Kapitel 26

Der Leihwagen war gut motorisiert, sodass es Caroline gelang, ihre Verfolgerfahrzeuge vorerst abzuschütteln. Gleichzeitig war ihr bewusst, dass ihr auf der Strecke Richtung Hamburg aufgelauert und sie zum Anhalten gezwungen werden konnte.

»So leicht bekommt ihr mich nicht in die Finger«, murmelte Caroline und schaltete das Radio ein, um zumindest über die Verkehrsnachrichten im Bild zu sein.

Mit deutlich überhöhter Geschwindigkeit steuerte sie den Seat auf Hamburg zu und dachte über ihre weitere Route nach.

Nach dem Trubel auf dem Gestüt sollte sie am besten abwarten, denn so würde sie ihren aufgeschreckten Kollegen sofort in die Hände fallen.

Wo konnte sie sich verstecken? Ihre eigene Wohnung, die ihres Vaters und das Zimmer in der Polizeiakademie fielen weg, denn die wurden mit Sicherheit überwacht.

»Versuchen wir es im Hafen ...«, überlegte Caroline laut, mäßigte das Tempo nur leicht und bog auf einen Zubringer in das Hafengebiet ab. In ihrer Jugend hatte sie viel Zeit hier verbracht, vielleicht kam ihr das nun zugute.

Immer wieder tauchten Streifenwägen und zivile Polizeifahrzeuge mit Magnetblaulicht auf dem Dach in Carolines Innenspiegel auf, doch sie konnte ihre Verfolger in den weitläufigen Hafenanlagen schließlich abschütteln. Da spielte ihr das Einsatzfahrtraining von vor sechs Wochen in die Karten.

Hastig wischte sich Caroline die schweißnassen Handflächen an der Hose ab, wendete erneut und parkte den Seat hinter einem Tieflader. So war er von der Straße aus nicht sofort zu erkennen.

Nicht ohne einen erneuten Rundumblick verließ Caroline schließlich ihr Fluchtfahrzeug und huschte in gebückter Haltung durch ein großes Loch im Maschendrahtzaun auf das verlassene Gelände einer Firma.

Auch in die baufällige Halle kam Caroline ohne Probleme, wo sie sich eilig ein Versteck mit guter Schussposition suchte. Sie rechnete zwar nicht damit, sofort gefunden zu werden, doch es war besser, Vorkehrungen zu treffen.

Aufatmend ließ sie sich auf zwei alte Autoreifen sinken, sodass ihr die Kälte des Betonbodens nicht sofort in den Körper kroch. Die Pistolen hielt sie schussbereit in ihren Händen.

»Bestandsaufnahme«, murmelte Caroline und überprüfte den Inhalt der Pistolenmagazine. Vier Schüsse hatte sie bisher abgegeben, damit blieben ihr elf beziehungsweise fünfzehn Kugeln. »Okay, daran soll es nicht scheitern …«

Ihr Magenknurren wir in der Stille der maroden Halle deutlich zu hören.

»Aber ohne etwas zu essen und zu trinken lässt die Konzentration schnell nach und es passieren Fehler. Woher bekomme ich Nahrung?«, überlegte sie laut.

Mittags gab es in dieser Gegend oft Imbisswägen.

Verstimmt grübelte Caroline.

Wie früh kamen die Imbisswägen hier an?
Ab wann wurden sie von Laufkundschaft angesteuert?
Gab es vielleicht ein Zeitfenster, in dem die Wägen relativ wenig besucht waren?

Ihr Magen meldete sich schon wieder mit lautem Knurren, dazu bekam Caroline langsam Kopfschmerzen.

Ächzend verließ sie ihr Versteck und kletterte über die Balkenkonstruktion zu einem der eingeschlagenen Fenster. Von dort müsste sie doch die Imbisswägen beobachten können. Noch war ja nicht Mittagszeit. Vielleicht konnte sie tatsächlich ein geeignetes Zeitfenster abpassen und ihrem geschwächten Körper Energienachschub organisieren.

Eine gefühlte Ewigkeit geschah überhaupt nichts. Insgesamt vier LKW kamen die Straße entlang und verschwanden in Firmeneinfahrten. Dann endlich näherte sich ein mobiler Imbisswagen und blieb in Carolines Sichtweite stehen.

»Wie sehr wirst du gleich belagert?«, fragte Caroline tonlos und lächelte, weil der Verkäufer nur die hintere Tür des Wagens öffnete und die Verkaufstheke vorerst geschlossen ließ. Offenbar musste er seine Waren noch fertig vorbereiten.

»Na dann wollen wir mal.« Caroline atmete tief durch und steckte sich für das Klettern beide Pistolen hinten in den Hosenbund, anschließend nahm sie wieder eine Waffe in die Hand und entsicherte sie.

Soweit es ihr möglich war, blieb Caroline in Deckung und sah sich permanent um, während sie sich dem Imbisswagen näherte. Dort angekommen verbarg sie sich halb hinter dem Wagen, um von der Straße nicht sofort entdeckt zu werden.

»Zwei Fischbrötchen und eine Flasche Cola, packen Sie alles in einen Beutel«, bestellte Caroline mit Blick auf das Angebot, das seitlich auf den Wagen gedruckt war.

»Ich habe noch nicht geöffnet, kommen Sie in einer halben Stunde wieder«, wies sie der Mann im Imbisswagen schlecht gelaunt ab und räumte, ohne aufzusehen, in der Theke herum.

Caroline verdrehte die Augen. *Warum machten es sich die Leute alle selbst so schwer?*

»Zwingen Sie mich nicht, meine Bestellung zu wiederholen«, drohte Caroline und wagte sich nach einem weiteren Rundumblick aus ihrer Deckung, um den Verkäufer mit der Pistole zu bedrohen. »Tempo!«

Schlagartig wurde der Verkäufer blass und begann zu zittern.

»Fischbrötchen, Cola, Beutel und alles mit Tempo!«, kommandierte Caroline und fuchtelte unwirsch mit der Waffe vor seinem Gesicht herum.

»Sie ... sind Sie ...«, fragte der Mann mit Panik im Blick und griff hastig in die Auslage, um Carolines Befehl Folge zu leisten.

»Ich bin nicht Ihr Problem.« Caroline riss ihm den Beutel mit ihrer Bestellung aus der Hand, zögerte kurz und schoss ihm dann in den Bauch. Sicher war sicher.

Sofort wandte sie sich um, quetschte sich durch das Loch im Zaun und verschwand in der verlassenen Fabrikhalle. Dieses Versteck war ihr nun zu heikel, sodass sie das Gebäude auf der anderen Seite wieder verließ und sich durch das verwilderte Gelände kämpfte.

Mehrere Zäune später erreichte Caroline eine seit vielen Jahren verlassene Lagerhalle und ließ sich dort hinter mehreren zerbeulten Metallkisten zu Boden sinken.

Ihre Lunge brannte von der Anstrengung und der kalten Luft, hinzu kam ein leichtes Pochen hinter der Schläfe. Gierig riss Caroline die Fischbrötchen aus dem Plastikbeutel und biss hinein.

Das erste Fischbrötchen schlang sie nur so in sich hinein, trank die halbe Flasche Cola ohne abzusetzen und lehnte sich dann mit dem Rücken gegen einen Stahlträger. Endlich beruhigte sich ihr knurrender Magen wieder, sodass sie etwas weniger gierig nach dem zweiten Brötchen griff.

Ihre Gedanken hingegen kehrten zurück zu ihrem Racheplan, der zunehmend außer Kontrolle geriet und immer schwieriger umzusetzen war. Doch zurück war keine Option.

Victoria Andersen, dieser Besuch war ihr bisher am besten gelungen.

Julian und Oliver Hendriksson, sie hatten Glück gehabt, dass ihr Niklas Thorsen über den Weg gelaufen war und die Polizei so schnell vor Ort gewesen war.

Das Gespräch mit Niklas hingegen war eine große Enttäuschung gewesen, sie hatte sich deutlich mehr von Frederiks bestem Freund erwartet.

Wer blieb noch übrig?

Frederik. Doch an ihn würde sie nicht mehr so ohne weiteres herankommen. Vielleicht sollte sie ihn sich als allerletztes Ziel aufheben, falls sie noch die Chance dazu hatte.

Der letzte Name auf der Liste war Oliver Wrede.

Ob der Herzspezialist im Moment in der Klinik anzutreffen war? Zu dumm, dass sie keine Möglichkeit hatte, seine Arbeitszeiten herauszufinden.

»Wollen wir mal sehen, welche Erklärungen du so auf Lager hast«, murmelte Caroline und vertilgte die Reste des zweiten Fischbrötchens. »Und ob die Polizisten schon herausgefunden haben, welche Verbindung ich zu dir habe ...« Sie trank die Flasche Cola aus und atmete dann langsam aus. Blieb nur die Frage, wie sie möglichst unauffällig in die Uniklinik kommen konnte.

Kapitel 27

Das übliche Ziehen im Unterbauch, aber das begleitet mich schon seit Tagen.

Frejas Worte klangen Niklas noch in den Ohren, als er gegen Mittag eine Wärmflasche in der Küche vorbereitete und zu seiner Frau in das Wohnzimmer zurückkehrte.

»Bist du sicher, dass das noch normal ist?«, fragte er beunruhigt und streichelte Freja über die Wange.

»War mit Elina doch auch so«, murmelte Freja mit geschlossenen Augen und legte sich die Wärmflasche auf den Unterbauch. »Das tut gut ...«

»Wenn sich das bis spätestens morgen nicht deutlich bessert, fahren wir in die Notfallsprechstunde«, erklärte Niklas ernst, gab Freja einen Kuss auf die Stirn und stand dann wieder ächzend auf. »Ich sehe mal nach unserer Prinzessin, ob sie schon wach ist.«

»Wenn uns die Polizei bis dahin überhaupt wieder vor die Tür lässt«, nuschelte Freja matt.

»Wir werden in die Klinik oder zu einem anderen Arzt fahren, wenn das medizinisch notwendig ist. Darüber diskutiere ich zur Not auch mit unseren Aufpassern, aber davon abhalten werden sie mich nicht.« Er verließ das Wohnzimmer und schloss die Tür leise.

War mit Freja und dem Baby wirklich alles in Ordnung? Waren das nur harmlose Beschwerden, wie sie in jeder Schwangerschaft auftraten?

Oder reagierte Freja auf diese Weise auf den enormen psychischen Stress, den Carolines Amoklauf vorhin verursacht hatte?

Ganz in Gedanken versunken trat Niklas an das Bettchen seiner Tochter heran und lächelte unwillkürlich. Sie schlief noch tief und fest und sah aus wie ein kleiner Engel.

»Schlaf ruhig weiter, Prinzessin«, murmelte Niklas und zog sich schließlich in das Arbeitszimmer zurück. Aufatmend ließ er sich in den Stuhl am Schreibtisch sinken und verschränkte die Arme im Nacken.

Sofort wanderten seine Gedanken zurück zu seiner Begegnung mit Caroline am Morgen auf dem Gestüt.

»Welche Rolle hast du im Transplantationsskandal gespielt?«

»Wie viele Patientenleben hast du auf dem Gewissen, weil du nichts unternommen hast?«

»Warum hatte dich der alte Hendriksson auf seiner Todesliste?«

»Warum hast du mich im Krankenhaus angegriffen?«

»Willst du wirklich, dass dein Baby ohne Vater aufwächst? Alles hängt von deinen Antworten ab.«

Energisch schüttelte Niklas den Kopf und griff nach dem Foto, das er neben dem Bildschirm aufgestellt hatte. Es zeigte ihn mit Freja und Elina an ihrem Hochzeitstag letzten Sommer.

Sie wirkten so unbeschwert und glücklich, dass ihm das Herz ganz schwer wurde. Für wenige Wochen war es ihnen komplett gut gegangen, das Leben war ihnen in jeglicher Hinsicht leichtgefallen.

Bis Oliver Knappe Klage wegen eines vermeintlichen Kunstfehlers gegen ihn eingereicht hatte.

Bis die dienstlichen Streitereien mit Christian Jürgen überhandgenommen hatten.

Und bis Oliver Knappe ihn entführt und misshandelt hatte. Gestanden hatte er nur die Misshandlungen, die Entführung ging angeblich auf das Konto unbekannter Hintermänner.

Niklas' größter Schmerz lag noch nicht einmal in der Entführung oder den stundenlangen Misshandlungen, sondern vielmehr darin, dass er Elinas Geburt verpasst hatte. In diesem einschneidenden, wichtigen Moment hatte er Freja nicht zur Seite stehen können.

Er hatte verpasst, wie er zum ersten Mal Vater wurde.

Er hatte diesen einzigartigen Moment nicht miterleben dürfen.

Das hastige Schließen der Badezimmertür riss Niklas aus seinen Gedanken und ließ ihn das Foto zurück auf den Tisch stellen.

»Freja?«, fragte er halblaut und ging in den Flur. Leise klopfte er an die Badezimmertür. »Schatz?«

Angespannt und mit pochendem Herzen lauschte er, weil er keine verbale Antwort bekam.

»Freja? Was ist los?«, wollte Niklas nervös wissen und legte die Hand auf die Klinke. »Lässt du mich herein?«

Langsam ließ Niklas die Tür schließlich aufschwingen und sah in das geräumige Badezimmer.

Freja kauerte auf dem Boden neben der Toilette, ihr Gesicht war tränenüberströmt.

»Freja?«, fragte Niklas tonlos und überwand die Distanz zwischen ihnen mit wenigen Schritten. Er ließ sich neben ihr auf die Knie sinken und musterte sie voller Sorge. »Was ist los, Schatz? Rede mit mir ...« Er zögerte nur kurz, dann zog er Freja in seine Arme.

»Sind deine Schmerzen schlimmer geworden? Oder ist dir übel? Was ist los, Schatz?«, fragte Niklas und streichelte Freja langsam über den Rücken, während ihr Körper von Schluchzern geradezu geschüttelt wurde.

»Ich …« Frejas Stimme brach. Schon vergrub sie das Gesicht wieder in Niklas' Pullover.

Niklas hämmerte das Herz in der Brust, die Angst um seine Frau hielt ihn schon zum zweiten Mal an diesem Tag in eisigem Griff. Doch er schwieg und versuchte, Freja nicht zu einer Antwort zu drängen.

»Ich muss in die Klinik«, erklärte Freja schließlich mit dünner Stimme und wischte sich mit dem Ärmel über das tränennasse Gesicht. »Ich …« Schon wieder schluchzte sie auf. »Die Krämpfe sind schlimmer geworden und … ich blute …«

Ihre Worte brauchten einen Moment, um in ihrer vollen Bedeutung bei Niklas anzukommen.

»Soll ich dich fahren oder einen Rettungswagen rufen?«, fragte er mit bröckelnder Selbstbeherrschung.

»Kein Rettungswagen«, murmelte Freja unter neuen Tränen. »Und Elina …«

»Ich frage Frau Bender, ob sie spontan auf die Kleine sehen kann, dann muss ich Elina nicht aufwecken«, versicherte Niklas. »Ich bin sofort wieder da.«

Mit der Nachbarin und auch den Polizisten gab es keine langen Diskussionen, sodass Niklas Freja langsam zum Polizeiwagen vor dem Haus führte. Kaum waren sie angeschnallt griff Niklas nach Frejas Hand und drückte sie leicht.

»Warum passiert das alles?«, wimmerte Freja kaum hörbar. »Warum ausgerechnet jetzt?«

Darauf wusste Niklas keine Antwort, obwohl ihm die gleichen Fragen seit Betreten des Badezimmers ebenfalls durch den Kopf gingen.

»Ich bin für dich da und lasse dich nicht allein«, versicherte er und trommelte nervös mit der anderen Hand auf seinem Oberschenkel herum.

Die zehnminütige Fahrt fühlte sich an wie eine kleine Ewigkeit, dann begleiteten die Polizisten in Zivil Niklas und Freja zur Nothilfe der Frauenklinik. Die Vierergruppe sorgte bei der Pflegerin an der Patientenaufnahme für große Irritation, doch sie verzichtete bei Frejas Anblick auf eine Nachfrage. Stattdessen sorgte sie dafür, dass Freja sich hinlegen konnte und als nächstes vom Arzt untersucht wurde. Die beiden Polizisten warten vor dem Behandlungszimmer.

»Seit wann haben Sie die Beschwerden?«, fragte der diensthabende Gynäkologe und überflog die wenigen Eintragungen zu Frejas aktueller Schwangerschaft im Mutterpass.

»Das Ziehen hat heute Morgen angefangen, aber das hat sich so angefühlt wie bei meiner Tochter damals. Als wir dann wieder zu Hause waren sind die Schmerzen schon etwas mehr geworden und vor einer halben Stunde …« Freja schluchzte schon wieder auf. »… da habe ich zu bluten begonnen.«

Niklas schluckte schwer und sah auf ihre miteinander verschränkten Finger. Die Nervosität und Sorge um Freja und das Baby äußerten sich in einem flauen Gefühl in der Magengegend, das er durch tiefes Durchatmen zumindest halbwegs im Griff hatte.

»Ich beginne mit einer Ultraschalluntersuchung, Frau

Thorsen, dann wissen wir mehr«, erklärte der Gynäkologe nachdenklich und legte den Mutterpass beiseite.

Angespannt nahm Niklas auf dem Hocker neben dem Untersuchungsstuhl Platz, während Freja sich unter weiteren Tränen hinter einem Sichtschutz auszog. Kaum war sie auf den Untersuchungsstuhl geklettert, griff sie wieder nach Niklas' Hand und schloss ergeben die Augen.

Niklas hingegen starrte mit bangem Blick auf den Bildschirm, auf dem sein Kollege mehrmals die Einstellungen veränderte.

»Es gibt keinen Herzschlag, oder?«, fragte Freja mit bebender Stimme in die Stille hinein. »Sonst würden Sie nicht so lange suchen.«

Der diensthabende Gynäkologe räusperte sich und steckte Sonde schließlich zurück in die Halterung. »Ich muss Sie noch körperlich untersuchen, Frau Thorsen.« Schon zog er sich sterile Handschuhe an und begann mit der weiteren gynäkologischen Diagnostik.

»Ziehen Sie sich bitte wieder an, Frau Thorsen«, bat er seine Patientin nach einer kurzen Tastuntersuchung und kehrte an den Schreibtisch zurück.

Bedrückt sah Niklas Freja hinterher und setzte sich wieder auf einen der beiden Stühle vor dem Schreibtisch.

»Ich habe das Baby verloren, richtig?«, fragte Freja hinter dem Sichtschutz und schlüpfte in ihre Schuhe, dann schlurfte sie zurück zu Niklas und griff sofort wieder nach seiner Hand.

»Es tut mir sehr leid, aber ich habe keinen Herzschlag mehr finden können, Frau Thorsen. All ihre Symptome deuten auf eine Fehlgeburt hin und dass Ihr Körper das Gewebe bereits abstößt.«

Freja blieb regungslos, Tränen rannen ihr über die Wangen. Auch Niklas' Augen blieben nicht trocken.

»Ich kann mir vorstellen, dass das ein großer Schock für Sie ist«, fuhr der Frauenarzt mitfühlend fort. »Für den Moment ist es nicht zwingend erforderlich, Sie stationär aufzunehmen. Sie dürfen aus ärztlicher Sicht wieder nach Hause fahren. Falls sich die Blutung deutlich verstärken oder andere Symptome auftreten sollten, fahren Sie bitte unbedingt in die nächstgelegene Frauenklinik.«

»Und was passiert dann?«, fragte Freja tonlos.

»Sie müssen sich in ein paar Tagen noch einmal untersuchen lassen, ob die Fehlgeburt vollständig war oder ob noch Gewebe entfernt werden muss«, erklärte der Arzt vorsichtig. »Diese Untersuchung kann aber auch der niedergelassene Gynäkologe durchführen, dazu müssen Sie nicht zwingend in die Klinik kommen.«

Andeutungsweise nickte Freja und drückte Niklas' Hand so fest, dass sich ihre Fingernägel in seinen Handrücken bohrten. »Warum geschieht so etwas?«, fragte sie schluchzend. »Warum?«

Kapitel 28

Kurz nach Mittag traf sich die Ermittlergruppe wieder in ihrem unordentlichen Gemeinschaftsbüro. Zwei fahrbare Whiteboards standen inzwischen neben Peter Hausers Schreibtisch und waren ebenso wie die Wandtafeln mit Informationen und offenen Fragen beschrieben.

»Wie geht es dem Mann, den Frau Wagner an der Imbissbude niedergeschossen hat?«, fragte Julia Förster und verteilte Brötchen unter ihren Kollegen.

»Er wird notoperiert, mehr weiß ich nicht.« Hauptkommissar Thiebe schüttelte den Kopf und riss seine Brötchentüte auf.

»Und was ist mit der Justizbeamtin, die Frau Wagner als Geisel genommen hat?«, wollte Ermittlerin Förster nachdenklich wissen und setzte sich auf die Schreibtischkante.

»Notoperation, Ausgang ungewiss. Der Notarzt war nicht gerade optimistisch«, bemerkte Markl mit vollem Mund.

»Was versucht Frau Wagner, mit diesem Amoklauf zu erreichen? Was ist ihr eigentliches Ziel?«, fragte Peter Hauser und starrte auf den Stadtplan, in den er Carolines bisherige Tatorte und ungefähre Fluchtrichtung eingezeichnet hatte. »Haftanstalt, von dort fährt sie direkt zu Frau Andersens Wohnung. Anschließend geht es Richtung Itzehoe und dann retour, nur biegt

Frau Wagner zum Hafen ab und schießt dort auf einen Unbeteiligten. Wo hält sie sich jetzt auf? In welche Richtung könnte sie geflohen sein? Wer ist ihr nächstes Opfer? Doktor Thorsen hat sie ja auf dem Gestüt erwischt, damit hat sie alle Hauptbeteiligten an der Aufklärung des Transplantationsskandals besucht.«

»Worum genau geht es ihr eigentlich?« Uwe Thiebe runzelte die Stirn. »Sie fragt immer wieder nach den manipulierten Organtransplantationen und will wissen, warum erst sehr spät eingeschritten wurde, obwohl sich dieser Organhandel über viele Jahre hinweg entwickelt hat.«

»Dazu hätte sie ja nur die Prozessunterlagen lesen müssen«, bemerkte Julia Förster zwischen zwei Bissen. »Warum hängt sie erst jetzt so an diesem Thema? Warum nicht schon während ihrer Beziehung zu Doktor Hendriksson? Warum war sie nicht als Nebenklägerin am Prozess beteiligt, wenn sie persönlich von diesem Skandal betroffen war?«

»Frau Wagner hat doch gar kein Spenderorgan«, gab Uwe Thiebe irritiert zurück.

»Das ist nicht zwingend nötig, überleg doch mal. Die Schwester von Polizistin Yvonne Schwarzenbrunner hat nur durch diesen Organhandel ein Spenderorgan erhalten. Dafür stand Schwarzenbrunner bei Hendriksson Senior in der Schuld und hat letztlich den Aufenthaltsort von Doktor Thorsen im Zeugenschutzprogramm verraten«, erklärte die junge Ermittlerin und legte ihr angebissenes Brötchen auf die Tischplatte. »Auch bei Frau Wagner könnte es sich doch um eine Person aus ihrem Umfeld handeln, die ein Spenderorgan benötigt hat. Und schon hast du den Bezug von

Caroline Wagner zu diesem Skandal. Warum sie allerdings jetzt einen Amoklauf deswegen startet, ...«

»Ich rufe Frau Wagners Vater an und befrage ihn zu dieser Theorie. Irgendetwas muss er ja mitbekommen haben, wenn es um eine Person aus Frau Wagners engerem Umfeld geht.« Eike Fischer hatte der Theorie seiner Kollegen bisher schweigend gelauscht und verließ das Gemeinschaftsbüro mit dem Handy am Ohr, um nebenan in Ruhe zu telefonieren.

»Haben wir die Spender- beziehungsweise Empfängerlisten auf den Nachnamen hin überprüft?«, fragte Peter Hauser mit gerunzelter Stirn.

»Auf der Spenderseite waren insgesamt fünfundzwanzig Wagners aufgeführt, bei den Empfängern neununddreißig«, berichtete Ermittler Markl nach kurzem Suchen in seinen Notizen.

»Ist irgendjemand davon mit Caroline Wagner verwandt?« Hauser setzte sich an seinen Schreibtisch und entsperrte den Bildschirm.

»Ich habe mich bisher auf die Spenderliste beschränkt und da gab es keinen Treffer. Und die große Frage ist doch: Wenn Frau Wagners Angehöriger ein Spenderorgan auf diesem illegalen Weg erhalten hat, warum sollte Frau Wagner so einen Rachefeldzug starten?«

»Vielleicht wurde die Organspende durch Doktor Thorsens und Doktor Hendrikssons Ermittlungen verhindert?«, überlegte Peter Hauser laut. »Verdammt, gab es nicht einmal eine Warteliste?«

»Ich habe Caroline Wagners mögliches nächstes Ziel!« Eike Fischer schloss die Bürotür hinter sich und griff nach seiner Jacke. »Beeilen wir uns, damit wir nicht nach ihr dort eintreffen.«

Kapitel 29

Carolines gute Ortskenntnisse machten sich einmal mehr bezahlt, als sie das UKE endlich erreichte. Über einen Seiteneingang stahl sie sich in das Gebäude, nachdem es bisher keine Anzeichen für erhöhte Polizeipräsenz gab. Zahlreiche Patienten und Angehörige waren auf den Fluren unterwegs, sodass Caroline auf ihrem Weg zur Ambulanz für Herz-Thorax-Chirurgie nicht sonderlich auffiel. Dort war nur eine Pflegerin am Empfang zu sehen, die gerade alles für ihren Feierabend vorbereitete.

»Ich muss sofort mit Doktor Wrede sprechen«, befahl Caroline und kam vor dem Empfangstresen zum Stehen. »Ist er im Haus?«

»Haben Sie einen Termin?«, fragte die Pflegerin mittleren Alters zurück, ohne Caroline eines Blickes zu würdigen.

»Ich brauche keinen Termin!«, brauste Caroline sofort auf und griff nach einer der beiden Pistolen, die sie hinten im Hosenbund stecken hatte und die bis eben von ihrem Oberteil verborgen gewesen waren. »Wo ist er?«

Das leise Klicken, als Caroline die Waffe entsicherte, ließ die Pflegerin dann doch aufsehen und schlagartig blass werden.

»Wwwas ...?«, fragte die Frau fassungslos.

»Was ist denn hier los?« Herzspezialist Oliver Wrede

sah aus dem Behandlungszimmer, dessen Tür nur angelehnt gewesen war.

»Ah, Sie sind hier. Dann muss ich Ihre Assistentin nicht weiter belästigen.« Caroline starrte die Pflegerin finster an. »Kommen Sie ja nicht auf die Idee, die Polizei zu rufen. Es sei denn, Sie wollen einen neuen Herzchirurgen einstellen«, drohte Caroline und wandte sich ruckartig Doktor Wrede zu, der sichtlich angespannt wirkte. »Unterhalten wir uns doch in Ihrem Sprechzimmer weiter«, schlug sie vor und bedeutete dem Chirurgen mit einer knappen Handbewegung, vorauszugehen.

»Wer sind Sie? Und was wollen Sie von mir? Und ...«, fragte Oliver Wrede und zupfte nervös an den Ärmeln seines Kittels.

»Setzen!«, befahl Caroline und deutete auf den Stuhl vor dem Schreibtisch. Sie hatte keine Zeit zu verlieren, jederzeit konnten ihre Kollegen hereinplatzen.

Stumm folgte Doktor Wrede dieser Aufforderung und musterte sie mit Furcht im Blick. »Was wollen Sie von mir?«, fragte er schließlich und räusperte sich.

»Sie als Herzspezialist sind unter anderem für Herztransplantationen zuständig«, begann Caroline nach kurzem Nachdenken und baute sich vor dem Mann auf. »Inwieweit hatten sie mit dem Organhandel von Maximilian Hendriksson zu tun?«

Irritiert runzelte Oliver Wrede die Stirn. »Was ich ... mit dem Transplantationsskandal zu tun hatte?«, wiederholte er verwundert und schüttelte den Kopf. »Da sind Sie bei mir an der falschen Adresse, ich hatte nie etwas mit den kriminellen Machenschaften meiner *Kollegen* zu tun.«

»Aber Sie wussten davon, dass Organe abseits des offiziellen Verfahrens vergeben wurden?«, vermutete Caroline angesichts seiner Formulierung und verengte die Augen.

Doktor Wrede schwieg und dachte gründlich über seine Antwort nach.

»Die Wahrheit«, befahl Caroline wütend und richtete die Waffe auf den Kopf des Herzspezialisten. »Ansonsten ist dieses Gespräch ganz schnell beendet.«

»Ich behandle viele ausländische Privatpatienten«, erklärte Oliver Wrede schließlich mit bebender Stimme. »Und von einem dieser Patienten wurde ich gebeten, eine Herztransplantation vorzunehmen. Ich solle keine Fragen stellen und würde mir dafür einen finanziellen Bonus verdienen.«

»Was haben Sie dann gemacht?«, fragte Caroline kalt. Ihre Hand mit der Waffe zitterte leicht.

»Ich bin nicht käuflich«, stellte Doktor Wrede klar und verschränkte ruckartig die Arme vor der Brust. »Deswegen habe ich den Fall nicht übernommen.«

Caroline verengte die Augen. »Sie haben also abgelehnt, einem Patienten mit einer lebenserhaltenden Operation zu helfen?«

»Es gibt Regeln und Richtlinien, an die wir Ärzte uns aus gutem Grund halten müssen«, erklärte Doktor Wrede und rutschte unruhig auf dem Stuhl hin und her. »Ich kann nicht eigenmächtig entscheiden, wer welches Spenderorgan bekommt und es einfach transplantieren. Und wenn sich Patienten ihre Spenderorgane selbst organisieren ... daran kann etwas grundlegend nicht stimmen.«

»Einer Ihrer Kollegen, Doktor Peters, hat das allerdings

nicht so gesehen.« Mit Bedacht spielte Caroline diese Information aus und beobachtete die Reaktion ihres Gegenübers aufmerksam.

Resigniert seufzte Doktor Wrede. »Ich weiß inwzischen, welche Rolle Doktor Peters im Transplantationsskandal gespielt hat. Ich wurde selbst zu alledem befragt. Und ich kann auch Ihnen nur versichern, dass ich keine Ahnung davon hatte. Es gab keine ungewöhnlichen Häufungen von Transplantationen. Ich hatte keinen Anlass, misstrauisch zu werden.«

»Schon klar. Sie haben nur von den dutzenden Entlassungen nach dem Skandal profitiert, indem Sie zum Oberarzt befördert worden sind.« Caroline schüttelte den Kopf.

»Was wollen Sie eigentlich von mir? Warum wärmen Sie diesen Transplantationsskandal ausgerechnet jetzt wieder auf? Was soll das alles?«, fragte Oliver Wrede. Wut blitzte in seinen Augen auf, doch ansonsten hatte er sich bemerkenswert gut im Griff, wie Caroline zugeben musste.

»Erinnern Sie sich an Ihre Patientin Verena Mahnke?«, fragte Caroline. »Sie haben Sie vor circa neun Jahren behandelt.«

Der Herzspezialist verzog keine Miene, obwohl weiterhin eine scharfe Waffe auf ihn gerichtet wurde. »Wie Ihnen mit Sicherheit bekannt ist, bin ich an die ärztliche Schweigepflicht gebunden.«

»Sie erinnern sich also nicht.« Caroline überhörte seinen Hinweis geflissentlich. »Dann werde ich Ihrem Gedächtnis auf die Sprünge helfen, denn diese Patientin war meine Mutter. Sie litt nach einer Herzmuskelentzündung an schwerer Herzinsuffizienz und wurde von ihrem niedergelassenen Kardiologen an Sie, Doktor Wrede überwiesen. Übereinstimmend hat man uns gesagt, dass eine Transplantation unumgänglich ist.«

Noch immer zeigte Doktor Wrede keine äußerliche Regung und ließ sich nicht anmerken, ob er sich an den Fall erinnerte oder nicht.

»Meine Mutter ist innerhalb von drei Wochen langsam und qualvoll gestorben, weil sie kein Spenderherz erhalten hat«, fuhr Caroline fort und wischte sich mit der freien Hand energisch über die Augen, in denen sich Tränen gesammelt hatten. »Sie stand auf der Transplantationsliste, aber das einzige passende und verfügbare Organ haben Sie damals einem anderen Patienten eingesetzt.«

»Ich habe mich an die offiziellen Vergaberichtlinien gehalten. Und die Entscheidung, wer welches Organ bekommt, wird von anderer Seite getroffen«, erklärte Doktor Wrede. Ein Hauch von Mitleid zeigte sich auf seinen Gesichtszügen. »Es tut mir leid, dass Sie Ihre Mutter auf diese Weise verloren haben.«

»Es sollte Ihnen verdammt leidtun, weil Sie dafür verantwortlich sind!«, schrie Caroline jähzornig. »Ohne diesen Organhandel hätte es wesentlich mehr offizielle Spenderorgane gegeben und meine Mutter wäre nicht leer ausgegangen! Und Sie, Sie haben nach diesem unmoralischem Angebot Ihres Patienten keinen Anlass gesehen, das zu melden und den Skandal so viel früher auffliegen zu lassen? Sie sind genauso schlimm wie Ihre kriminellen Kollegen, weil Sie nichts unternommen haben! Schämen sollten Sie sich!« Caroline war außer sich vor Wut und fuchtelte erregt mit der Waffe vor dem Gesicht des Arztes herum.

Ein ohrenbetäubender Knall zerriss die Luft und hinterließ ein lautes Pfeifen in Carolines Ohren. Gleichzeitig war sie durch grelles Licht geblendet worden.

Ehe es sich Caroline versah, bekam sie einen Schlag auf das rechte Handgelenk, wodurch sie die Pistole unfreiwillig losließ. Mehrere Hände packten ihre Arme und drehten sie ihr gewaltsam auf den Rücken, dann wurde Caroline auf den Boden gedrückt. Dumpf drangen Stimmen an ihr Ohr, doch sie waren durch das laute Pfeifen hindurch nicht zu verstehen.

Kapitel 30

Die Festnahme von Frau Wagner erfolgte durch das Mobile Einsatzkommando, nachdem sie den Behandlungsraum gestürmt hatten. Eine Blendgranate hatte Caroline kurzzeitig die Orientierung geraubt, sodass es zu keinem weiteren Blutvergießen gekommen war.

»Immerhin das«, bemerkte Peter Hauser angespannt und betrat das Behandlungszimmer der Ambulanz gemeinsam mit Eike Fischer. »Doktor Wrede?«

Der Herzspezialist wirkte sichtlich mitgenommen, reagierte aber auf die Ansprache. »Herr Hauser. Ich hätte nie gedacht, dass Sie mit Ihren Befürchtungen vorhin Recht behalten und hier eine schwerbewaffnete, wütende Frau hereinspaziert.«

»Wir hätten uns alle gewünscht, dass wir uns irren«, bemerkte Hauser und schob die Hände in die Hosentaschen. »Wie geht es Ihnen? Benötigen Sie ärztliche oder psychologische Hilfe?«

Oliver Wrede schüttelte andeutungsweise den Kopf, während ihm der Schock über Carolines Auftreten und die Geiselnahme in das Gesicht geschrieben stand. »Ich habe noch ein Pfeifen im Ohr, aber das wird schon weniger.«

»Das ist leider eine Nebenwirkung der Granate«, bemerkte Eike Fischer.

»Lieber ein Pfeifen im Ohr als eine Kugel im Kopf.«

Doktor Wrede öffnete die obersten Knöpfe seines Kittels, sodass eine dünne Schussweste sichtbar wurde, die ihm die Polizisten vor Caroline Wagners Ankunft eilig angelegt hatten.

»Wir nehmen Sie gleich mit zum Polizeipräsidium und nehmen Ihre Zeugenaussage auf«, stellte Peter Hauser fest und nahm die Schussweste an sich.

»Woher wussten Sie eigentlich, dass ich Frau Wagners nächstes Ziel bin?«, fragte Doktor Wrede nachdenklich und zog seinen Schlüsselbund aus der Kitteltasche. »Zwischen der Patientin und Frau Wagner gab es ja keine Verbindung, die einem auf den ersten Blick ins Auge springt.«

»Frau Wagners Vater hat uns den entscheidenden Hinweis gegeben«, gab Eike Fischer zu und folgte dem Herzchirurgen in den Flur.

»Ich verstehe.« Unentschlossen sah Oliver Wrede auf die Schlüssel in seiner Hand. »Ich ziehe mich eben um und komme dann wieder hierher.«

»Der Mann hat Nerven aus Stahl«, bemerkte Hauptkommissar Hauser und sah Doktor Wrede gedankenverloren hinterher. »Er hat sich selbst mit einer auf ihn gerichteten scharfen Waffe bemerkenswert ruhig verhalten.«

»Das mag sein. Aber ohne den Zugriff hätte Frau Wagner mit Sicherheit auch auf ihn geschossen.« Eike Fischer kratzte sich am Kopf. »Sie wäre ihrem äußerst brutalen Vorgehen treu geblieben.«

»Gibt es schon Neues von Frau Wagners anderen Opfern?«, fragte Peter Hauser nachdenklich und zog sein Handy aus der Tasche, um die Stummschaltung wieder aufzuheben.

»Der Mann von der Imbissbude liegt auf der Intensivstation und ist in kritischem Zustand. Und die Beamtin aus der Haftanstalt hat es nicht geschafft. Die Nachricht kam eben von Julia.« Hauptkommissar Fischer seufzte. »Was hat Frau Wagner dieser Amoklauf gebracht? Sie hat einen Menschen ermordet und weitere zum Teil schwer verletzt oder traumatisiert.«

»Das wird die Befragung zeigen, aber ich vermute, dass der Messerangriff auf Doktor Hendriksson in erster Linie eine Beziehungstat war. Der Ausbruch aus der Untersuchungshaft, die Geiselnahme und die Übergriffe der vergangenen Stunden dienten ihr wohl als Rachefeldzug für den Tod der Mutter«, überlegte Hauser laut. »Na ja, warten wir mal ab, ob wir noch einige Fragen von Frau Wagner beantwortet bekommen oder ob sie sich wieder hinter ihrem Anwalt und einer Mauer des Schweigens versteckt.«

»Abwarten.« Eike Fischer überflog die Nachrichten auf seinem Handy. »Frau Wagner bespricht sich gerade mit ihrem Anwalt, der war echt schnell vor Ort.«

Gemeinsam mit Doktor Wrede kehrten die beiden Hauptkommissare zurück zum Polizeipräsidium und nahmen dessen Zeugenaussage schriftlich auf.

»Ach, hier steckt ihr!« Julia Förster schloss auf dem Flur rasch zu ihren Kollegen auf. »Frau Wagners Anwalt hat einer Befragung zugestimmt.«

»Ist der Polizeipsychologe schon da?«, fragte Peter Hauser und hielt die Tür auf. »So wie sich Frau Wagner verhält muss jemand vom Fach beurteilen, ob nicht sogar eine psychische Störung vorliegt.«

»Es würde mich wundern, wenn dem nicht so ist.« Eike

195

Fischer hob vielsagend die Augenbrauen und steuerte dann die Befragungszimmer an.

»Raum Sieben«, stellte Julia Förster fest. »Wer führt die Befragung durch?«

Die beiden Ermittler wechselten nur einen kurzen Blick, dann nickte Eike Fischer und ging auf die Tür zum Befragungszimmer zu, während Peter Hauser alles vom Raum hinter dem Einwegspiegel beobachten würde.

»Frau Wagner, hallo.« Hauptkommissar Fischer setzte sich an den Tisch, der Psychologe nahm neben ihm Platz.

»Ich hatte gehofft, dass ich Sie noch einmal wiedersehe«, stellte Caroline Wagner mit seltsam entrücktem Lächeln fest. »Von all den Kriminalpolizisten sind Sie mir der liebste. Zum Beispiel sind Sie nicht so harsch wie dieser Hauser.«

»Ich verstehe.« Eike Fischer bemühte sich um eine professionelle, neutrale Miene. »Frau Wagner, Sie wissen, warum wir hier sitzen. Zu den bisherigen Tatvorwürfen kommen nun Geiselnahme, gefährliche Körperverletzung in mehreren Fällen sowie Mord in einem Fall hinzu. Es steht Ihnen frei, sich dazu zu äußern. Sie müssen sich nicht selbst belasten.«

»Alles klar.« Caroline warf ihrem Anwalt nur einen flüchtigen Seitenblick zu und konzentrierte sich dann wieder auf den Kriminalhauptkommissar. »Was wollen Sie von mir wissen? Vielleicht gefallen mir Ihre Fragen ja so gut, dass ich sie beantworte.«

Mit Mühe behielt der Kriminalpolizist seine neutrale Miene bei, denn Carolines Aussagen reizten ihn sehr.

»Was war Ihr eigentliches Ziel hinter diesem Amoklauf?«, fragte Eike Fischer schließlich. »Im Gegensatz zu Ihrem Messerangriff auf Doktor Hendriksson ging es Ihnen jetzt nicht mehr ausschließlich um diese Familie, nicht?«

Ungeduldig nickte Caroline. »Natürlich nicht, so wichtig sind die Hendrikssons nun auch wieder nicht, auch wenn sie sich gerne etwas anderes einreden.«

»Sondern?« Neugierig hob Ermittler Fischer eine Augenbraue.

»Sie haben doch bei Doktor Wrede vom Nebenzimmer aus zugehört, verkaufen Sie mich nicht für dumm!«, fuhr Caroline ihn ungehalten an, nur um dann in lieblichem Tonfall fortzufahren. »Es ging um den Transplantationsskandal und wie Doktor Wrede auf verschiedene Arten verhindert hat, dass meine Mutter ihr so dringend benötigtes Spenderherz bekommt.«

»Ihnen ist schon klar, dass es für solche Forderungen einen legalen Weg gibt?«, fragte Eike Fischer sichtlich um Fassung bemüht. »Und dass es nicht nötig gewesen wäre, einen Menschen zu erschießen und mehrere schwer zu verletzen?«

Caroline zuckte nicht mit der Wimper. »Und Ihnen ist klar, dass ich nur eine Aussage mache, weil ich Sie von all Ihren Kollegen noch am ehesten leiden kann?«

»Das schmeichelt mir, bringt uns aber nicht weiter. Frau Wagner, Sie werden diverser, schwerer Straftaten beschuldigt. Ihre Polizeikarriere ist endgültig beendet, bevor sie richtig begonnen hat. Warum haben Sie das alles tatsächlich aufs Spiel gesetzt?«, fragte Hauptkommissar Fischer hartnäckig nach.

»Manchmal muss man Risiken eingehen, um ein Ziel

zu erreichen. Und manchmal muss man alles riskieren«, entgegnete Caroline und legte den Kopf schief. »Ich lasse mich nicht ungestraft vorführen und ausnutzen, Herr Fischer, so wie Frederik das versucht hat. Er hat mich damals im Krankenhaus angeflirtet und verführt, was sich dann im Privaten fortgesetzt hat. Es hat mir gefallen, keine Frage, ansonsten hätte ich das nie so weit kommen lassen. Dass er mich im Verlauf unserer Beziehung immer mehr vernachlässigt, nach allem was ich seinetwegen ertragen musste, ist hingegen nicht mehr hinnehmbar. Ich habe ihm mit gleicher Münze zurückgezahlt, was er mir angetan hat.«

Eike Fischer ließ ihre Worte auf sich wirken und dachte über die Befragungen von Frederik und seinen Brüdern zu diesem Thema nach. »Sie haben zwei Mal kurz hintereinander versucht, Doktor Hendriksson zu erstechen. Was hat er Ihnen in dieser Beziehung angetan? War er … gewalttätig? Hat er Sie missbraucht?«

»Seinetwegen wurde in der Polizeiakademie mehrmals auf mich geschossen. Frederiks Vater hielt das für ein angemessenes Mittel, um seinen Sohn zurück nach Hamburg zu locken.« Caroline ließ den Hauptkommissar nicht aus den Augen und studierte dessen Mimik aufmerksam.

»War Doktor Hendriksson selbst auch gewalttätig? Hat er Sie geschlagen?«, fragte Eike Fischer mit ruhiger Stimme weiter.

»Er … nein, hat er nicht.« Caroline schüttelte den Kopf. »Frederik hat mich letzten Sommer eiskalt absorviert und mich davor monatelang ignoriert. Im Januar sind wir uns zum ersten Mal wieder begegnet und … er hat mich für Sex ausgenutzt. Frederik war also nicht körperlich gewalttätig, sondern psychisch«, erklärte Caroline stockend und machte es selbst für den erfahrenen Ermittler schwer herauszufinden, ob sie schauspielerte oder ob sie ihre wahren Emotionen zeigte.

»Dann geben Sie also zu, dass Sie Doktor Hendriksson vorsätzlich mit einem Messer angegriffen haben?« Bewusst provozierte der Hauptkommissar mit dieser Aussage. Er wollte sehen, wie Caroline reagierte, denn das bisherige Gespräch lief viel zu glatt ab und machte ihn misstrauisch.

»Meine Mandantin lässt sich nicht zu fadenscheinigen Geständnissen zwingen«, intervenierte Anwalt Rick Gentner in gelangweiltem Tonfall. »Sie hat aus Notwehr gehandelt, das wissen Sie seit den ersten Befragungen zu diesem Vorwurf.«

»Ich verstehe.« Eike Fischer ignorierte den Anwalt wieder und konzentrierte sich auf die Beschuldigte. »Warum sind Sie dann mit einer Geisel aus dem Gefängnis ausgebrochen? Was hat Sie zu diesem Rachefeldzug bewogen? Warum erst jetzt? Der Tod Ihrer Mutter und auch der Transplantationsskandal selbst liegen Jahre beziehungsweise Monate zurück.«

Caroline verengte die Augen und schwieg.

»Warum sind Sie bei Victoria Andersen eingebrochen und haben sie und Pierre Le Meur derart zugerichtet?«, fuhr Hauptkommissar Fischer fort. Er hatte sich in ein Mienenfeld begeben, denn Caroline Wagners Reaktion auf seine Fragen war nicht ansatzweise abzuschätzen. Für den Polizeipsychologen hingegen dürften diese Ausbrüche äußerst aufschlussreich sein.

»Eingebrochen? Zugerichtet?«, tat Caroline unschuldig und riss ungläubig die Augen auf.

»Zwei Stichverletzungen, eine tiefe Schnittwunde und ein gebrochene Nase bei Herrn Le Meur. Mehrere gebrochene Mittelhandknochen und eine tiefe Stichwunde bei Frau Andersen«, las Eike Fischer von seinem Notizblatt ab. »Warum haben Sie das getan?«

»Meine Mandantin wird sich nicht zu solchen Spekulationen äußern.« Erneut schaltete sich der Rechtsanwalt ein und runzelte verärgert die Stirn. »Wir sprechen wieder darüber, wenn Sie Beweise haben.«

Andeutungsweise nickte Ermittler Fischer und wechselte erneut den Ansatzpunkt. »Warum waren Sie auf dem Gestüt der Hendrikssons und haben dort auf Doktor Thorsen geschossen? Warum haben Sie dort auf Ihre Geisel geschossen, die später ihren Verletzungen erlegen ist? Und bevor Sie etwas sagen, Herr Gentner, dafür gibt es diverse Zeugenaussagen und Beweise.«

»Ich wollte Antworten.« Caroline zuckte mit den Schultern. »Aber Niklas war wie immer halsstarrig und hat so getan, als wüsste er von nichts«

»Und dann haben Sie auf ihn geschossen, um ihn zum Reden zu bringen?«, fragte Eike Fischer weiter.

Schon wieder zuckte Caroline mit den Schultern. Sie verlor sichtlich die Lust an diesem Gespräch, das sah ihr der Ermittler an der Nasenspitze an.

»Und Doktor Wrede ist in Ihren Augen für den Tod Ihrer Mutter verantwortlich. Was wollten Sie bei ihm erreichen?«

Andeutungsweise schüttelte Caroline den Kopf und seufzte theatralisch. »Doktor Wrede hat vorhin ein wichtiges Detail ausgelassen: Er hat damals abgelehnt, meiner Mutter ein Organ zu transplantieren, dass sie über die Organisation von Professor Hendriksson erhalten hätte. Offenbar nicht der erste Fall dieser Art, aber dann hätte er das seinerzeit melden müssen. Und dann wäre dieser Organhandel gar nicht erst so groß geworden, es hätte genügend Organe auf dem offiziellen Vergabeweg gegeben und meine Mutter würde noch leben.«

»Was wollten Sie dann mit Ihrem Auftritt vorhin erreichen?«, fragte Eike Fischer irritiert. »An den Fakten lässt sich doch im Nachhinein nichts mehr ändern.«

»Wenn Doktor Wredes Aussage publik wird, zerstört das seinen Ruf und seine Karriere«, gab Caroline mit verhärteter Miene zurück.

»Sie wollten Oliver Wrede also zu einem öffentlichen Statement zwingen, das seinem Ruf massiv schadet? So etwas macht doch niemand freiwillig. Hätten Sie ihn andernfalls erschossen?«, fragte Eike Fischer fassungslos.

»Muss ich meine Aussage zu Spekulationen ohne Beweise noch einmal wiederholen?«, fragte Anwalt Gentner genervt. »Falls Sie keine Frage mehr haben, die mit Beweisen untermauert werden können, ist diese Befragung hiermit beendet.«

Eike Fischer stand wortlos auf und verließ den kahlen Raum gemeinsam mit dem Psychologen. Peter Hauser und Julia Förster traten fast zeitgleich aus der Tür zum Raum hinter dem Einwegspiegel.

»Können Sie schon eine Aussage zu Frau Wagners psychischer Verfassung treffen?«, fragte Julia Förster hoffnungsvoll an den Psychologen gewandt.

»Sie ist psychisch auffällig, da gebe ich Ihnen recht. Inwieweit sich das auf Frau Wagners Haft- und Schuldfähigkeit auswirkt, muss ein Gutachter klären, der vom

Gericht benannt wird«, stellte der Polizeipsychologe fest. »Ich vermute bei ihr eine Art Belastungsstörung, die aufgrund eines Traumas entstanden und durch die Haft erst so akut geworden ist. Das lässt sich im Normalfall gut therapieren.«

»Warten wir es ab. Aber für die Opfer würde ich mir wünschen, dass Frau Wagner für ihre brutalen Taten zur Rechenschaft gezogen werden kann.« Peter Hauser schüttelte den Kopf und ging voran zu ihrem Gemeinschaftsbüro. Sie hatten alle eine Menge Berichte zu schreiben, damit der Fall bald seinen weiteren, juristischen Weg gehen konnte.

Kapitel 31

»Guten Morgen, Frau Andersen«, grüßte Unfallchirurg Doktor Vollmer bei der Visite am Montagmorgen freundlich und trat an das Patientenbett heran. »Wie geht es Ihnen heute?«

Die Konzertpianistin seufzte und sah resigniert auf ihre dick bandagierte Hand. »Die Schmerzen sind dank der Tabletten aushaltbar, aber das ist der einzige Lichtblick«, stellte sie schlecht gelaunt fest. Mehrere schlaflose Nächte schlugen ihr ebenso auf die Stimmung wie ihre ungewisse berufliche Zukunft.

»Wie geht es Ihrem Kopf, Frau Andersen?«, fragte Maximilian Vollmer mit ruhiger Stimme weiter. »Haben Sie Schmerzen, Übelkeit, ein Schwindelgefühl oder Sehstörungen?«

»Mein Kopf ist in Ordnung«, murmelte Frederiks Mutter, ohne aufzusehen. »Die Frage ist also, ob Ihre Kollegen meine Hand ebenfalls wieder in Ordnung gebracht haben.«

»Das werden wir abwarten müssen, denn die Verletzungen müssen erst einmal heilen. Wir machen gleich noch einen Verbandswechsel, danach dürfen Sie nach Hause und sich dort weiter erholen. Die nächste Wundkontrolle findet dann bei uns in der Ambulanz statt«, erklärte Doktor Vollmer und machte eine Notiz im Überwachungsbogen der Patientenakte. Anschließend zog er sich Untersuchungshandschuhe an und zog eine Verbandsschere aus der Kitteltasche, um die Bandage um die linke Hand seiner Patientin aufzuschneiden.

Victoria Andersen wandte den Blick ab und knabberte unruhig auf ihrer Unterlippe herum. »Da habe ich meinen herrischen Ehemann überlebt, nur um von der psychisch kranken Ex-Freundin eines meiner Söhne so zugerichtet zu werden«, murmelte sie mit abwesendem Gesichtsausdruck.

»Wenn Sie sich bei einer unbeteiligten Person aussprechen wollen, kann ich gern den Kontakt zu unseren Klinikpsychologen herstellen«, schlug Doktor Vollmer vor und entfernte die letzten Schichten der Bandage. Er nahm die Plastikschiene vom Arm und löste auch noch die Kompressen, die die Nähte bisher bedeckt hatten.

»Wie schlimm sieht es aus?«, fragte Victoria Andersen mit bebender Stimme. Die Tränen in ihren Augen entgingen dem Unfallchirurgen nicht.

»Die Mittelhand ist wegen des Blutergusses noch stark geschwollen, aber das bildet sich in ein paar Tagen komplett zurück. Und die Wunden heilen gut, es gibt keine Anzeichen für Entzündungen«, stellte Maximilian Vollmer erfreut fest. »Das bedeutet, Frau Andersen, dass wir Sie heute nach Hause entlassen. In zehn Tagen ziehen wir die Fäden, das können Sie bei uns in der Ambulanz oder von Ihrem Hausarzt erledigen lassen. Den Entlassungsbrief bringe ich Ihnen dann nach Visite.«

»Ich verstehe.« Frederiks Mutter nickte kaum merklich und zog geräuschvoll die Nase hoch, während Doktor Vollmer die Hand neu verband und schiente.

»Wir sehen uns gleich noch einmal, Frau Andersen.«
Die kleine Visite bestehend aus Doktor Vollmer, einer
Assistenzärztin und einer Pflegerin verließ das Patien-
tenzimmer wieder.

Unbeholfen fingerte Victoria Andersen ein Taschen-
tuch aus der Verpackung und putzte sich die Nase,
dann ließ sie sich zurück in das Kissen sinken.

*Vielleicht war es gar nicht so schlecht, dass sie schon
heute nach Hause entlassen wurde.*

*Die Stille des Einzelzimmers gab den Erinnerungen an
Carolines Gewalttat nur unangemessen viel Raum und
bei Pierre konnte sie nicht den ganzen Tag am Bett sitzen.*

*Mit ihm im gleichen Patientenzimmer hätte sie wenigs-
tens jemanden zum Reden gehabt, der durch den gleichen Albtraum gegangen war. Doch Professor Schneider hatte kein Zweibettzimmer mehr zur Verfügung gehabt und es abgelehnt, dutzende Patienten in andere
Zimmer zu verlegen, um ihrer Bitte doch noch zu ent-
sprechen.*

»So, Frau Andersen.« Maximilian Vollmer betrat das
Patientenzimmer dieses Mal allein und legte ihr den
Umschlag mit den Entlassungspapieren auf den Nacht-
tisch. »Ich habe Ihnen den Kontakt zu den Klinikpsychologen ausgedruckt und zum Arztbrief gelegt. Es ist
nur ein Angebot, keine Verpflichtung.« Er lächelte
freundlich. »Haben Sie noch irgendwelche Fragen?«

»Ich muss nur meine Söhne anrufen, damit sie mich
abholen. Darf ich dazu das Stationstelefon benut-
zen?«, fragte sie nach einigem Nachdenken.

»Natürlich.« Doktor Vollmer nickte und wandte sich

zum Gehen. »Ich wünsche Ihnen alles Gute, Frau Andersen, und lassen Sie sich bitte einen Termin in der Ambulanz zur Nachsorge geben. Bei Beschwerden kommen Sie jederzeit in die Nothilfe.«

Langsam packte Victoria ihre wenigen persönlichen Dinge, die ihr Julian und Oliver in die Klinik gebracht hatten, wieder zusammen und schloss die Reißverschlüsse der kleinen Tasche. Die Entlassungspapiere schob sie in ein Seitenfach.
Es fiel ihr schwer, jetzt ohne Pierre nach Hause zu gehen, denn sie fühlte sich schuldig für seine Verletzungen.
Vielleicht war der Klinikpsychologe gar keine schlechte Empfehlung von Doktor Vollmer und konnte einige Dinge, die seit Donnerstagabend so abrupt und gewaltsam aus den Fugen geraten waren, wieder geraderücken.
Frederiks Mutter seufzte schwer und verließ ihr Einzelzimmer langsam, die operierte linke Hand ließ sie an ihrer rechten Schulter ruhen. So war der Schmerz am geringsten. Am Schwesternzimmer bekam sie nach kurzer Nachfrage das Telefon ausgehändigt und konnte so Julian über ihre Entlassung informieren. Er versprach, sich sofort auf den Weg zu machen, und würde sie auf Station abholen.

Bevor sie den Heimweg antreten konnte, musste Victoria jedoch noch nach Pierre sehen, der weiter hinten auf dem langen Flur in einem Dreibettzimmer untergebracht worden war.
»Guten Morgen«, grüßte Victoria bei Betreten des

206

Raumes leise und ging geradewegs zum Bett am Fenster, in dem Pierre bereits hoffnungsvoll den Kopf gehoben hatte.

»Du siehst ganz schön verwegen aus mit diesem schillernden Bluterguss im Gesicht«, stellte sie fest und griff sofort nach seiner Hand.

»Es wird mit jedem Tag besser.« Pierres linker Mundwinkel zuckte und deutete ein Lächeln an. »Und du? Darfst du schon nach Hause?«

Andeutungsweise nickte sie. »Ich werde mit Julian nur einen kurzen Stopp bei der Wohnung machen und ein paar Sachen zusammenpacken, dann fahre ich weiter auf den Hof. Ich … ich kann mir gerade nicht vorstellen, wieder allein in dieser Wohnung zu sein und …« Unter Tränen brach sie ab.

»Tu, was gut für dich ist, Victoria«, ermutigte Pierre seine Freundin. »So hast du deine Söhne in deiner Nähe und bist nicht allein. Ich denke, das ist ein tröstendes Gefühl …«

»Aber ich muss dich hier zurücklassen, das ist ein ganz beschissenes Gefühl«, gab sie traurig zurück. »Wie lange musste du noch hierbleiben?«

»Die Wunde am Oberschenkel hat sich entzündet, das wollen die Ärzte stationär beobachten. Wenn die neuen Medikamente anschlagen, werde ich übermorgen entlassen.« Pierre lächelte zuversichtlich.

»Das ist gut«, murmelte Victoria gedankenverloren und sah auf ihre miteinander verschlungenen Hände. »Ich … ich hätte dich wohl warnen sollen, dass auf dieser Familie irgendein Fluch liegt. Erst ist es mein Ex-Mann, der uns als Familie das Leben zur Hölle macht. Und dann Frederiks Ex-Freundin. Ich weiß nicht, was als nächstes kommt, und ich kann verstehen, wenn dir das zu turbulent und zu unberechenbar ist. Also, ...«

»Das ist doch alles nicht deine Schuld«, unterbrach Pierre seine Freundin und richtete sich etwas auf. »Wir kennen uns seit vielen Jahren, da habe ich einige Eskapaden deines Ex-Mannes mitbekommen und wie sie sich auf euch alle als Familie ausgewirkt haben. Aber das alles gehört für mich zum Gesamtpaket, in das ich mich verliebt habe. Ich liebe dich und will dich in meinem Leben. Ich möchte dich gerne unterstützen und auf deinem Weg begleiten, ganz gleich was da noch auf dich oder uns wartet. *Je t'aime*, Victoria.«

»Ich liebe dich doch auch.« Mit weiteren Tränen in den Augen gab Victoria ihm einen zärtlichen Kuss. »Und ich hoffe, dass es jetzt endlich ruhiger um diese Familie wird.« Sie verlor sich nur kurz in diesem Moment, denn dann schossen ihr schon die nächsten Gedanken durch den Kopf. »Wie ... wie hast du dir das eigentlich nach deiner Entlassung aus dem Krankenhaus vorgestellt? Wirst du zurück in dein Hotelzimmer ziehen? Bleibst du überhaupt noch eine Weile in Hamburg oder musst du allein aus beruflichen Gründen schon wieder weiterziehen?«

»Ich habe im Moment keine Termine, für die ich verreisen muss, und kann hier in der Stadt bleiben, wenn du das möchtest«, versicherte Pierre mit schiefem Lächeln, durch das er den Bluterguss in der anderen Gesichtshälfte nicht zu sehr bewegte.

»Wenn ... also ...« Nervös räusperte sich Victoria. »Also wenn dir das in deinem Zustand nicht zu viel ist, würde ich dich gerne auf den Hof einladen. Das heißt aber auch, dass du dann direkt zwei meiner Söhne kennenlernen wirst. Und ich weiß wirklich nicht, wie sie auf … einen neuen Mann an meiner Seite reagieren.«

»Hab Vertrauen, Victoria, es wird sich alles fügen«, versuchte Pierre, die Sorgen seiner Freundin etwas zu zerstreuen. »Ich nehme die Einladung auf euren Hof sehr gerne an und freue mich, diesen Teil deines Lebens kennenzulernen. Und wie deine Söhne auf mich reagieren werden, oder welche Fragen aufkommen, darum kümmern wir uns, wenn es so weit ist.«

»Ist gut.« Victoria gab ihm erneut einen Kuss und zog dann einen Notizzettel aus ihrer Hosentasche. »Ich habe dir hier die Festnetznummer aufgeschrieben, unter der du mich in den nächsten Tagen erreichen kannst.«

»Gut, dass ich mir gestern von einem der Pfleger aus der Spätschicht Fernsehen und Telefon habe freischalten lassen«, schmunzelte Pierre und schob das Papier mit der Telefonnummer in die Schublade seines Nachtkästchens. »Ich werde dich auf dem Laufenden halten«, versprach er.

Zurück in ihrem Patientenzimmer musste Victoria Andersen nicht mehr lange auf Julians Ankunft warten. Der Berufsverkehr war bereits abgeklungen, sodass er gut durch die Stadt gekommen war.

»Du hast alles?«, vergewisserte sich Victorias ältester Sohn und nahm nach einem kurzen Rundumblick die kleine Tasche in die linke Hand, den rechten Arm bot er seiner Mutter an.

»Hier schon. Aber ich muss noch einmal in meine Wohnung, etwas Wäsche holen.« Victoria wurde mit jedem Wort leiser. Als wäre sie sich nicht sicher, ob sie wirklich dorthin zurückkehren sollte, wo ihr persönlicher Albtraum mit Caroline stattgefunden hatte.

Wie intensiv würden sie die Erinnerungen einholen?

Oder ließen sich diese Stunden zumindest für heute noch einigermaßen verdrängen?

»Oliver ist übrigens gerade auf dem Weg zu Frederik, er ist kurz nach mir losgefahren. Offenbar geht es bereits um seine Entlassung und die Folgebetreuung in der ersten Zeit zu Hause. Doktor Dobner wollte die Angehörigen gern dabei miteinbeziehen«, berichtete Julian auf dem Weg zum Parkplatz. »Eine Woche soll Frederik noch stationär bleiben, danach entscheiden seine Schmerzen über den Zeitpunkt der Entlassung.«

»Bei ihm geht es also auch endlich aufwärts.« Victoria lächelte zaghaft. »Ich hoffe, dass dieser Trend auch anhält und nicht der nächste Schicksalsschlag auf ihn wartet.«

»Ich glaube, das würde uns allen sehr guttun.« Julian entzog ihr seinen Arm, schloss das Auto auf und öffnete die Beifahrertür. Die Tasche stellte er in den Kofferraum und setzte sich schließlich hinter das Steuer.

»Wie geht es dir und Francesca?«, fragte Victoria nachdenklich und schnallte sich umständlich an.

Schwungvoll parkte Julian rückwärts aus. »Was meinst du?«, tat er unwissend und ließ das Auto zur Parkplatzschranke rollen.

»Ich bin neugierig«, gab Victoria zu. »Ihr seid nun also wieder fest zusammen …?«

Julian nickte und gab wieder Gas, als die Schranke den Weg freigab.

»Und habt ihr schon Pläne, wie ihr euch euren eigenen Bereich oben im Haupthaus gestalten wollt?«

»Noch nicht so genau. Erst einmal geht es ja um Frederiks und Olivers neues Zuhause, bevor wir unser Reich neugestalten können«, meinte er seufzend und schüttelte den Kopf. »Es ist ungewohnt, sie wieder jeden Tag um mich zu haben. Wir wollen ja ernsthaft versuchen, eine richtige Familie zu werden. Aber ... ich weiß nicht, ob es wirklich klappt.«

»Das könnt ihr nur gemeinsam herausfinden«, stellte Victoria nachdenklich fest. »Kinder sind keine Garantie für eine lange, glückliche Beziehung, das habt ihr an eurem Vater und mir gesehen.«

Julian blieb stumm.

»Aber das muss nicht heißen, dass sich unsere Fehler in deinem Leben wiederholen müssen«, fuhr Victoria gedankenverloren fort. »Was lässt dich zögern? Was geht dir durch den Kopf?«

»Francesca und ich haben über Jahre hinweg eine On-Off-Beziehung geführt, es war einfach ... einfach eben. Ein Kind hebt das gleich auf ein ganz anderes Level an Verantwortung. Wir können nicht aus einer Laune heraus sagen, dass wir vorübergehend wieder getrennte Wege gehen. Wir haben gemeinsam Verantwortung für ...« Er seufzte schwer. »Vielleicht hatte ich mir die Gesamtsituation anders vorgestellt. Vielleicht hätte ich mir gewünscht, dass wir uns aktiv für diesen Schritt, Eltern zu werden, entscheiden.«

»Da vorne links«, wies ihm Victoria den Weg und lehnte den Kopf wieder gegen den Sitz. »Weißt du, wir können alle Pläne der Welt machen und doch entwickelt sich am Ende alles doch anders. Diese Regel bestätigt sich jedes Jahr aufs Neue. Seht es als gemeinsame Herausforderung, aber auch als Chance. Wenn es klappt, wunderbar. Und wenn es holprig läuft, werden sich Möglichkeiten finden, euch als Familie zu unterstützen. Ihr müsst das alles nicht alleine schaffen«, versicherte Victoria ihrem Sohn und sah seufzend auf die Wohnanlage, deren Anblick sofort dunkle Erinnerungen weckte.

Kapitel 32

Mit gemischten Gefühlen betrachtete Christian Jürgen die Fassade der Hamburger Universitätsklinik und setzte sich mit Blick auf die Uhr wieder in Bewegung. Ein gutes halbes Jahr war er nicht mehr hier gewesen, nachdem er damals kurzfristig in seinen Urlaub auf den Philippinen aufgebrochen war.

»Na, dann wollen wir mal sehen, welche Gesichter mir überhaupt noch bekannt vorkommen«, murmelte der Unfallchirurg und betrat das große Klinikgebäude selbstbewusst. Nur kurz orientierte er sich an den Hinweisschildern und schlug dann den Weg zu Professor Schneiders Büro ein.

Die Sekretärin im Vorzimmer grüßte Doktor Jürgen freundlich und betrat das Chefarztbüro dann nach kurzem Klopfen, um ihn anzukündigen.

»Sie sind tatsächlich wieder hier«, stellte Professor Schneider lächelnd fest und bot Christian Jürgen einen Platz in der Sitzecke an. »Ich hatte schon befürchtet, dass Sie Ihren Aufenthalt ein weiteres Mal verlängern oder ein Angebot der Mayo Clinic nicht ausschlagen konnten.«

»Man hat mir tatsächlich ein Angebot gemacht, über das ich lange nachgedacht habe«, gab Christian Jürgen zu.

»Warum haben Sie abgelehnt?«, fragte der Chefarzt neugierig und legte die Fingerspitzen aneinander.

»Hier ist meine Heimat, hier lebt meine Familie. Und nach über fünfzehn Jahren hängt mein Herz an dieser Klinik.« Christian Jürgen lächelte andeutungsweise. »Wie geht es denn hier für mich weiter? Was haben Sie geplant? Zuletzt am Telefon waren ja noch einige Fragen offen.«

Professor Schneider verzog keine Miene. »Wie ich bereits angesprochen habe, hat im Moment Doktor Vollmer Ihre Pflichten als Oberarzt übernommen. Ich bin mit seiner Leistung sehr zufrieden und möchte ihn in dieser Hinsicht weiter fördern.«

Stumm wartete Christian Jürgen und unterdrückte ein Gähnen. Vielleicht hätte er doch einen früheren Rückflug nehmen sollen, denn er war erst vor zehn Stunden in Hamburg gelandet und hatte dank des Jetlags kaum geschlafen.

»Nachdem Sie nun mehrere Zertifikate im Bereich der Traumaversorgung haben, möchte ich Sie vermehrt in der Ausbildung unserer Kollegen in der Notaufnahme und im Notarztwesen sehen«, fuhr Professor Schneider fort.

»Das heißt, Ausbilder statt Oberarzt?«, fasste Christian Jürgen mit unbewegter Miene zusammen, doch insgeheim hatte er mit so einer Aussage gerechnet. »Ich werde von der Position her zurückgestuft?«

»Ich würde es weniger als Rückstufung bezeichnen, vielmehr habe ich eine Verschiebung Ihres Tätigkeitsschwerpunktes im Sinn. Ich entbinde Sie von den organisatorischen Themen, die die Position als Oberarzt mit sich bringt, und schaffe Ihnen somit Zeit für eigene OPs und die Ausbildung Ihrer Kollegen«, erklärte der Chefarzt.

»Weniger Organisationsaufgaben, das wäre tatsächlich sehr angenehm«, überlegte Doktor Jürgen und lächelte unverbindlich. »Ich werde über Ihr Angebot nachdenken und Ihnen meine Entscheidung noch diese Woche mitteilen.«

»Natürlich.« Professor Schneider stand mit Blick auf die Uhr auf. »Ich sehe Sie in einer halben Stunde zur Frühbesprechung.«

Die Müdigkeit wegen der schlaflosen Nacht hielt Christian Jürgen weitestgehend vom Grübeln ab, während er sich frische Dienstkleidung vom Wäscheautomaten holte und umgezogen die unfallchirurgische Station betrat. Dort war die Frühschicht der Pfleger noch mit der üblichen Morgenroutine beschäftigt: Dem Wecken und Waschen der Patienten, anschließend das Austeilen der Frühstückstabletts.

Im Ärztezimmer hingegen herrschte noch angenehme Ruhe, nur Maximilian Vollmer saß am Schreibtisch und bearbeitete den Dienstplan am Computer.

»Guten Morgen, Max«, grüßte Christian mit leiser Stimme und lehnte sich an den Türrahmen.

»Christian!« Überrascht fuhr sein Kollege auf dem Drehstuhl herum, stand auf und schloss ihn dann freundschaftlich in die Arme. »Wer hätte gedacht, dass du tatsächlich zurückkommst und nicht in den USA hängen bleibst.«

»Wer hätte gedacht, dass du meinen Job erbst und ihn sogar besser als ich ausfüllst. Ich glaube, da sind Glückwünsche angebracht?« Christian musterte Maximilian Vollmer und setzte sich dann neben ihn auf den zweiten Drehstuhl. »Woran arbeitest du?«

»Einige Kollegen mit längerer Abwesenheit wollen wieder in der Planung berücksichtigt werden«, meinte Maximilian schmunzelnd und druckte den Dienstplan aus. »Falls du deinen Job zurückforderst, wollte ich dir zumindest geordnete Verhältnisse überlassen.«

Gähnend winkte Christian Jürgen ab. »Ich habe mir Bedenkzeit bis Ende der Woche einräumen lassen, mal sehen. Aber der neue Schwerpunkt in der Ausbildung könnte mir gefallen, denn die ganze Organisation habe ich überhaupt nicht vermisst.«

»Du warst nie der größte Fan davon, das weiß ich.« Maximilian schob ihm den Ausdruck zu. »Nachdem du in den USA sehr viel Traumapatienten operiert hast, überlasse ich dir gleich den Schockraum und die dadurch anfallenden Operationen. Ich habe Bereitschaft bis morgen Früh und übernehme das Telefon dann heute Nachmittag von dir.«

»Dann suche ich mir besser zeitnah einen starken Kaffee«, bemerkte Christian und hob beim Anblick eines Namens im Dienstplan die Augenbrauen. »Thorsen steigt in zwei Wochen wieder in den Dienst ein? Langer Urlaub oder krank?«

»Krankgeschrieben. Alles weitere darfst du ihn selbst fragen, wenn ihr euch hier wiederseht«, wiegelte Maximilian sofort ab. »Hast du weitere Fragen nach deiner langen Abwesenheit?«

Kapitel 33

»Gibt es Neuigkeiten zu Frederiks Entlassung aus der Klinik nächste Woche? Klappt das oder muss er doch noch länger bleiben?«, fragte Julian Hendriksson beim Frühstück und sah sorgenvoll auf Baal, der fiepend umhertapste anstatt zu fressen.

»Bisher sieht es danach aus, dass er am Montag entlassen wird.« Oliver folgte dem Blick seines Bruders. »Francesca hat ihn bisher als Einzige dazu gebracht, überhaupt wieder zu fressen. Wenn sie also später von ihrem Termin zurück ist ...«

»Das macht sie gerne«, versicherte Julian und trank einen großen Schluck aus seiner Kaffeetasse. »Aber es wird Frederik brauchen, um Baal wieder richtig in die Spur zu bringen.«

»Und wenn wir Karl anrufen? Hat er nicht ebenfalls einen Welpen aus diesem Wurf behalten?«, überlegte Victoria Andersen laut.

»Frederik hat mal etwas in der Richtung erwähnt, ja.« Gedankenverloren drehte Oliver die Brotscheibe auf seinem Teller herum. »Allerdings ist Karl gerade auf einem Turnier in Kassel, wenn ich mich recht erinnere. Ich rufe ihn später an, vielleicht kann er auf einen spontanen Kurzbesuch vorbeikommen.«

»Blöd, dass wir noch nicht fertig umgebaut haben«, bemerkte Julian. » Frederiks Zimmer ist zwar noch für ein paar Nächte unbewohnt, aber Mama bekommt ja heute Besuch. Wo willst du Onkel Karl unterbringen? Ein Gästezimmer haben wir im Moment nicht.«

»Ich bin mir sicher, dass wir Karl auch für eine oder zwei Nächte das Sofa anbieten können. Ansonsten ...« Victoria seufzte. »Im Zweifel ziehe ich halt in ...« Sie schluckte schwer. »... zurück in meine Wohnung ...«

»Das ist Unsinn, Mama«, unterbrach Julian sie. »Du kannst hierbleiben, so lange du möchtest. Und dein ... Besucher ... natürlich auch.«

»Sein Name ist Pierre.« Victoria war nicht entgangen, dass ihre Söhne im Gespräch bisher sehr distanziert mit diesem Thema umgegangen waren.

Andeutungsweise nickte Julian und biss von seinem belegten Brot ab.

»Pierre wird heute also entlassen?«, fragte Oliver betont beiläufig. »Wann wird er hier ankommen? Und ... erfahren wir dann ein bisschen mehr über ihn? Also, was er beruflich macht oder wie ihr euch kennengelernt habt? Oder seit wann ihr euch kennt?«

»Pierre räumt nach der Entlassung noch sein Hotelzimmer, dann kommt er auf den Hof.« Victorias Blick zuckte unruhig zwischen ihren Söhnen hin und her. »Er ist also vermutlich gegen Mittag hier ...«

»Seit wann kennt ihr euch eigentlich?«, fragte Julian, den die gleichen Fragen umtrieben wie seinen Bruder. Nur hatten sie sich bisher aus Rücksicht auf den gesundheitlichen Zustand ihrer Mutter zurückgehalten.

»Wir ... wir haben uns vor etwa elf Jahren kennengelernt und ... sind über die Jahre gute Freunde geworden.« Victoria wählte ihre Worte mit Bedacht.

»Und seit wann ...« Julian brach ab und sah hilfesuchend zu seinem Bruder.

»Seit wann führt ihr dann eine Beziehung?«, fragte Oliver. »Und warum hast du seinen Namen bisher nie erwähnt, wenn ihr schon seit Jahren befreundet seid? Warum hat er dich nie in Hamburg besucht?«

»Wir sind kurz nach dem Prozess zum Transplantationsskandal ein Paar geworden«, überlegte Victoria Andersen mit leiser Stimme.

»Kurz danach hast du deinen Nachnamen geändert. Das hängt alles zusammen, nicht?«, kombinierte Oliver mit gerunzelter Stirn.

Andeutungsweise nickte sie und schob ihren Teller von sich. »Ich habe Pierre nie hierher eingeladen, solange euer Vater noch gelebt hat. Ihr wisst selbst, wie Max reagiert hätte. Und …« Sie atmete tief durch. »… ihr lernt Pierre erst jetzt kennen, weil … weil ich bisher Angst vor eurer Reaktion hatte. Er ist mir sehr wichtig und ich hoffe, ihr gebt ihm später eine Chance, euch kennenzulernen. Um mehr bitte ich euch nicht.«

Mit hängenden Schultern verließ Victoria Andersen den Küchenbereich, holte die Leine und brach mit Baal zu seinem üblichen Morgenspaziergang auf.

»Mama enthält uns ihren Freund seit fast einem Jahr vor? Was glaubt sie denn, was wir mit ihm anstellen, wenn wir ihn kennenlernen?«, fragte Julian irritiert. »Ich meine …«

»Wir wissen beide, wie … *Papa* reagiert hätte … ungeachtet dessen, ob es tatsächlich nur Freundschaft zwischen den beiden ist … so gesehen verstehe ich Mama schon, warum sie Pierre damals nicht nach Hamburg eingeladen hat«, bemerkte Oliver nachdenklich. »Aber warum sie vor unserer Reaktion so große Angst hat, verstehe ich auch nicht. So lange dieser Pierre nicht versucht, unser Stiefvater zu werden oder sich in unser Leben einzumischen, hat sie von uns doch überhaupt nichts zu befürchten.«

»So sehe ich das auch.« Julian seufzte und trank seine Tasse aus. »Lassen wir uns also überraschen ...«

»Er hat bestimmt ein großartiges Bild von unserer Familie. Erst unser Vater und der ganze Mist, den er verbrochen hat. Und jetzt Caroline, die einfach nur durchgeknallt ist.« Oliver stand auf und trug seinen Teller zur Spülmaschine.

»Hoffen wir, dass jetzt tatsächlich Ruhe einkehrt. Der große Umbau und das Baby im Herbst sollten Aufregung genug sein, da brauchen wir für meinen Geschmack keine weiteren Dramen.« Julian folgte dem Beispiel seines Bruders und begann, den großen Frühstückstisch abzuräumen.

Kapitel 34

»Bringen wir es hinter uns«, murmelte Freja und zog Elina den warmen Einteiler über, bevor sie ihre Tochter in die Babyschale setzte.

»Ich zwinge dich nicht, mit zu diesem Abendessen zu kommen. Wenn du dich nicht gut fühlst oder es dir einfach zu viel ist, bleiben wir hier«, versicherte Niklas.

»Nur wird deine Mutter dann spätestens am Montag hier in der Tür stehen und mich pflegen wollen.« Freja seufzte und schloss die Gurte der Babyschale. »Halten wir es kurz, bitte.«

»Wir können jederzeit nach Hause fahren«, versprach Niklas und hob die Schale mit Elina hoch.

Stumm folgte ihm Freja durch den Flur, zog sich ihre gefütterte Jacke an und nahm schließlich den Schlüssel vom Haken, um die Wohnungstür hinter ihnen abzuschließen.

»Meine Schwester ist heute Abend auch eingeladen. Mit etwas geschickter Gesprächsführung kommen wir überhaupt nicht zu Wort«, bemerkte Niklas im Aufzug und griff nach Frejas Hand.

»Vielleicht bringt sie mich endlich wieder auf andere Gedanken als ...« Freja brach mit traurigem Blick ab und sah zu Boden.

»Lass es auf dich zukommen. Und meine Eltern haben uns noch nie zu etwas gedrängt, da sind sie Gott sei Dank recht sensibel.« Niklas ließ ihre Hand wieder los, um die Verbindungstür zur Tiefgarage zu öffnen. Nur wenige Schritte entfernt stand das Familienauto und blinkte, als Niklas auf die Fernbedienung drückte.

»Geht es euch besser?«, fragte Niklas' Mutter bereits in der Wohnungstür und musterte ihren Sohn und ihre Schwiegertochter besorgt.

»Waren heftige zwei Wochen«, wich Niklas aus und erwiderte die Umarmung. »Aber ich hoffe, jetzt geht es für uns alle wieder aufwärts.«

Freja ließ sich ebenfalls umarmen, dann hob sie sofort Elina aus der Babyschale. Die Nähe zu ihrer Tochter beruhigte sie sehr.

»Hey, Großer!« Niklas' Schwester Stephanie wartete im Wohnzimmer und umarmte ihren Bruder lange. »Ist dein Experiment inzwischen beendet oder versuchst du, weitere medizinische Probleme aneinanderzureihen und eskalieren zu lassen?«

»Ich versuche, gesund zu werden und diesen Zustand beizubehalten«, korrigierte Niklas sie und ging wieder auf Abstand. »Und du? Was macht dein Studium? Ist endlich ein Ende in Sicht oder hängst du weitere Semester hinten an?«

»Ich beginne nächste Woche meine Abschlussarbeit.« Stephanie lächelte. »Und die Firma hat mir schon ein Angebot gemacht, mich zu übernehmen.«

»Gratuliere.« Niklas' Lächeln erreichte seine Augen nicht. Zu sehr hatte ihn die Trauer um das zweite Kind noch im Griff.

»Setzt euch, das Essen ist fertig!«, rief Niklas' Mutter und trug einen großen Topf zum Esstisch, das Familienoberhaupt folgte mit einer Pfanne.

Hungrig machten sich alle über die schwedischen Hackbällchen und das Kartoffelpüree her, erst beim Nachschlag entwickelte sich wieder ein Tischgespräch.

»Wie lange dauert eigentlich deine Krankschreibung noch?«, fragte Alexander Thorsen neugierig.

Niklas tauschte einen kurzen Blick mit Freja. »Mein Schein geht bis Ende nächster Woche, am Freitag habe ich noch einen Termin bei Doktor Wrede. Aber ich bin zuversichtlich, dass ich übernächste Woche in die Klinik zurückkehren darf.«

»Dann hältst du dich endlich wieder an die Anweisungen deiner Ärzte?« Diese Bemerkung hatte sich Niklas' Vater nicht verkneifen können.

»Ich habe meine Lektion gelernt.« Sofort reagierte Niklas gereizt, wie seine Familie überrascht zur Kenntnis nahm.

»Was ist los?«, fragte Stephanie irritiert. »Seit wann bist du dermaßen empfindlich?«

Niklas atmete tief durch und schüttelte dann nur den Kopf.

»Ich wollte dich mit meiner Bemerkung eben nicht angreifen«, entschuldigte sich Alexander Thorsen nicht minder irritiert. »Nur warst du bis vor einigen Wochen in dieser Hinsicht einfach wahnsinnig unvernünftig.«

»Das weiß ich selbst«, grummelte Niklas und legte sein Besteck ordentlich auf den leeren Teller. »Aber selbst ich bin zu Änderungen fähig, man mag es kaum glauben. Ich kuriere mich im Moment zu Hause aus, so wie es mit Doktor Wrede besprochen ist. Ich gehe nicht heimlich arbeiten und suche nach Abkürzungen zurück in den Job, die doch nur Probleme mit sich bringen!«

Hustend stand Niklas auf, durchquerte den Raum mit

großen Schritten und trat hinaus auf den Balkon. Der Hustenreiz blieb hartnäckig, sodass sich Niklas auf die Balkonbrüstung stützte und versuchte, tief durchzuatmen.

Niklas fröstelte bereits, als die Balkontür hinter ihm geöffnet wurde.

»Na du?«, fragte Freja bedrückt und umarmte ihn von hinten. Ihre Finger verschränkten sich auf seinem Bauch, während Freja ihre Wange an Niklas' Rücken schmiegte.

»Das war mir gerade alles zu viel, ich habe einen Moment nur für mich gebraucht«, entschuldigte sich Niklas und atmete langsam aus. »Was ist mit dir?«

»Ähnlich.« Freja seufzte schwer.

»Ist euch nicht ein bisschen kalt?«, fragte Alexander Thorsen und kam ebenfalls hinaus auf den Balkon. »Ihr könnt gerne nach oben in das Arbeitszimmer gehen, wenn ihr euer Gespräch ungestört fortsetzen wollt.«

»Danke.« Niklas lächelte andeutungsweise und nahm Frejas Hand. Nebeneinander liefen sie die Holztreppe nach oben, wo neben dem Arbeitszimmer eine kleine Bastelstube untergebracht war. Leise schloss Niklas die Tür hinter Freja und knipste nur die kleine Lampe auf dem Schreibtisch an.

»Komm her«, bat Niklas seine Frau und schloss sie wieder sanft in seine Arme.

»Warum ist das alles passiert?«, fragte Freja unter Tränen und schluchzte auf. »Warum habe ich das Baby verloren? Es sollte doch ein Geschwisterchen für Elina werden…«

Niklas schluckte. Auch ihn hatten die Emotionen fest

im Griff. »Es gibt viele Gründe, warum das geschehen ist«, erklärte er mit belegter Stimme und ließ sich mit Freja im Arm langsam zu Boden sinken. Mit dem Rücken lehnte er sich gegen die Tür zum Flur und drückte Frejas zierlichen Körper sanft an seine Brust.

»Das habe ich in den letzten zwei Wochen so oft gehört und trotzdem will ich eine Antwort«, schluchzte Freja aufgelöst. »Bin ich schuld? Habe ich versagt?«

»Es gibt so viele medizinische Ursachen, warum unser Baby gestorben sein könnte. Vielleicht hat es meinen Genfehler geerbt und ist deswegen gestorben. Vielleicht gab es Fehlbildungen oder hormonelle Probleme. Vielleicht liegt die Ursache aber auch in dem Schock, den Carolines Amoklauf ausgelöst hat.« Sanft streichelte Niklas über Frejas Arme. »Im Nachhinein lässt sich das selten exakt benennen.«

»Aber bei Fehlbildungen … dann bin ja doch ich schuld daran …« Geräuschvoll zog Freja die Nase hoch.

Energisch schüttelte Niklas den Kopf. »Daran ist niemand schuld, du steuerst doch die Entwicklung des Babys nicht bewusst.«

»Was machen wir denn jetzt?«, fragte Freja deprimiert und betrachtete ihre miteinander verschränkten Hände, die inzwischen auf ihrem Bauch zum Liegen gekommen waren. »Wir haben ein Baby verloren. Wie können wir denn jetzt einfach so weitermachen, als wäre nichts geschehen?«

»Das verlangt doch niemand.« Niklas legte den Kopf an ihre Schulter und räusperte sich. »Wir haben ein Baby verloren und da ist es völlig legitim, zu trauern. Und das dauert so lange, wie es eben dauert.«

»Und wir haben Elina.« Freja lächelte zaghaft.

Das leise Klopfen an der Tür hinter ihnen ließ sie und Niklas gleichermaßen zusammenzucken.

»Niklas? Freja? Ist alles in Ordnung?«, fragte Alexander Thorsen durch das Holz hindurch.

»Moment.« Niklas lockerte seine Umarmung und kam ächzend wieder auf die Füße. Freja folgte seinem Beispiel und kuschelte sich dann sofort wieder in seinen rechten Arm.

»Geht es euch gut?«, fragte Niklas' Vater und sah besorgt in den halbdunklen Raum. »Was ist denn los? Ist etwas vorgefallen? Gab es … schlimme Neuigkeiten von Hendrikssons?«

Andeutungsweise schüttelte Niklas den Kopf. »Nein, Frederik ist weiter auf dem Weg der Besserung.« Er seufzte schwer und sah zu Freja.

»Ihr müsst nichts sagen, was ihr nicht wollt«, stellte Alexander ruhig fest. »Aber wir alle machen uns große Sorgen um euch.«

»Papa, das …« Niklas brach mit gequälter Miene ab, weil ihm schlichtweg die Worte fehlten.

»Ich war wieder schwanger«, stellte Freja mit tränenerstickter Stimme in die Stille hinein fest. »Und ich habe das Baby verloren. Deswegen geht es uns so beschissen.«

Kapitel 35

»So, Doktor Hendriksson. Hier ist der Arztbrief für Ihren Hausarzt. Mit Tabletten sind Sie für die nächsten Tage versorgt, weitere Rezepte stellt der Hausarzt dann aus«, erklärte Doktor Dobner und legte den Umschlag auf Frederiks ansonsten leeres Nachtkästchen. »Haben Sie noch Fragen?«

Andeutungsweise schüttelte Frederik den Kopf. »Ich denke, so weit ist alles geklärt. Aber ich möchte mich bei Ihnen und den Kollegen bedanken, die mir das Leben gerettet haben.«

»Das war selbstverständlich«, versicherte Sebastian Dobner und lächelte. »Erholen Sie sich gut und kommen Sie wieder zu Kräften. Ich freue mich, wenn ich Sie in einigen Wochen wieder als Kollege begrüßen darf.«

Frederik lächelte verkrampft und stand langsam auf, als es an der Tür klopfte und sein Bruder Oliver eintrat.

»Wir können gleich los«, stellte Frederik leise fest und zog sich in leicht gebeugter Haltung die Jacke an. Den Umschlag mit den Entlassungspapieren steckte er seitlich in die Reisetasche.

Erfreut nickte Frederiks Bruder und schulterte die schwarze Reisetasche.

»Alles Gute!« Doktor Dobner verließ das Patientenzimmer als Erster, während sich Frederik bei Oliver unterhakte.

»Das wird noch ein paar Tage dauern«, murmelte Frederik durch die zusammengebissenen Zähne und ließ sich langsam zu den Aufzügen führen.

»Vielleicht erholst du dich zu Hause ja noch besser«, meinte Oliver und drückte auf die Knöpfe am Aufzug. »Immerhin hast du da Familie und Freunde um dich, und Baal ... Er vermisst dich inzwischen schmerzlich.«

»So geht es nicht nur ihm.« Frederik verzog gequält das Gesicht. »Ich hoffe, du parkst am Haupteingang?«

Aufatmend sank Frederik eine gefühlte Ewigkeit später auf den Beifahrersitz von Olivers in die Jahre gekommen Ford und schnallte sich an.

»Müssen wir noch etwas besorgen oder können wir durchfahren?«, fragte Oliver und startete den Motor. Langsam ließ er den Wagen zur Ausfahrt rollen und hielt an einer roten Ampel.

»Ich muss in den nächsten Tagen zum Hausarzt wegen einer Verlängerung der Krankmeldung und Rezepten für die Schmerztabletten, aber für heute genügt es, wenn wir auf den Hof fahren«, erklärte Frederik und schloss für einen Moment die Augen. Die Schmerzen waren nicht unerheblich, doch mit leicht zurückgestellter Rückenlehne ging es ihm deutlich besser.

»Alles klar.« Oliver fuhr wieder an und steuerte das Fahrzeug auf den Autobahnzubringer.

»Kommt Mama später zu Besuch oder ist sie schon wieder auf dem Sprung zu irgendeiner Tour?«, fragte Frederik nachdenklich in die Stille hinein. »Sie war zuletzt ja gar nicht mehr in der Klinik und ... das macht sie ja nur, wenn sie mit Tourvorbereitungen beschäftigt ist.«

Oliver ließ sich mit seiner Antwort viel Zeit, sodass Frederik irritiert die Augen wieder aufschlug.

»Was ist denn los?«, fragte Frederik beunruhigt. »Worüber grübelst du nach, anstatt direkt zu antworten?«

»Mama lebt seit letzter Woche wieder auf dem Hof«, stellte Oliver schließlich angespannt fest und wechselte vom Beschleunigungsstreifen direkt auf die mittlere Fahrspur. »Und wir ... wir wollten dich nicht noch mehr aufwühlen, als das ohnehin schon der Fall ist.«

»Aufwühlen?«, wiederholte Frederik und schüttelte den Kopf. »Was ist los? Was verschweigst du mir?«

»Deine Ärzte haben allen die strikte Anweisung gegeben, dass man dich nicht aufregen oder mit ... schwierigen Nachrichten konfrontieren soll«, erklärte Oliver und sah starr auf die Straße vor sich. Die Fingerknöchel seiner Hände traten weiß hervor, so fest hielt er das Lenkrad im Griff.

»Und welche Nachrichten sind das?«, fragte Frederik mit pochendem Herzen. Eine undefinierbare Furcht griff mit ihren Klauen nach ihm.

»Dass ... die Polizisten haben dich letzte Woche zu Caroline und ihrem Angriff auf dich befragt, und ...« Oliver brach ab und schüttelte den Kopf.

»Ich weiß auch, dass ich zwischendurch von Polizisten bewacht wurde, weil Caroline angeblich aus dem Gefängnis ausgebrochen ist. Komm zum Punkt, welche Nachrichten durftet ihr mir nicht erzählen?«

»Caroline ist tatsächlich mit einer Geisel aus dem Gefängnis ausgebrochen, um einen Rachefeldzug zu starten. Ihre erste Station war Mamas Wohnung ...« Oliver brach ab, mäßigte das Tempo und wechselte auf die rechte Fahrspur. Dann setzte er den Blinker und ließ den Wagen auf einen kleinen Parkplatz rollen. Dieses Gespräch wollte er nicht im fahrenden Auto führen.

»Caroline hat Mama und ihren Freund ... verletzt, um Mama dazu zu zwingen, ein Geständnis zu veröffentlichen. Sie sollte zugeben, dass sie den Transplantationsskandal nicht verhindert hat.«

Frederik schüttelte den Kopf. »Was soll denn das alles? Caroline hat unsere Trennung nicht gut weggesteckt, aber zu solchen Taten ist sie nun wirklich nicht fähig.«

»Abwarten.« Oliver räusperte sich und sah weiter starr durch die Windschutzscheibe. »Caroline ist anschließend weiter zum Gestüt gefahren, vermutlich um das Gleiche von Julian und mir zu fordern. Stattdessen ist sie mit Niklas aufeinandergetroffen. Bevor sie jedoch irgendjemandem etwas antun konnte, war die Polizei da und hat sie in die Flucht geschlagen.«

»Sie hat was?!«, fragte Frederik entgeistert, doch Oliver redete rasch weiter.

»Ihre letzte Station war schließlich Doktor Wrede, ein Arzt im UKE. Dort wurde sie ohne Blutvergießen festgenommen. Sie hat wohl einige verwirrende Aussagen gemacht und befindet sich inzwischen in einer psychiatrischen Abteilung.« Oliver atmete tief durch.

»Und es waren meine behandelnden Ärzte, die verhindert haben, dass ihr mir das früher erzählt?«, bohrte Frederik nach und verschränkte seine zitternden Finger miteinander.

»Das auch. Aber so beschissen wie es dir ging ... wir hätten dir das gerne in Ruhe ... zu Hause ... ach, ich weiß doch auch nicht. Wie erklärt man jemandem, dass dessen Ex-Partner einen Amoklauf gegen die ganze Familie gestartet hat? Dafür gibt es nie den richtigen Zeitpunkt. Dafür gibt es nie die richtige Gelegenheit. Und dafür findet man nie die richtigen Worte.«

Frederik schluckte schwer, doch damit konnte er die Tränen, die in seinen Augen brannten, nicht aufhalten.

»Mama war zwei Nächte im Krankenhaus zur Beobachtung, Pierre wurde erst einige Tage nach ihr entlassen. Sie wohnen im Moment beide auf dem Gestüt, denn in die Wohnung wollen und können sie vorerst nicht zurückkehren«, fuhr Oliver schließlich mit belegter Stimme fort.

»Was hat Caroline ihnen angetan?«, fragte Frederik und schluchzte, doch das war für seine Bauchnarben äußerst schmerzhaft.

»Lass uns erst einmal auf den Hof fahren, dann kannst du mit Mama selbst sprechen«, schlug Julian vor. »Angesichts von Carolines Brutalität sind sie allerdings äußerst glimpflich davongekommen.«

»Und Niklas?«, wollte Frederik wissen.

»Ihm und seiner Familie geht es körperlich gut, sie sind mit dem Schrecken davongekommen.« Oliver griff wieder nach dem Zündschlüssel. »Fahren wir weiter?«

Stumm nickte Frederik und wischte sich mit Handrücken die Tränen von der Wange.

Langsam nahm der Ford wieder Fahrt auf und ließ den Parkplatz hinter sich.

»Woher kennst du eigentlich Pierre? Du hast eben nicht gestutzt, als ich seinen Namen genannt habe«, fragte Oliver und blieb hinter einem LKW, denn bei der nächsten Autobahnabfahrt würde er ohnehin auf die Bundesstraße wechseln.

»Ich erinnere mich an seinen Namen und verbinde ihn sofort mit Mama. Vermutlich hat sie mir von ihm erzählt, als ich im Koma lag. Bewusst kann ich mich an kein Gespräch über ihn erinnern«, meinte Frederik nachdenklich.

»Ich verstehe.« Oliver nahm den Fuß vom Gas und bremste auf dem Verzögerungsstreifen ab. »Dann bekommst du später noch ein Gesicht zu diesem Namen, er wohnt ja wie gesagt seit letzter Woche bei Mama.«

»Du klingst nicht gerade erfreut«, bemerkte Frederik und schloss wieder die Augen.

»Was? Nein, das ...« Oliver seufzte schwer. »Ich kann ihn nicht einschätzen und weiß nicht so recht, was ich von ihm halten soll. Offensichtlich liegt ihm viel an Mama und er tut ihr emotional sichtlich gut.«

»Spielt er sich schon als Stiefvater auf?« Frederik atmete entspannt aus und glitt mit seiner rechten Hand über seinen Bauch.

»Abseits des Kennenlerngesprächs gemeinsam mit Mama haben wir kaum Berührpunkte. Beim Essen ist er sehr still, ansonsten trifft man ihn nie ohne Mama an. Sie hat ihm unseren Rohbau gezeigt, was ihn ja allein beruflich interessieren sollte, immerhin ist er Architekt«, berichtete Oliver und trommelte mit den Fingern auf dem Lenkrad herum. »Ach, ich weiß auch nicht, was mich an ihm so stört.«

»Wenn er Architekt ist, könnten wir ihn doch bitten, die Feinplanung von den beiden Wohneinheiten zu übernehmen«, schlug Frederik müde vor. »Aber was das undefinierbare Gefühl angeht, weiß ich, was du meinst. Und meistens hat das seine Berechtigung, das hat gerade die jüngere Vergangenheit wieder gezeigt.«

Gut eine Dreiviertelstunde waren Frederik und Oliver unterwegs gewesen, dann erreichten sie das Gestüt im Norden Hamburgs. Zahlreiche Fahrzeuge parkten vor dem Hauptgebäude, wie Frederik stirnrunzelnd bemerkte.

»Abgesehen von Pierre wartet aber noch eine Überraschung auf dich«, stellte Oliver fest und stieg aus. Ein Lächeln zeigte sich auf seinem sorgenvollen Gesicht, als er über Frederiks Schulter sah.

»Ach ja?« Angespannt atmete Frederik aus und hielt sich am Autodach fest, bis sich sein Kreislauf wieder gefangen hatte.

Baals Bellen irgendwo hinter ihm zauberte auch Frederik ein Lächeln auf die Lippen.

»Setz dich besser«, riet ihm Oliver schmunzelnd, als Onkel Karl von Jarle und Baal auf das Auto zu gezerrt wurde.

Baals Wiedersehensfreude kannte keine Grenzen. Und endlich kehrte wieder Leben in den jungen Hund zurück, der zuletzt mit jedem Tag mehr unter der Trennung von Frederik gelitten hatte.

»Ich habe dich auch sehr vermisst«, versicherte Frederik und streichelte Baal mit beiden Händen.

»Jetzt habt ihr euch ja wieder«, meinte Onkel Karl mit einem breiten Lächeln und nahm Baals Leine wieder auf. »Wollen wir nicht ins Haus gehen und dort in Ruhe über alles sprechen?«

Frederik nickte und kämpfte sich wieder auf die Füße, Baal blieb dicht neben ihm und hielt Körperkontakt mit Frederiks Unterschenkel.

»Das ist tatsächlich eine Riesenüberraschung«, stellte

Frederik fest und hakte sich einmal mehr bei Oliver unter, um die letzten Schritte zum Haupthaus sicher zurücklegen zu können. »Wie ... ich meine ...?«
Karl schmunzelte und folgte seinen Neffen.

Erst als Frederik aufatmend auf das Sofa gesunken war und eine Position gefunden hatte, in der das Ziehen seiner Narben spürbar nachließ, nahmen sie das Gespräch wieder auf. Baal legte den Kopf auf Frederiks Oberschenkel und ließ sein Herrchen nicht aus den Augen.
»Julian und Oliver haben mich letzte Woche spontan auf den Hof eingeladen, nachdem Baal ihnen zunehmend Kummer bereitet hat«, erklärte Karl und sah auf seinen Hund Jarle, der sich auf dem Boden ausgestreckt hatte. »Und ich glaube, wir haben die letzten Tage noch gut überbrückt bekommen.«
»Jetzt ist für Baal eh wieder alles gut«, bemerkte Oliver mit einem Lächeln.
»Nicht nur für Baal.« Frederik atmete langsam aus und registrierte zufrieden, dass seine Schmerzen in dieser Position gut auszuhalten waren.

Oliver ließ Frederik und seinen Onkel schließlich allein, um sich seinen Aufgaben auf dem Gestüt zu widmen, doch das störte die beiden nicht unbedingt. Später gab es noch genügend Zeit für Gespräche in der großen Familienrunde.
»Ich sehe beschissen aus, das weiß ich«, bemerkte Frederik, dem Karls Blicke nicht entgangen waren. »Aber lieber dieser Anblick als ... als tot. Es hat nicht viel gefehlt, haben die Ärzte gesagt. Und einmal mehr hatte

ich Glück. Ich hoffe, dass das jetzt ein Schlusspunkt ist und wir alle endlich wieder ein normales Leben führen können.«

»Ihr habt euch als Familie, Frederik. Und ihr haltet zusammen. Das ist nach all dem Drama nicht selbstverständlich.« Onkel Karl lächelte. »Und auch ich bin heilfroh, dass du dieses Attentat überlebt hast.«

»Erinnerst du dich an unsere Gespräche im Sommer? Da hatte ich schon die Befürchtung, dass Caroline eine Trennung nicht gut aufnehmen würde. Aber dass sie dermaßen ausklinkt, das hätte ich nie gedacht.« Frederik schüttelte den Kopf. »Da hatte sie nichts mehr mit der Frau zu tun, in die ich mich verliebt hatte.«

Onkel Karl blieb stumm, doch eine verbale Antwort war auch gar nicht nötig.

»Ich hatte zuletzt eine Menge Zeit zum Nachdenken«, fuhr Frederik fort. »Wenn es mir körperlich etwas bessergeht, werde ich eine neue Therapie beginnen, um den ganzen Mist endlich aufzuarbeiten und einen Abschluss zu finden.«

»Das ist ein gewaltiger Schritt und ich bin stolz, dass du dich dafür entschieden hast.« Karl berührte Frederik sanft an der Schulter.

Den ganzen Nachmittag verbrachte Frederik nur in Gesellschaft von Onkel Karl und den beiden Hunden, ehe er am späten Nachmittag Francesca und Julian zu Gesicht bekam, die mit den Vorbereitungen für das Abendessen begannen.

»Du darfst wieder alles essen?«, vergewisserte sich Julian und schälte Kartoffeln.

»Ganz normal«, bestätigte Frederik und richtete sich

in den Kissen wieder auf. »Wie geht es euch denn? Was macht das Baby?«

Francesca kam lächelnd hinter der Kücheninsel hervor. »Es wird ein Mädchen«, berichtete sie und streichelte sich liebevoll über den deutlich gerundeten Bauch. »Und die Kleine wächst großartig, mein Arzt ist sehr zufrieden mit der Entwicklung.«

»Das freut mich sehr. Hauptsache, ihr bleibt beide gesund.« Frederik streichelte über Baals schwarzes Fell.

»Deswegen baut ihr so weitreichend um?«, vermutete Onkel Karl. »Damit alle genügend Platz haben und ihr nicht mehr so eng aufeinander wohnt?«

»Das ist der Plan«, bestätigte Julian lächelnd. »Oliver und Frederik ziehen in das Nebengebäude, das wir inzwischen entkernt haben. Entweder trennen wir etagenweise oder gestalten es als Doppelhaushälften. Wenn diese Entscheidung steht, können wir mit dem Aufbau beginnen.«

»Dann habt ihr hier im Haupthaus den ersten Stock für euch und die kleine Prinzessin, sobald Oliver und ich ausgezogen sind.« Frederik kraulte seinen Hund mit beiden Händen.

Die Bratwürstchen in der großen Pfanne verbreiteten ihr Aroma bereits im ganzen Erdgeschoss, als Victoria und Pierre eintraten.

»Mama?!«, fragte Frederik entsetzt beim Anblick seiner Mutter. »Was … was ist mit deiner Hand?«

Julian und Oliver, aber auch Onkel Karl schwiegen.

»Ich bin so froh, dass du endlich wieder hier bei uns bist«, stellte Victoria leise fest und ging neben ihm in die Hocke, Tränen schimmerten in ihren Augen.

Frederik erwiderte ihren Blick, in dem so viel Schmerz lag, dass es ihm das Herz zusammenzog.

»Das geht mir auch so«, murmelte er und griff nach der gesunden rechten Hand seiner Mutter. »Und es tut mir leid, was ... was Caroline euch angetan hat.«

»Es ist doch nicht deine Schuld«, versicherte Victoria und schloss ihn in die Arme, soweit ihr das in Frederiks liegender Position möglich war.

»Du hast das doch nicht heraufbeschworen«, versicherte sie unter Tränen.

»Genauso wenig wie du für Papas Taten verantwortlich warst. Du warst da auch das Opfer eines Tyrannen.« Frederik schniefte.

»Wir haben diese beiden Wahnsinnigen überlebt und wir stehen als Familie zusammen«, stellte Oliver leise im Hintergrund fest. »Wir können diese düsteren Kapitel gemeinsam hinter uns lassen.«

»Eure Worte zeigen mir, dass ich doch nicht alles falschgemacht habe.« Victoria lächelte mit Tränen auf den Wangen. »Ich habe euch alle drei unendlich lieb.«

»Und wir dich, Mama«, versicherte Julian mit dem Pfannenwender in der Hand. »Könnt ihr die Wiedersehensfreude an den Esstisch verlagern? Ansonsten haben wir entweder kalte oder verkohlte Würstchen.«

»Das verhindern wir.« Umständlich richtete sich Frederik auf, sammelte sich kurz und stand dann langsam auf. Dieses Mal hielt er sich am Arm von Onkel Karl fest, denn sein Kreislauf ließ ihn leicht schwanken.

Erst nach dem Abendessen und bei – für die meisten Familienmitglieder – einem Glas Wein kamen die schweren Themen wieder auf den Tisch.

Instinktiv suchte Frederik die Nähe von Baal, aber auch von seinem Onkel, der sich in stillem Einverständnis neben ihn gesetzt hatte.

»Also, ich äh ... ich möchte dir meinen Freund Pierre vorstellen«, ergriff Victoria schließlich das Wort und sah Frederik nervös an.

»Dein Freund?«, wiederholte er und lächelte, als er die miteinander verschlungenen Hände der beiden betrachtete. »Ich freue mich, dass du nach ... Papa ... endlich wieder nach vorne sehen kannst und glücklich bist. Nichts anderes wünsche ich mir für dich und uns alle.« Seine Mutter lächelte gerührt.

»Und ich möchte mich bei Ihnen entschuldigen, dass Sie in diese Misere hineingezogen wurden, die meine Ex-Freundin verursacht hat«, wandte sich Frederik direkt an Pierre, der bisher stumm neben Victoria gesessen hatte. Unweigerlich wurde Frederiks Blick von dem verblassenden Bluterguss und der Narbe in Pierres Gesicht angezogen.

»Dann hat euch Caroline dermaßen zugerichtet?«, fragte Frederik mit bebender Stimme und starrte auf die linke Hand seiner Mutter, die offenbar operiert worden war, denn die Fingerspitzen zeigten noch die typische Färbung der Desinfektionslösung. »Ich ... will nur das Gesamtbild begreifen, was ... was diese Frau getan hat. Oliver hat mir im Auto bereits etwas von diesem Amoklauf erzählt, aber ...« Er brach ab.

»Ja, Caroline hat ... auf diesem Amoklauf ... in meiner Wohnung Station gemacht«, gab Victoria tonlos zu und schloss ergeben die Augen. »Sie war sehr jähzornig und mit meinen Antworten nicht zufrieden, deswegen ... ist sie auf uns losgegangen ...«

Andeutungsweise nickte Frederik. »Ich … es tut mir leid«, wiederholte er seine Entschuldigung.

»Es ist nicht Ihre Schuld, Frederik«, mischte sich Pierre mit leiser Stimme ein.

»Lasst uns nach vorne sehen«, stimmte Oliver mit ein.

»Du bist endlich wieder zu Hause, Frederik. Und du wirst wieder ganz gesund.«

»Und wir bekommen dieses Jahr gleich zwei neue Familienmitglieder: Pierre und die noch namenlose Prinzessin«, stellte Frederik mit zaghaftem Lächeln fest.

»Auf die Familie!« Karl hob sein Weinglas.

»Auf die Gesundheit!«

»Und auf die Gerechtigkeit!«

Gläser klirrten und für diesen einen Moment schien der allgegenwärtige Wunsch nach Normalität in Erfüllung zu gehen.

Kapitel 36

Der steife weiße Kittel fühlte sich nach der wochenlangen Pause äußerst ungewohnt an, doch Niklas freute sich sehr auf seine Rückkehr in den Arbeitsalltag. Doktor Wrede hatte ihn am Freitag offiziell gesundgeschrieben und grünes Licht für den Wiedereinstieg gegeben. In vier Wochen stand dann der nächste Kontrolltermin an, um die beginnende Rechtsherzschwäche erneut zu beurteilen, doch Doktor Wrede zeigte sich zuversichtlich, was den weiteren Verlauf anging.

»Sie sind wieder da!«, freute sich Marina Lucas auf dem Flur vor der Station und hüpfte in die Höhe. »Geht es Ihnen wieder gut, Doktor Thorsen? Wir Assistenzärzte haben Sie ganz schön vermisst.«

Niklas lächelte. »Ich bin wieder gesund«, meinte er und folgte seiner Kollegin zum Ärztezimmer der Station. »Guten Morgen«, grüßte er beim Eintreten.

»Moin!« Maximilian Vollmer stand auf und begrüßte ihn mit einer freundschaftlichen Umarmung. »Willkommen zurück. Bitte bleib gesund, das ist nicht nur deiner Familie am liebsten.«

»Doktor Thorsen, hallo!« Überrascht hob Assistenzarzt Alexander Dobner eine Augenbraue. »Es ist schön, Sie wiederzusehen.«

»Ich glaube es kaum, dass ich so etwas sage, aber auch ich freue mich, Sie zu sehen, Doktor Thorsen.« Christian Jürgen klang für seine Verhältnisse fast schon enthusiastisch und schloss die Tür zum Flur hinter sich, denn für die kurze Frühbesprechung waren sie vollzählig versammelt.

Was war denn mit dem ehemals so launischen Oberarzt los?

Seit wann freute sich Christian Jürgen über etwas, das nicht direkt mit ihm zu tun hatte?

Und seit wann wirkte er dabei aufrichtig und nicht so, als würde er etwas im Schilde führen?

Irritiert runzelte Niklas die Stirn und nickte andeutungsweise.

»So, beginnen wir mit den Personalthemen. Ich freue mich, Niklas, dass du wieder zurück bist, und wünsche dir im Namen der Kollegen einen guten Einstieg. Details zum Dienstplan besprechen wir nach der Visite.« Maximilian Vollmer sah auf seine Notizen. »Seit heute Morgen ist es nun offiziell, dass Christian Jürgen seinen Tätigkeitsschwerpunkt in die Ausbildung verlegt und somit nicht mehr als Oberarzt zur Verfügung steht.«

»Ausbildung?«, wiederholte Marina Lucas verwirrt, auch Niklas hob verwundert den Blick.

Doktor Jürgen gab seine Position freiwillig auf?

Da konnte doch etwas nicht stimmen.

Was führte Christian Jürgen im Schilde?

»Ich habe mich während der letzten Monate als Traumatologe zertifizieren lassen und werde nun die Aus- und Weiterbildung der Kollegen in der Notaufnahme sowie im Notarztdienst übernehmen«, erklärte Christian Jürgen ruhig. »Und mit Doktor Vollmer haben Sie einen erfahrenen Kollegen als neuen Oberarzt. Max, meine Glückwünsche zur offiziellen Beförderung.«

Die Verwunderung über Doktor Jürgens stark verändertes Verhalten stand Niklas auch nach der Visite in das Gesicht geschrieben.

»Welcher Gehirnwäsche wurde Christian unterzogen?«, fragte Niklas und schloss die Tür zum Arztzimmer hinter sich. »Ich meine, er gibt seine Funktion als Oberarzt freiwillig auf? Er gratuliert dir vor versammelter Mannschaft zu deiner Beförderung? Er freut sich, dass Kollegen aus dem Krankenstand zurückkehren? Was ist los mit ihm?«

»Nicht nur du wunderst dich darüber«, stellte Maximilian fest und setzte sich an den Schreibtisch, Niklas tat es ihm gleich. »Die Mayo Clinic hat ihm offensichtlich gutgetan.«

»Möglicherweise. Wie ist er eigentlich so kurzfristig an diese Weiterbildung gekommen? Hattest du nicht erzählt, dass er von einem Tag auf den anderen verschwunden ist?« Niklas schüttelte den Kopf und nahm seine Kaffeetasse in die Hand.

»Erst ist er ja in den Urlaub geflogen und von dort direkt zu dieser Weiterbildung gereist. Und genauso plötzlich, wie er verschwunden ist, ist er zurückgekehrt. Professor Schneider hat es auch erst ein paar Tage vorher erfahren.« Maximilian zuckte mit den Schultern. »Keine Ahnung, wie er das alles organisiert hat und über welche Kontakte er zu diesem Fellowship gekommen ist. Hauptsache, er verhält sich weiterhin so kollegial wie im Moment.«

»Ich verstehe.« Niklas trank einen kleinen Schluck Kaffee und sah dann neugierig auf den Dienstplan, den Maximilian inzwischen auf dem Computer aufgerufen hatte. »Du hast da mal etwas vorbereitet?«

Max nickte schmunzelnd. »Diese Woche bleibst du in der Tagschicht mit regulärem Wochenende Samstag und Sonntag. Montag und Dienstag bleibt dir nur die Nachtschicht, dann wechselst du in die Frühschicht.«

»Bunter Wechsel, aber das sollte zu schaffen sein.« Niklas lächelte. »Notarztdienst gibt es dann nächsten Monat wieder?«

»Genau.« Maximilian dachte kurz nach. »Ich habe dich die ganze Woche für die Notaufnahme eingeteilt, Christian betreut den Schockraum. Im OP sehe ich dich bis einschließlich Mittwoch nur mit einem Facharztkollegen zusammen, damit du wieder etwas Routine sammelst.«

»Okay, also alles wieder so wie bei meinem letzten Wiedereinstieg.« Niklas lehnte sich entspannt im Stuhl zurück. »Gibt es noch etwas, das ich wissen sollte?«

»Nichts, was ich dir privat nicht längst erzählt habe.« Maximilian Vollmer musterte ihn aufmerksam und rang noch einen Moment mit sich, ob er ein anderes Thema ansprechen sollte. »Und du bist wirklich wieder hundertprozentig fit? Zuletzt hatte dich Doktor Wrede ja offiziell als dienstunfähig gemeldet, was ja ein eher unübliches Vorgehen ist ...«

»Ich weiß, wie bescheuert das war und dass ich mir da eine Menge vorgemacht habe.« Niklas schnitt eine Grimasse, doch er blieb ernst. »Ich habe dafür aber auch einen sehr hohen Preis bezahlt, an dieser Hypothek werde ich noch eine Weile zu knabbern haben. Meine Rückkehr ist mit Doktor Wrede abgesprochen und wird von ihm mit weiteren Kontrolluntersuchungen begleitet. Wenn ich diesen Kittel anziehe und zum Dienst antrete, bin ich absolut fit und konzentriert. Das verspreche ich nicht nur dir und unseren Patienten, sondern auch meiner Gesundheit und Doktor Wrede.« Maximilian blieb noch einen langen Moment stumm und nickte dann nachdenklich. »Ich freue mich in erster Linie als Freund, aber auch als dein Kollege, dass du von dieser Selbstzerstörungsmission abgekommen bist.« Er stand auf, seine Stirn hatte er noch immer in Falten gelegt. »Und, Niklas? Es ist keine Schande, wenn du es langsamer angehst und dich meldest, falls du an deine Grenzen kommst.«

»Ich habe es verstanden«, versicherte Niklas und stand ebenfalls auf. »Wir sehen uns später, Max.«

In der Notaufnahme herrschte schon reges Treiben, doch die Assistenzärzte Marina Lucas und Alexander Dobner schienen auch ohne fachärztliche Hilfe gut zurechtzukommen.

»Was haben Sie?«, fragte Niklas und folgte seinen jungen Kollegen in das Arztzimmer.

»In der Zwei wartet ein verletzter Handballspieler, der Handchirurg ist bereits auf dem Weg. In der Vier ist ein Fahrradunfall und in der Fünf eine gestürzte Rentnerin. Und der nächste Rettungswagen kommt in fünf Minuten«, berichtete Marina Lucas und wuchs in Niklas' Augen immer besser in ihre Rolle als angehende Unfallchirurgin hinein. Vergessen schienen ihre Momente der Unsicherheit, mit denen sie nicht nur Niklas an den Rand der Verzweiflung getrieben hatte.

»Wie kann ich helfen?«, fragte Niklas weiter.

»Der Fahrradunfall muss noch beurteilt werden, ich gehe zu der Rentnerin«, erklärte Doktor Dobner und verließ den Raum bereits wieder.

»Ah, Doktor Thorsen, hier sind Sie!« Christian Jürgen tauchte hinter Niklas in der offenen Tür auf. »Sie sind frei, oder? Ein neuer Schockraumpatient ist angekündigt worden und ich kann ein paar zusätzliche Hände benötigen.«

»Ich untersuche den Patienten in der Vier.« Marina Lucas kam Niklas zuvor und ließ ihn mit dem ehemaligen Oberarzt allein.

»Wie es aussieht, bin ich tatsächlich frei«, bemerkte Niklas und setzte sich stirnrunzelnd in Bewegung. »Sie wissen, dass das mein erster Tag nach einer langen Pause ist? Und dass Doktor Vollmer mich nur unter Aufsicht operieren lässt?«

»Das ist mir bekannt«, bestätigte Doktor Jürgen und bog in den Vorraum von Schockraum Eins ab. Er zog seinen weißen Kittel aus und streifte sich eine der Bleiwesten mit der Aufschrift *Unfallchirurgie* über.

Niklas folgte seinem Beispiel stumm, während seine Gedanken rotierten.

Was führte Doktor Jürgen im Schilde?

Was hatte er mit ihm vor?

»Hören Sie auf, so angestrengt nachzudenken, Doktor Thorsen«, meinte Christian Jürgen und seufzte.

»Warum haben Sie mich ausgewählt? Warum sollte ich Sie zu diesem Notfall begleiten?«, fragte Niklas und schloss die Klettverschlüsse seiner Bleischürze.

»Sie sind ein guter Chirurg mit noch besseren Instinkten. Und Sie haben eine Weile nicht operiert, sodass es Ihnen leichter fallen sollte, ein neues Vorgehen auszuprobieren«, erklärte Doktor Jürgen völlig sachlich, ohne den Ansatz von Überheblichkeit oder Ironie in der Stimme.

»Mhm ...« Niklas war von dieser Erklärung nicht überzeugt, doch er folgte seinem Kollegen in den Schockraum.

»Der Hubschrauber ist eben gelandet«, informierte die Schockraumleiterin ihre Kollegen und zog sich Untersuchungshandschuhe an.

Unwillkürlich beschleunigte sich Niklas' Herzschlag. Die vertraute Nervosität schärfte seine Sinne.

»Guten Morgen zusammen, wir bringen Volker Baumüller«, grüßte der Notarzt und wartete, bis die Sanitäter mit der Trage zum Stehen gekommen waren.

»Fußgänger gegen Auto. Wir haben einen Pneumothorax sowie eine Rippenserienfraktur links. Mit einer Thoraxdrainage ist die Atmung wieder stabil bei einer Sättigung von vierundneunzig Prozent. Dazu kommt ein instabiles Becken und der Bauch mit starker Abwehrspannung, ...« Der Notarzt zählte weitere Verletzungen und Erstmaßnahmen auf, dann wurde der bewusstlose Patient auf die Klinikliege gehoben und sämtliche Schläuche und Kabel mit Klinikgeräten verbunden.

Angespannt wartete das Schockraumteam wenige Minuten später darauf, dass die CT-Aufnahmen auf dem Bildschirm angezeigt wurden.

»Dieser Fall passt hervorragend zu dem, was ich mit Ihnen vorhabe, Doktor Thorsen«, stellte Christian Jürgen sachlich fest, als die Schichtbilder endlich auf dem Monitor erschienen.

Niklas blieb stumm und analysierte das zertrümmerte Becken seines Patienten mit verschränkten Armen.

»Kein Fall für die Neurochirurgie, Kopf und Wirbelsäule sind intakt. Meine Herren, der Patient gehört ganz Ihnen.« Schon verließ der diensthabende Neurochirurg den Raum, weitere Kollegen folgten ihm. Gleichzeitig bereiteten Pfleger eilig den Transport des Patienten in den OP vor.

»Und was genau haben Sie jetzt mit mir vor?«, fragte Niklas skeptisch auf dem Weg zur OP-Umkleide.

»Sie werden den Patienten unter meiner Anleitung operieren, Doktor Dobner ergänzt unser Team als Assistent«, erklärte Doktor Jürgen und ließ Niklas an der Tür den Vortritt. »Ich habe in den USA sehr viele traumatische Verletzungen zu Gesicht bekommen und erkennen müssen, dass unser Vorgehen weiterentwickelt werden muss.«

»Ich verstehe.« Niklas schlüpfte in steife, dunkelblaue Funktionskleidung. »Aber warum ich? Wollen Sie nur mal wieder jemanden anschreien und dessen Kompetenz vor dem gesamten OP-Team infrage stellen?«

»Ich w...«

Weiter kam Doktor Jürgen nicht, denn Niklas fiel ihm ungehalten ins Wort. »Suchen Sie einen Vorwand, um wieder auf mir herumzuhacken und um bei Professor Schneider alles abzustreiten? Was haben Sie vor, Doktor Jürgen?« Er blieb dicht vor seinem Kollegen stehen und funkelte ihn herausfordernd an.

»Mein Verhalten letztes Jahr war unangemessen und dafür möchte ich mich bei Ihnen entschuldigen«, erklärte Christian Jürgen, ohne Niklas' Blick auszuweichen. »Dass ich diese Operation mit Ihnen durchführe hat ausschließlich mit Ihrer fachlichen Eignung und Ihrer zeitlichen Verfügbarkeit zu tun.«

Stumm wich Niklas die wenigen Schritte zu dem offenstehenden Spind zurück, schloss seine weiße Dienstkleidung dort ein und folgte Doktor Jürgen zum OP-Saal, wo Assistenzarzt Alexander Dobner bereits alles für den Eingriff vorbereitete.

Die Notoperation hatte Niklas vor allem körperlich stark herausgefordert, sodass er sich für einen Moment erschöpft und verschwitzt in die Küche des OP-Bereichs zurückzog. Christian Jürgen begleitete den Patienten zur Intensivstation und übergab den Fall dort an die Kollegen, sodass Niklas tatsächlich allein war und durchatmen konnte.

»Wie siehst du denn aus? Was ist mit dir passiert?«, fragte Maximilian Vollmer und blieb wie angewurzelt in der offenen Küchentür stehen.

»Ich bin okay.« Niklas leerte sein Wasserglas in großen Schlucken und wischte sich dann mit dem Ärmel den Schweiß von der Stirn. »Christian hat mir eben bei einem Schockraumpatienten nähergebracht, was er in der Mayo Clinic gelernt und nun mit uns allen vorhat.«

»Das verstehst du also unter einem leichten Einstieg? Niklas, du … wie lange warst du jetzt krankgeschrieben? Du kannst doch nicht gleich wieder dermaßen Vollgas geben, dass du …«, bemerkte Maximilian kopfschüttelnd.

»Ich bin okay«, wiederholte Niklas gelassen. »Ich bin zwar erschöpft und freue mich sehr auf die Dusche nach Feierabend, aber es geht mir gut. Meine Lunge tut nicht weh, ich habe keine Anzeichen für Sauerstoffmangel oder anderes. Es ist alles in Ordnung, Max.«

Stumm starrte Maximilian seinen Freund an.

»Willst du mich zu Doktor Wrede schicken oder selbst

durchchecken? Ich halte beides für überzogen, aber bitte, tu, was du für nötig hältst«, bot Niklas an und stand auf, um sich ein weiteres Glas Wasser zu holen.

»Wessen Idee war diese Operation?«, fragte Maximilian und gab es vorerst auf, das Gesundheitsthema zu vertiefen. Doch Niklas wusste, dass das für Max längst nicht erledigt war und er sich Sorgen machte.

»Doktor Jürgen hat mich angefordert. Aber so, wie du fragst, hast du das zumindest vermutet.« Niklas kehrte an den Tisch zurück und setzte sich wieder.

»Und wie lief es mit Christian?«, fragte Maximilian mit gerunzelter Stirn und nahm eine Tasse aus dem Hängeschrank.

»Überraschenderweise sehr harmonisch«, berichtete Niklas kopfschüttelnd. »Langsam glaube ich, dass man den *echten* Doktor Jürgen in Minnesota behalten und uns einen Doppelgänger zurückgeschickt hat.«

»Das werde ich noch häufiger zu hören bekommen, fürchte ich.« Christian Jürgen betrat die Küche und steuerte direkt die Kaffeemaschine an. »Aber ich kann es Ihnen nicht verdenken, Doktor Thorsen.«

»Gut, dass du auch hier bist. Ich muss mit dir reden, Christian. Kommst du bitte?« Maximilians besorgter Blick streifte Niklas noch einmal, dann verließen er und Doktor Jürgen die Küche.

Niklas war es ganz recht, dass er diese Unterhaltung nicht mitbekam. Er wusste auch so, was Maximilian mit dem ehemaligen Oberarzt zu besprechen hatte.

Entspannt atmete Niklas aus und strich sich gleichzeitig über die Rippen, doch der vertraute Schmerz der letzten Monate blieb aus. Es schien weiterhin alles in Ordnung zu sein.

Warum verunsicherte ihn Maximilians Sorge so sehr?
Schätzte er sich und seinen Körper schon wieder falsch ein?
Seufzend zog Niklas das Diensttelefon aus seiner Kitteltasche, suchte kurz nach einer bestimmten Durchwahl und lauschte dann dem Freizeichen.

Sein Aufenthalt in der Ambulanz für Herz-Thorax-Chirurgie dauerte nicht lange, doch er nahm Niklas eine große Last von den Schultern.
»Ich habe es sogar schriftlich!«, rief Niklas und schloss im Flur rasch zu Maximilian Vollmer auf. »Doktor Wrede hat mich untersucht und bestätigt, dass es mir gut geht. Er empfiehlt jedoch, es für heute und die nächsten Tage langsamer anzugehen.«
Überrascht hob Maximilian eine Augenbraue, dann tauchte ein Lächeln auf seinem sorgenvollen Gesicht auf. »Das ist gut«, freute er sich.
»Und was die OP vorhin angeht ...«
»Darüber habe ich bereits mit Christian gesprochen, dich trifft in diesem Zusammenhang keine Schuld«, unterbrach ihn Maximilian.
»Okay.« Niklas vergrub die Hände in seinen Kitteltaschen, gleichzeitig ging sein Blick zur Uhr. »Dann bin ich wieder in der Notaufnahme und unterstütze die Assistenzärzte.«

Kapitel 37

Die Woche bei seiner Familie auf dem Gestüt zeigte äußerst positive Wirkung auf Frederiks Genesung. Gerade die langen Gespräche mit seinem Onkel und erste kurze Spaziergänge in der Sonne mit den Hunden weckten seine Lebensgeister wieder.

»Später kommt Niklas zu Besuch«, berichtete Frederik auf seiner üblichen Runde mit Onkel Karl und setzte sich aufatmend auf die Bank am Reitplatz, deren Holz von der Frühlingssonne bereits aufgewärmt worden war. »Er will eine Runde mit Malika trainieren, vielleicht können ihm Oliver oder Julian mit Hector Gesellschaft leisten.«

»Zur Not kann ich aushelfen«, bot Karl lächelnd an und wandte das Gesicht mit geschlossenen Augen der Sonne zu. »Immerhin hast du mir in München so viel von Hector erzählt, dass ich neugierig geworden bin, wie er zu reiten ist.«

»Er gehört ganz dir.« Frederik ließ sich von Karls Lächeln nur zu gern anstecken.

»Wie geht es dir denn sonst? Was hat der Hausarzt vorhin gesagt?« Ohne die Miene zu verziehen, wechselte Karl zu den ernsteren Gesprächsthemen, doch das störte Frederik nicht. Bei seinem Onkel hatte er einfach das Gefühl, sich komplett öffnen und aussprechen zu können. Es gab keine Hemmschwellen wie bei seinen Brüdern.

»Der Arzt ist mit der Genesung zufrieden. Und ich habe noch einmal mit Hauptkommissar Hauser telefoniert, der die Ermittlungen leitet. Caroline ist weiterhin in der psychiatrischen Einrichtung und wird wohl als vermindert schuldfähig eingestuft werden«, berichtete Frederik. »Ich will nur, dass sie niemandem mehr schadet und dass sie für ihre bewussten Entscheidungen, die nicht von diesem psychischen Ausnahmezustand herrühren, zur Verantwortung gezogen wird.«

»Verständlich«, kommentierte Karl. »Und wie geht es dir generell mit diesem Thema? Ich meine … du wurdest von einer ehemals sehr vertrauten Person niedergestochen und schwer verletzt … wenn ich da an deine erste Ankunft in München zurückdenke und die ersten Nächte …«

»Ich weiß, dass du auf diese Albträume hinauswillst.« Frederik schüttelte andeutungsweise den Kopf. »Sie quälen mich und sind einer der Hauptgründe, warum ich so bald wie möglich in Therapie gehen möchte. Baal ist eine große emotionale Stütze, aber er ändert nichts an der Tatsache, dass ich mich diesen Traumata stellen muss.« Er räusperte sich. »Ich überlege gerade, mir einen Termin bei Niklas' Psychologin geben zu lassen. Niklas spricht sehr positiv von ihr und es kann ja nicht schaden, sich die Praxis mal anzusehen. Möglicherweise passt es ja auch für mich.«

»Versuche es«, ermunterte ihn Karl und schlug die Augen wieder auf, weil Jarle laut bellte. »Anders kannst du kaum herausfinden, ob es passt. Und wenn nicht, findest du bestimmt einen anderen Therapeuten, der sich deinem Fall annimmt.«

Das Zuschlagen von Autotüren riss Frederik und Karl schließlich aus ihrem angeregten Gespräch.

»Ich glaube, dein Trainingspartner ist eingetroffen«, stellte Frederik schmunzelnd nach einem Blick über die Schulter fest.

»Das sieht ganz so aus.« Karl stand auf und streckte sich. »Ich darf Jarle und Baal bestimmt bei dir lassen?«, vermutete er.

Frederik nickte und stand ebenfalls langsam auf, während ihn seine Freunde bereits entdeckt hatten und nun auf ihn zu gelaufen kamen.

»Es ist so schön, dich wieder in dieser Verfassung in der vertrauten Umgebung zu sehen!« Niklas strahlte über das ganze Gesicht und umarmte Frederik vorsichtig.

»Hey, Großer!« Freja gab Frederik wie üblich zur Begrüßung einen Kuss auf die Wange und musterte Karl dann neugierig.

»Das ist mein Onkel aus München. Karl, das sind meine besten Freunde Niklas und Freja. Ich glaube, ich habe sie zumindest am Rande in meinen Erzählungen erwähnt ...« Frederik schmunzelte.

»Erwähnt ... ganze Abende gefüllt hast du«, schmunzelte Karl und musterte Niklas neugierig. »Frederik hat mir Hector anvertraut und gemeint, ich darf mich anstelle von Julian oder Oliver deinem Training anschließen. Ich hoffe, du hast nichts dagegen?«

»Natürlich nicht. Ich freue mich, dich endlich kennenzulernen. Frederik hat viel von dir und deinem Hof gesprochen.« Niklas ging voran zu den Stallungen, Karl folgte ihm.

»Na, da haben sich ja zwei gefunden«, bemerkte Freja

und setzte sich mit Elina auf dem Schoß auf die Bank. Frederik nickte und musterte sie nachdenklich von der Seite.

»Was bedrückt dich?«, fragte er und lehnte sich mit dem Rücken gegen das sonnenwarme Holz der Bank.

Freja zuckte merklich zusammen und klammerte sich an Elina, die einen überraschten Laut von sich gab und die Hände nach den beiden Hunden ausstreckte.

»Freja?«, fragte Frederik beunruhigt. »Was ... was hat Caroline euch angetan? Ihr wart doch hier auf dem Hof, als sie aufgekreuzt ist, oder?«

Andeutungsweise nickte Freja und schniefte. »Sie ... sie hat unser Baby getötet ...«

Ihre Worte brauchten einen langen Moment, um komplett bei Frederik anzukommen. »Sie ... du warst wieder schwanger?«, fragte er und war wie vor den Kopf geschlagen. »Und nach diesem ... Amoklauf ...?«

Tränen rannen in Bächen über Frejas Wangen, als sie abermals nickte.

»Das tut mir leid.« Zaghaft berührte er Freja am Arm.

»Worte können gar nicht beschreiben, welchen Hass ich inzwischen auf diese Frau habe. Sie hat so viele Leben zerstört ... selbst Leben, die noch nicht einmal richtig begonnen haben.«

Das Training von Karl und Niklas, aber auch Elina mit den jungen Hunden lenkten Freja und Frederik gleichermaßen von Carolines Taten und deren Folgen ab. Dennoch schwebte dieses Thema wie ein unsichtbares Schwert über ihren Köpfen.

»Na ihr?«, fragte Niklas nach seiner Rückkehr aus dem Stall und gab Freja einen zärtlichen Kuss. »Ich hoffe, ihr habt euch nicht gelangweilt?« Er runzelte die Stirn und legte seine Hand an Frejas Wange, auf denen immer noch die Spuren der inzwischen getrockneten Tränen zu sehen waren.

»Frederik weiß von dem Baby«, murmelte Freja und stand auf, um Niklas richtig umarmen zu können.

»Was immer sich richtig für dich anfühlt«, versicherte Niklas. »Ich zwinge dich zu überhaupt nichts.«

»Ich gehe mit Elina mal zu Malika«, meinte Freja mit leiser Stimme. »Dann habt ihr auch ein paar Minuten für euch zum Reden.«

»Und wie geht es dir damit?«, fragte Frederik und folgte Freja mit seinem Blick.

»Es ist beschissen, wie soll es mir damit schon gehen?« Niklas schüttelte den Kopf und setzte sich neben Frederik auf die Bank. »Vor einem Jahr, da war meine Welt für ein paar Monate völlig in Ordnung. Freja und mir ging es gut, wir haben uns auf unsere Hochzeit und auf Elina gefreut. Dann kam der Prozess und ich habe wieder zu arbeiten begonnen. Und damit ging es stufenweise zurück ins Chaos und zurück ins Drama. Ich hatte beides nicht sonderlich vermisst.«

»Du hast deinen Job nicht sonderlich vermisst?«, schloss Frederik aus Niklas' Worten.

»Ja und nein«, gab er nachdenklich zu. »Ich meine, ich liebe meine Aufgaben als Unfallchirurg und als Notarzt, aber die Klinikmaschine dahinter ... ich weiß nicht, ob ich das auf Dauer so haben möchte.« Niklas seufzte. »Vor allem, weil Doktor Jürgen kurz vor mir in die Uniklinik zurückgekehrt ist und nicht wiederzuerkennen ist.«

Neugierig hob Frederik eine Augenbraue.

»Er hat Maximilian seinen Oberarztposten überlassen, um sich fortan um die Trauma-Ausbildung von Notärzten und dem Personal in der Notaufnahme zu kümmern«, zählte Niklas auf. »Er hat freiwillig gemeinsam mit mir operiert und sich dabei konstruktiv verhalten. Er nennt mich nicht mehr *Thorsen,* sondern *Doktor Thorsen.* Und jetzt schnall dich an: Christian Jürgen hat sich bei mir für sein Verhalten letztes Jahr entschuldigt.«

»Schick ihn in die Neurochirurgie, das klingt nach einem Hirntumor«, bemerkte Frederik trocken und schüttelte den Kopf. »Oder habt ihr nur einen Doppelgänger zurückbekommen, während der echte Doktor Jürgen noch irgendwo anders ist?«

»Den Gedanken hatte Max auch schon. Na ja, mal sehen, wohin das noch alles führt. Nächsten Monat darf ich in den Notarztdienst zurückkehren, vielleicht hebt das meine Stimmung wieder.« Niklas verschränkte die Arme und musterte Frederik von der Seite. »Und was ist mit dir? Wie geht es für dich weiter?«

»Gesund werden.« Frederik wurde wieder ernst. »Körperlich und psychisch. Deswegen wollte ich dich fragen, ob du mir den Kontakt zu deiner Psychologin weitergeben würdest? Ich will zumindest versuchen, bei diesem Thema voranzukommen und nicht mehr nur davonzurennen.«

»Mutig, aber nötig«, kommentierte Niklas. »Ich schicke dir die Kontaktdaten später als Nachricht.«

Am späten Nachmittag machte sich Niklas mit seiner Familie auf den Nachhauseweg.

Elina war längst auf seinem Schoß eingeschlafen und

wachte nicht auf, als Niklas sie im Autositz anschnallte.

»Ein emotionaler Nachmittag«, bemerkte Freja, als sie das Gestüt der Hendrikssons hinter sich ließen. »Aber es hat gutgetan, Frederik wieder in dieser Verfassung zu sehen.«

»Wir haben alle gewaltige Päckchen, die wir noch vollständig verarbeiten und aufräumen müssen.« Niklas bremste ab und fuhr dann auf die Bundesstraße auf.

»Du meinst unser Baby?«, fragte Freja bedrückt.

»Zum Beispiel. So ein Verlust tut weh und dass man trauert, ist völlig normal«, stellte Niklas mit belegter Stimme fest, denn auch ihm ging die Fehlgeburt noch sehr nahe.

»Was schlägst du vor?« Freja schniefte leise.

»Willst du es denn überhaupt wieder versuchen? Willst du noch einmal schwanger werden?«, wollte Niklas wissen und räusperte sich.

»Ich … ich brauche Zeit … aber … ich will noch ein Baby, Niklas. Und ich lasse mir diesen Wunsch nicht von so einer gestörten Frau nehmen.« Sie wischte sich energisch die Tränen von den Wangen. »Und ja, mir ist klar, dass Caroline vielleicht oder auch nicht für die Fehlgeburt verantwortlich ist. Aber mir hilft dieser Gedanke, damit klarzukommen.«

»Ich habe nichts gesagt«, versicherte Niklas. »Im Gegenteil, ich verstehe das. Und auch mir fällt es mit dieser Erklärung leichter, an unseren Verlust zu denken.«

»Vielleicht brauchen wir einfach einen Tapetenwechsel, um wieder etwas klarer zu sehen und die Emotionen richtig ordnen zu können«, überlegte Freja weiter.

»Was immer dir hilft, Schatz, ich bin dabei. Ich habe mehr als genug Urlaub übrig und mit Max kann man wirklich reden.« Niklas warf Freja einen kurzen Seitenblick zu und sah dann wieder auf die Straße. »Was hältst du davon, wenn wir Erica und Mike endlich besuchen? Wir haben das schon so lange vor, aber dann kam erst meine Lungenembolie und der Transplantationsskandal und Oliver Knappe und … Und mit Elina können wir bestimmt auch schon fliegen.«

»Stell dir Ericas Gesicht vor, wenn wir tatsächlich in New York landen.« Freja lächelte verträumt. »Lass uns das machen, Niklas. Sprich am Montag mit Max und nimm Urlaub.«

Niklas lächelte, nahm Frejas linke Hand sanft in seine rechte und küsste sie auf den Handrücken. »Versprochen.«

Hinweis: Die Erklärungen wurden nach bestem Wissen und Gewissen erstellt und erheben keinen Anspruch auf Vollständigkeit

Angiographie	Röntgenuntersuchung zur Darstellung von Blutgefäßen, um z.B. Gefäßverschlüsse zu erkennen
Arterie	Blutgefäße, die sauerstoffreiches vom Herzen wegleiten
CT	Computertomografie
D-Dimer-Wert	Blutwert, der direkt mit der Blutgerinnung zusammenhängt und ein Indiz für einen Gefäßverschluss sein kann
Drainage	Ableitung von Blut bzw. Flüssigkeiten aus einer Wunde mithilfe z.B. eines Plastikschlauches

EKG	Elektrokardiogramm, visualisiert elektrische Vorgänge am Herzen
Embolie	Verstopfung eines Blutgefäßes durch körpereigene oder körperfremde Substanzen in der Blutbahn
Fraktur	(Knochen-) Bruch
Irreparabel	Nicht wiederherstellbar
Katheter	Sehr dünner, langer Plastikschlauch
Katheterlabor	Spezieller Operationssaal nur für Katheter-Untersuchungen
Konsil	patientenbezogene Beratung
Lungenembolie	Verstopftes Blutgefäß in der Lunge
Lyse-Therapie	Auflösen eines Blutgerinnsels mit Hilfe von Medikamenten
Minimalinvasive OP	Operation mittels kleinster Hautschnitte

OP	Operation
Pneumothorax	Ansammlung von Luft im Brustkorb, die dazu führt, dass sich die Lunge nicht mehr entfalten kann, Ursache sind beispielsweise Rippenfrakturen oder andere Verletzungen des Brustkorbs
Pulsoxymeter	Gerät zur Messung der Puls-fre-quenz und Sauerstoffsättigung
Schockraum	Dient der Erstversorgung schwerverletzter Patienten
Stumme Embolie	(Oftmals eine kleinere) Embolie ohne Symptome
Thorax	Brustkorb
Thoraxdrainage	Kunststoffschlauch, wird in den Spalt zwischen Lungenoberfläche und Rippenfell eingebracht und leitet dort Blut oder Luft ab
UKE	Universitätsklinikum Eppendorf

Vitalwerte / Vitalparameter	Puls, Blutdruck, Sauerstoffsättigung
Zugang, venöser	Venenverweilkatheter, über den Medikamente direkt in den Blutkreislauf verabreicht werden können

Danksagung

Ich möchte mich von Herzen noch bei einigen, wichtigen Menschen bedanken, ohne die dieses Buch nicht möglich gewesen wäre.

Allen voran möchte ich mich bei meinem Mann bedanken. Ohne deine Geduld und die langen Schreibabende würde ich wohl heute noch tippen.

Ein großer Dank geht zudem an meine langjährige Schreibbegleiterin Lena. Danke für den Gedankenaustausch, die Kritik und die Inspiration.

Meine Testleser: Andrea, Claudia und Evi – ich weiß, ihr bekommt manchmal die abenteuerlichsten Entwürfe auf den Tisch. Danke für eure Unterstützung, Geduld und die langen Gespräche.

Das größte Dankeschön geht aber an Bernhard. Du gibst jedem Fehler sein eigenes Gesicht und schaffst es, meine Ideen sinnvoll umzusetzen.

Und nicht zuletzt gilt ein großer Dank allen Lesern und Buchbloggern, die nicht nur meiner Fehlerreihe eine Plattform geben und neue Ideen und Schreibansätze begleiten.

Bisher erschienen

Die spannende Fehler-Reihe rund um die Assistenzärzte Niklas Thorsen und Frederik Hendriksson

Anfängerfehler und **Folgefehler**: Zum Auftakt der Reihe geraten Niklas und Frederik in den Sog eines gewaltigen Medizinskandals, der sie in akute Lebensgefahr bringt. Skrupellose Gegenspieler jagen die Freunde, die schon bald niemandem mehr vertrauen können.

Kunstfehler: Niklas' erster Fall nach seiner Rückkehr in die Uniklinik lässt ihn nicht mehr los. Die Behandlung nimmt eine dramatische Wendung und schon bald wird Niklas selbst zum Angeklagten: Ist ihm etwa ein Kunstfehler unterlaufen?

Systemfehler und **Rachefehler**: Eine noch offene Rechnung mit einem alten Bekannten bringt Frederik in große Gefahr, denn seinem Gegenspieler ist jedes Mittel recht, um Gerechtigkeit wiederherzustellen. Doch ausgerechnet jetzt hat Niklas ganz andere Sorgen. Auf wen kann Frederik jetzt noch zählen?

Weitere **Fehler-Krimis** sind in Arbeit!

Die dramatische BÜHNENFIEBER-Reihe rund um Musicaldarsteller Christian Rückert

Herzenssache: Christian könnte wunschlos glücklich sein: er darf seine Traumrolle verkörpern, feiert beruflich Erfolge in ganz Deutschland und hat obendrein seine große Liebe gefunden. Doch ein einziger Telefonanruf stellt Christians Leben auf den Kopf. Es entwickelt sich ein Kampf um Leben und Tod und auf einmal sind es für Christian nicht mehr die Bühnenbretter, die die Welt bedeuten.

Blutsbande (in Vorbereitung): Die Beziehung von Christian und Nicole hängt am seidenen Faden. Die ungeklärte Vaterschaftsfrage, zahlreiche Affären und Nickis Krankheit belasten die Partnerschaft. Können sie Baby Leon zuliebe wieder gemeinsam an einem Strang ziehen oder ist eine Trennung der einzige Ausweg?

Weitere **Bühnenfieber-Bände** sind in Arbeit!